我和我的日本社会小说、中国家族小说

一、我的情况

我出生在北京，一个古老陈旧的大家族里，满族，祖姓叶赫那拉，中国辛亥革命，推翻了满清政权，我们由贵族而沦为平民，将姓氏由叶赫那拉改为姓叶。著名的历史人物"慈禧太后"是我们的本家，我有三位母亲，大排行排有十四个兄弟姐妹，父亲若活着，当是109岁的老人了。

满族将体制分为"八旗"，中国人喻不成器的子弟为"八旗子弟"，意为只会吃喝玩乐，提笼架鸟，但我们的祖父母是很有见地的人，在大清江山将倾之时，他们让自己的孩子到日本来留学，以备将来有一技之长。所以我的伯父、兄长等都是当年的留日学生，伯父是梳着清朝的长辫子进入早稻田大学的。后来他成为中国有名的陶瓷专家，成为北京故宫博物院的特约顾问。我的父亲也是个很事业型的人，他最早在中国名画家徐悲鸿创立的"国立北平艺术专科学校任教授，那是中国

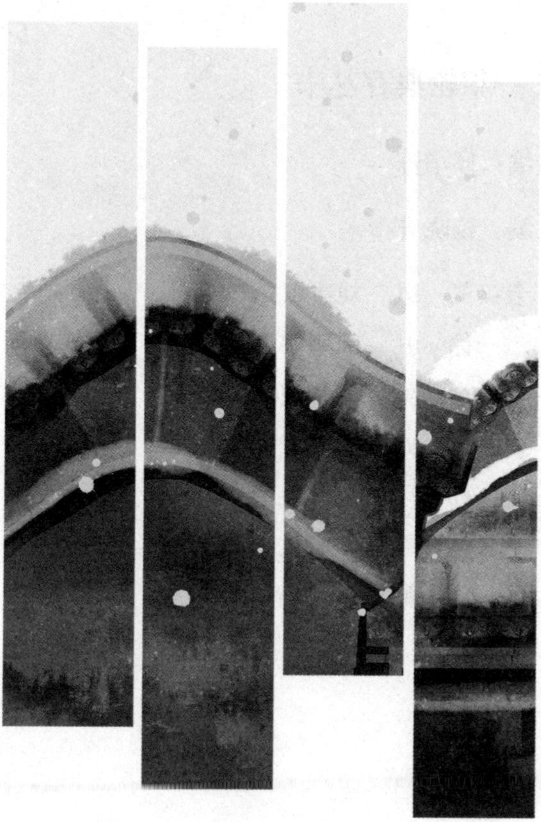

梦也何曾到谢桥

叶广芩 著

河北出版传媒集团
河北教育出版社

年轮典存丛书

编者荐言

中国当代文学已走过七十多年，每一次文学浪潮的奔腾翻涌，都有彪炳文学史的作家留下优秀作品。

回首20世纪七八十年代，改革开放开启了中国当代文学持续至今的繁盛，由于几百家文学刊物的存在，中短篇小说曾是浩荡文学洪流中的浪尖。然而，以1993年“陕军东征”为分水岭，长篇小说创作成为中国文坛中独立潮头的存在，衡量一个作家的创作成就及一个时期的文学成果，往往要看长篇小说的收获。中短篇小说的创作和读者关注度减弱，似乎文学作品非鸿篇巨制不足以铭记大时代车轮驶过的隆隆巨响。

进入21世纪，特别是党的十八大以来的新时代，我们乘着光纤体验世界的光速变迁，网络文学全面崛起，读图时代、视频时代甚至元宇宙时代的更迭，令人应接不暇，文学创作无论是体裁还是题材都呈现出一种扇面散播效应，中短篇小说创作也再度呈扇面式生长，精彩纷呈。

为此，我们特编辑了这套“年轮典存丛书”，以点带面地梳理生于不同年代的当代优秀作家的中短篇小说精品，呈现不同代际作家年轮般的生长样态。

我们不无感佩地看到，生于 1940 年前后的文学前辈，青年时已是文坛旗手，在当下依然保持着丰沛的创作力，他们笔耕不辍，使当代文学大树的根扎得更深。

“50 后”一代作家已走过一个甲子，笔力越发苍劲。他们不断返回一代人的成长现场，返回村镇故乡、市井街巷；上承“40后”的宏大命运主题，下接烟火漫卷的无边地气；既广受外国文学的影响，又保有中国古典文学的高蹈气质。

在“60 后”这一中坚力量的年轮线上，我们能看到在城乡裂变、传统向现代过渡的进程中，一代人的身份确认、自我实现，以及精神成长的喜悦和焦虑。

“70 后”作家因人生经验与改革开放四十年紧密相连而被称为“幸运的一代”和“夹缝中壮大的一代”，也是倍受前辈作家的成就影响而焦虑的一代。如今已与前辈并立潮头，表现不俗。

而作为“网生一代”的“80 后”和“90 后”，他们的写作得到更多赞誉的同时，也承受了更多挑剔和质疑。但经过岁月淘洗，我们欣喜地看到，曾经的文学小将已在文坛扎扎实实立稳脚跟，相继以立身之作进入而立和不惑之年。

六代作家七十年，接力写下人世间。宏阔进程中的 21 世纪中国当代文学，正在形成新的文学山峰的山脊线。短经典历久弥新，存文脉山高水长。

目　录
CONTENTS

状 元 媒

好一位吕状元颇有预见，论计谋称得起诸葛一般。

——京剧《状元媒》八贤王唱段

一

天下夫妻轮得上状元做媒的不多，且不说状元本就稀少，难得的是这稀少的人群还与人说媒，这当然就更微乎其微了。传统京剧《状元媒》是状元给人做媒的一例，说的是宋朝柴郡主跟随皇叔去狩猎，被番邦掠走，多亏杨六郎奋战群敌，救郡主得以生还。柴郡主以珍珠衫赠杨六郎，以示爱意。回銮后，救郡主的功劳被叫作傅丁奎的小将窃取，皇上主婚，将郡主许与傅丁奎，柴郡主不得已托新科状元吕蒙正从中周旋做媒，说服皇上，最终如愿以偿。

《状元媒》是戏，是杜撰的故事，而现实生活中，我父母的婚姻却真正是由状元做的媒，在北京的南营房曾传为一段佳话。“男女非有行媒，不相知名；非受币，不交不亲”，本不相知的父母，由状元做媒，走到了一起，执子之手，与子偕老。他们相携着经历了叶家的日月，走向了平常，走向了衰败，走向了人生的终点，淡出了后辈人的视线，化作了清风，了无痕迹。在北京城内留下了“状元媒”的故事。

提及母亲，我不能不说说北京朝阳门外的南营房，南营房四甲57号，是母亲的娘家，现在，那里已经变成了一片居民小区，与北京众多小区如出一辙地相似，如出一辙地陌生。那些低矮的灰瓦房没了，成为记忆；那些熟识的老街坊们也散了，无处查找了。20世纪80年代我还回过那里，去看望意识已不甚清晰的舅舅。尽管那时母亲已经故去十几年，南营房的街坊们见了我还在盛赞母亲的婚姻，怀念从这里走出去的母亲，谈论着状元媒人刘春霖。

记得我最后到南营房的时候是个温暖的冬日，舅舅陈锡元和他的朋友老纪正坐在小炕桌前喝酒，下酒的是老纪带来的一包“怪味儿胡豆”，胡豆来自老纪儿子从四川出差回来的奉献，在北京是一种新兴食品。俩老头儿喝得都有些高了，情绪有些不稳定，被某些悲壮的气氛包围着，引得炕上的黄猫也张牙舞爪的，有些亢奋。我进门的时候，两人都是眼泪汪汪的。

舅舅一见面就告诉我，南营房被划入了拆迁范围，开春这儿将变成一片平地，陈列在朝阳门外几百年的南营房将不复存在，将变作一片大楼。舅舅说话的时候声音低沉，喉咙里压着痰，很简单的事半天才说清楚。屋内的生铁炉子泛出煤烟的气息，有点儿呛人。南窗污浊的玻璃闪烁着历史的尘光，不是没有擦拭，是压根儿就擦不出模样来了。推溯玻璃的历史，年龄肯定比我要大，母亲在做姑娘的时候曾经将它们擦拭得晶亮，一尘不染。现在两个苍老的人，在脏污的玻璃跟前，抿着没牙的嘴在吃豆，伴随着胡豆的还有一包用黄糙纸包着的豆制品——素鸡。低劣的白薯干酒，从钉了铜锔子的小酒壶里源源倒出，两个质地、样式不同的酒盅，老旧的图案，在酒的洇润下显得有些生动。红漆的炕桌积满了油腻，难寻本来面目，墙上挂着两年前的盆景挂历，页面停留在夏日的八月。空气中飘浮着尘埃，铁壶里冒着热气……这就是南营房，我母亲的娘家。

我安慰舅舅说，拆了旧的可以住新的，新楼房有暖气，有卫生间，清新亮堂。

舅舅喃喃地说，新缸哪有旧缸腌菜香……

舅舅念叨的是清末街头小戏《锔大缸》里的戏词，说的是走街串巷的锔大缸的匠人跟胡同大姐调情，唱“砸了你的旧缸换新缸”，大姐接下来唱“新缸哪有旧缸腌菜香”。

老纪将一颗怪味儿胡豆搁在嘴里，眨了半天眼睛，嘴掬了又掬，说不出一句话。炸了一辈子开花豆的他，很难将怪味儿胡豆一语说清，说不清怪味儿胡豆就如同说不清他眼前的日子，说不清他那些穿喇叭裤、戴蛤蟆镜的儿女们。他的儿女们先后都从各自的单位出来了，老纪到底也没搞清他们扔了铁饭碗，究竟要从事什么职业。

我跟舅舅谈了安置父母骨灰的事情，老北京的风俗，这样的事情必须由舅舅来做主，没有舅舅的首肯，一切都不算数。明知道跟糊涂的老舅舅说了也是白搭，可是我不能不说。果然，舅舅愣愣地看着我，半天没言语，大约是没听明白。末了他说，我不搬，他们在墙上防狼一样画满了白圈，只能是吓唬狼，吓不着我。

老纪也说不搬，他要和我舅舅摽着，一块儿为保卫南营房而战斗。

我说我说的不是拆迁，是我父母骨灰的安置，现在老两口儿的骨灰还在家里放着，总不是长久之计。舅舅这才问骨灰要安置在哪儿。我说西山，舅舅说西山不好，最好安置在东大桥南边的芳草地，那儿是专门埋人的地方，离南营房也近，说我母亲什么时候想家了什么时候就能回来看看。老纪说，芳草地如今早已不是坟地，成了学校了，再说，那过去的乱葬岗子也不是盘儿该去的地方，盘儿是有身份的人了。

他们说的“盘儿”，就是我的母亲，母亲小名叫“盘儿”，这是她临终的前一天晚上告诉我的。

舅舅说，我姐姐嫁到你们家就是扔了，她再不是我姐姐了。

老纪说，西山风景好，有山有水，盘儿歇在那样的地方，不亏。

我给老纪斟了一杯酒，恭恭敬敬地端过去，老纪穿着光板儿军棉袄，身上满是油渍和饭汤，酒渣鼻、老年斑、一双烂眼圈、一肩头皮屑，属于典型的糟老头子系列。老纪并没接那酒杯，却抓过我的手，用那皴裂的、糙得像锉一样的掌心小心地摩挲着，一股强烈的油腻味儿直冲我的鼻孔。老纪说我的手像母亲的，修长细腻，绵软无骨，于是，烂红的眼圈变得更加红润，如同沾了露水的桃花，闪烁在下午的阳光中。我有些别扭，按说老纪是长辈了，长辈的老纪这样做是对晚辈的亲切和疼爱，别说摸手，就是摸脸我也说不出什么，可这会儿却总觉得腻歪。

哪儿跟哪儿啊这是。

老纪说，刘状元的媒做得好，我早就说过，盘儿命中注定要遇着贵人，人家该着走出去，活在南营房，生生儿就把她沤坏了。她走的时候，我往轿子里塞了五斤炸开花豆，搁在她脚旁边，给她压轿。

舅舅说，人家正儿八经压轿是用银子的，哪儿有压开花豆的。

老纪说，我不是没银子嘛。再说了，压轿的银子也不该我出哇，那是你的事儿，我算老几！

两个老头儿开始抬杠，老纪说状元刘春霖来南营房放定，连警察都出动了，害得刘状元是随着彩礼挑子一步一步走进胡同的，汽车根本开不进来，满街的人都是看状元的。舅舅让老纪再不要提什么“状元”，说没有“状元”就没有他曾经九次半的被斗争。单位人都说他没心眼儿，其实一回回的他都在小本上记着呢，谁也跑不了，有他算账的时候。

我知道，舅舅那个“变天账”总共写了没有三页，还是他读二年级的孙子代笔的，其实大部分是交代，交代他在警察署当巡警的事。内中没有别人，写的全是他自己。“清理阶级队伍”一结束，本子就被他的儿子烧了，儿子不愿意让人知道他爸爸当过旧社会的警察。老纪说，刘状元不介绍你去当警察，盘儿也嫁不出去，生生地把盘儿拖在家里当老姑娘。还是人家状元看得准，不把你推出去就没你姐姐的前途，状元的这步棋走得高妙，非常人能比。大凡状元都是被魁星点过的，魁星点斗，状元是天上的星宿，不是一般凡人。

舅舅和老纪谈论刘状元，却绝口不谈我的父亲。其实父亲的名声不比状元小，父亲是皇上的亲戚，有着“镇国将军”从一品的头衔，论和舅舅的关系，应该比状元更近，状元不过是个媒人，而我父亲则确确凿凿是南营房的女婿。刘状元在日本将要投降的时候去世了，我的父亲却是活到了中华人民共和国成立以后，还当了政协委员。舅舅和父亲的关系十分微妙，每回去舅舅家，我进门后舅舅都要往外看，看我后头是不是还跟着父亲，可每回都很失望。舅舅在我跟前肆无忌惮地说着父亲的坏话，他说父亲势利刻薄、狡诈不仁，是个小人，这样的人物是不得好死的。然而我却没听到过父亲说舅舅的坏话，自然也没谈论过南营房的街坊们，看得起也罢，看不起也罢，自母亲过门以后，父亲从未到过母亲的娘家，这倒是事实。

父母亲的婚姻谈不上门当户对，穷门小户的母亲，嫁入天潢贵胄之家，本身就不和谐，更何况还是续弦，父亲前边的妻子已经有一帮儿女了，这让母亲一生都很别扭。满腹经纶的父亲与目不识丁的母亲在文化上反差极大，完全是失衡的。以这样的差距作为婚姻的基础，对母亲来说，应该是一出悲苦戏的悠悠慢板，甭管说媒的是什么状元，甭管出嫁的场面是多么风光，日子还得自个儿过，岁月还得慢慢儿磨。清朝有律例，“良人奴婢相为婚姻，各离异改正，良自为良，贱自为贱”。虽然已经到了民国，但“柴门对柴门，木门对木门”在国人的婚姻缔结中仍旧是定式。

刘状元做的媒当是一个特例。

我成年以后问过母亲，问她对自己婚姻的感受。

母亲说，好。

我说，真的很好？

母亲说，真的很好。有什么不好吗？

我不能再问下去，再问下去将是一场糊涂的对话。母亲为她衣食无忧的日月而满足，为丈夫的温和儒雅而陶醉，南营房的女儿思想简单，没有那么多惆怅和矫情，没有那“断送一生憔悴，只消几个黄昏”的自作多情。我的顾虑都是文人心态，古人说得对，“人生识字忧患始，姓名粗记可以休”，世间真的没那么多麻烦。母亲不在乎文化，母亲在乎日子。

母亲就是母亲，南营房就是南营房。

可惜，我一直没有机会跟父亲谈到他繁杂的多重的婚姻，如若有，我相信那一定是两个文化人的交流。从父母完满的婚姻结局，我体会了“恩爱”的含义，“恩”在先，是责任和义务；“爱”在后，是基础和铺垫。这或许如母亲所说，真的很好。

二

今天，朝阳门外南营房已无人提及，作为一个历史地名留在了北京城市的记录中。南营房的消失不过是这十几年的事情，假如宇宙有支点，让我们跳离时间的长河，远远地观望，一定可以看到在滚滚尘嚣中，驻留在这里的一片片整齐划一的平房和演绎在其中的贫穷市民的酸涩故事。

那些故事都很精彩。

南营房是清代留下的正白旗兵营，位于日坛的西北部，过去每年春分，皇帝或者大臣都要路过此地去祭神。我的外祖母姓钮祜禄，世代居住在南营房。清朝时候，哪个旗住在北京哪一块地方是有规定的，不能随便挪动，所以钮祜禄外祖母就一直住在朝阳门外，她那些钮祜禄的亲戚们，也都分散住在东城，各家有各家的活法，各人有各人的日子。我的母亲除了一帮穷困的表亲之外，再没别的交往，直到母亲去世，我也没搞清钮祜禄那些庞杂的亲戚们。随着旗兵的衰落，南营房逐渐沦为穷杂之地，所住人物有旗兵后代，还有做小买卖的、唱大鼓的、捡破烂儿的，以及妓女和盗墓贼，多是穷苦人物。以我母亲所住的四甲而论，有卖炸开花豆的老纪、卖炸素丸子的老安、戏园子扫堂的刘大大、澡堂修脚的白师傅、收旧货打小鼓的葛先生……五花八门，各有特色。与南营房相对的是北营房，北营房几乎没有什么房屋，大概是兵们的操练场。没有房屋就没有住户，北营房北边是大粪场，北京东城住户的粪便由淘粪的淘了，大都集中在东直门外和北营房，在这里晾晒发酵再出售。别小瞧这粪场，所得的利润却是不低，完全由粪霸控制，别人不得插手。北营房一年四季永远是臭气熏天，只要一刮北风，南营房便笼罩在一片臭气之中。

出朝阳门不到一站地，往南是坛口，坛口是日坛入口的意思。坛口有条南北方向的街，叫景升街，在十字交叉处分为景升东街和景升西街，景升街是市场的云集之处，热闹程度可以和天桥媲美。幼时我是这里的常客，跟着母亲回娘家，一多半是冲着这热闹来的。这里有说相声的、耍狗熊的、说评书的、拉洋片的，卖针头线脑，也卖各种小吃，小吃以“豆汁黑”的豆汁儿和“切糕张”的切糕最为有名。三甲拐角有个叫井大姨儿的，专卖炸饹馇，蘸着蒜汤酱油，外焦里嫩，咬一口能把人香一个跟头。

市场中间有个“虫子铺”，就是卖打虫子药的。那时候，好像人人肚里都有蛔虫、绦虫什么的，卖虫子药的买卖就很兴旺。现在没听说谁肚里有虫了，我们吃的菜都使用了杀虫剂，杀虫剂杀了小白菜上的虫子，也杀了人肚里的虫子。现如今的人，畏杀虫剂比畏砒霜更甚，为买到不使用杀虫剂的菜，花大价钱也愿意。那时候，我最怕的就是过市场的“虫子铺”。“虫子铺”门口摆了张铺着红布的桌子，桌上陈列着两个大玻璃瓶子，瓶子里用药水泡着许许多多从人体里打下来的虫子，蛔虫和蛔虫在一起，绦虫和绦虫在一起，虫子们都是淡粉色的，互相缠绕扭曲着，看着让人恶心。我知道，那些虫子里面也有我们家老五的一条。母亲说我们家老五一度变得面黄肌瘦，无端地爱发火，母亲跟“虫子铺”掌柜的一说，掌柜的就给包了包药，母亲回家把药烙在发面饼里，专给老五吃。老五吃独食，自然很得意，结果拉了一脸盆扁虫子。母亲这举动很有“下毒”意味，我后来看过许多文学作品，投毒者都是用这种方式下毒的，用饼下毒。不知是母亲从文学里学的，还是文学向母亲学的，反正可怜的是我们家老五，据说拉虫子的时候肚子疼得满地滚，自己还不知道是怎么回事，就像有人被害死了到底还不知道是怎么死的。母亲把老五拉的虫子兜到“虫子铺”，掌柜的认真检查了，看虫子脑袋打下来没有，若没有打下来还得再吃药。老五还算幸运，拉了一条全须全尾的绦虫，没再受二茬罪……我每回从虫子们跟前过，都低着脑袋快走，如果那时嘴里还啃着糖葫芦什么的，也一定屏住气息，不再咀嚼。偏偏地，母亲和“虫子铺”的掌柜有交情，住斜对门，一到那儿母亲就要停下来跟他说一会儿话。他们说来说去，就会从桌子上的虫子说到我肚里的虫子，仿佛我肚里虫子的数量绝不会比瓶子里的少。末了，掌柜的就像治老五那样，也送我一包打虫子药，说我要不吃他的药，肚里的虫子就会把我吃了。“虫子铺”掌柜的打虫药无外乎两种——“宝塔糖”和“山道年”。“宝塔糖”是个三角形的小糖堆儿，不难吃，是专给小孩子准备的。“山道年”是小白片，看着不起眼却厉害，吃了肚子拧着疼，大虫子一条一条往下拉，都是活着的，那感觉颇为恐怖。“虫子铺”是坛口市场留给我的最不美好的记忆，跟它对面拔牙的地摊，大木头盒子堆积的拔下来的各种牙一样让人不愉快。

四甲北口有个戏园子，叫“群众剧场”，离舅舅家近，不到二十米。群众剧场很群众，很平民，它没有“吉祥”“广和楼”那样压人的气势和严肃，有的是随和与亲切。比如我看《天河配》看到一半，回舅舅家喝几口白开水，吃一个“驴打滚儿”，回来可以照旧坐下看，也没人管，这搁其他地方可能不行。剧场最早是个戏棚，后来加了座椅和新式舞台，搞得很像个样子了。这里一般以演评剧为主，我所接触的极其有限的评剧基本是来自群众剧场，在这儿经常演出的演员一个叫鲜灵芝，一个叫吴佩霞，都是坤角，长得很漂亮，每回来演戏都坐着专用的三轮车，用毯子盖着腿，嘴唇抹得鲜红鲜红的。我看过她们演《秦香莲》《大劈棺》《小女婿》什么的。还记得秦香莲见了皇姑的唱词，“她好比三春牡丹鲜又艳，我好比雪里的梅花受尽了霜寒”，甚是悲切凄惨。父亲管评剧叫“落子”，他说他不喜欢落子，喜欢京剧。我说我也喜欢京剧，说这话其实是讨好，为的是父亲能多带我去看戏。其实我从心底是喜欢评剧的，评剧通俗易懂，更接近老百姓，比如“天黑了”，就唱“鸟入林，鸡上窝，黑了天”。搁京剧就得跟人绕圈子了，说什么“海岛冰轮初转腾，见玉兔又早东升”，不知道“冰轮”和“玉兔”是什么的早就被绕糊涂了。京剧“天黑了”唱半天也不说“天黑了”，故意卖弄文字，以示学问。跟父亲谈此看法，父亲说评剧是小戏，戏词浅显直白，不登大雅之堂，缺少艺术的含蓄。

母亲也爱听评剧，我们都喜欢“浅显直白”。我们共同喜好的曲目是《小老妈儿》，“小老妈儿在上房洒扫尘土，扫完了东房扫西房……”

南营房的格局是一排排平房，分作一甲、二甲到五甲南北向五条胡同，每条胡同近四百米长，从高处往下看，如同一个整齐的棋盘。母亲家院门坐东朝西，小小的木门，没有油漆也没有门环，两层台阶破烂得只可垫脚，门槛全被磨圆了，当中成了一个“凹”，可见是曾经经历了千百万个旗兵的踩踏。对着街门内里是个白影壁，小得可怜，影壁顶上用瓦码出了一条花边，算是装饰，影壁前头种了几棵水葱，傻绿傻绿地戳在绿瓦盆里。院内五间北房、五间南房相对而立，每两间一组，多出来的是堆房和茅房。这些房间低矮，窗户狭小，北房内顺西墙一条大炕，占了几乎一间屋的位置。其他的房屋原先都有炕，想必是住兵的，大部分被我舅舅拆了，它们太占地方。院里的南房已经坍塌殆尽，成了一片瓦砾，瓦砾中偶尔会钻出一两只大青兔，是我那群叫不出名字的表兄弟们豢养的宠物。兔子大了，可以吃，也可以卖钱，他们的学费基本都是来自兔子。我舅舅最恨兔子，说兔子不叫唤，看着温文尔雅，其实蔫儿坏，性情太冷，满院打洞，他一见兔子就踢，兔子一见他就跑。这辈子跟兔结了仇，很大原因是我父亲也属兔。小院唯一可以欣赏的就是东墙下的一棵枣树，严格说，它隔了一道墙，应该是属于五甲院里的树，可它却很不知趣地把枝丫全探到了这边院里，我从未见过那棵枣树结枣，倒见过那些树的枝杈上爬满了“洋辣子”。“洋辣子”是北京孩子们最怕的一种虫子，浑身硬毛，色彩狰狞，那毛要是碰到皮肤上，一片红肿，又疼又痒，让你哭都哭不出来。

南营房近百个院落基本是一个模样，要是你忘了门牌号走错了门，且得找呢，找大半天也未必能找到自己的家门，就是找到了，站在院里你也会奇怪，这是我们家吗？

舅舅家有股不好闻的馊臭之气，气息的来源是炕桌上的糨子盆，糨子盆是舅母做补活的重要工具之一。“补花”是朝阳门外妇女们的手工专项，也是家庭的主要生活来源。女人们到领活处领来彩布，按照贴在布上的纸样剪了，抹上糨糊，用砸扁了头的拨针将毛边窝进去，再将一个个花瓣组成花朵，将叶子和叶梗连接起来，然后交回去，自有另一批人把花朵和叶子组合在布料上，缝纫成床单、桌布等各样布艺品。舅母一天可以拨几张彩布，但跟母亲比，还是不行，母亲在出嫁之前就是靠这个养活着她的娘和兄弟的。舅母说我母亲是快手，一天能拨六个大子儿，六个大子儿大概相当于今天的六毛钱，那时候一个大子儿能买一斤棒子面。但是我跟母亲回她的娘家，却从没见母亲拿起过拨针，也从没见她靠近过那些枝叶。其实那时的母亲已经很清楚，很认可自己的身份了，她是学者的太太，得随时保持“太太”的清醒和做派。人哪，一旦攀上去就下不来了。

钮祜禄外祖母自小长在南营房，一双大脚，一口京片子，所以母亲也如南营房的丫头们一样，有着旗人姑奶奶的性情，麻利泼辣，敢作敢当。母亲跟她的兄弟陈锡元是同母异父的姐弟，他们的两个父亲都姓陈，都是山东人。我的第一个外祖父是山东文登人，光绪年间来到北京，大概是没什么根底，来了没两年，就入赘在南营房我的外祖母家。后来做买卖有了点儿钱，在东安市场弄了间门面，专卖核桃、大枣、柿饼之类的干货，也卖北京的果脯蜜饯，这些东西搁得住，不怕坏，很少赔钱。那时候的东安市场不像现在，都是高楼大厦，高级得几乎卖不出什么东西。光绪时代的东安市场是一片地摊，地摊的范围东到现在的美术学院，南至同升和鞋店，北到金鱼胡同，西临王府井大街，经营方式像现在的无序早市，乱哄哄地挤塞成一片。小摊上卖什么的都有，梳子、篦子、绑腿带、辫穗、旱烟、假首饰……想要什么就能在这儿找到什么。东华门是清朝文武百官每天上朝的必经之路，官员们见天儿要费力穿越自由市场，既有碍观瞻，又不方便，后经住在金鱼胡同的尚书那桐上奏皇帝，光绪二十九年才划出了东安市场的范畴。有了市场就算有了组织，我那位文登的外祖父因为正直干练，被推举为东安市场商会的会长。现在一提“商会会长”一准是个腰缠万贯的老板，是个和政界密不可分的伟大人物，可那时的会长，照旧是每天从王府井走到朝阳门，回家吃窝头、啃咸菜的普通买卖人。

那年，我的母亲七岁，七岁的母亲在她生日那天命运发生了变化。

跟袁世凯有关。袁世凯当了中华民国大总统，为了不南下，不离开他的北方老根据地，指使部下曹锟在城里发动了兵变，2 月 29 日在北京闹腾起来。曹锟驻帅府园的炮兵和驻禄米仓的步兵，跑步直奔王府井，在东安市场挨户抢劫。抢完之后兵们又从市场西门顺义斋煤油铺提出两大桶煤油，泼在东安电影院的木墙上，放起了大火。大火将东安市场燃成一片火海，没有一家商贩得以逃脱。据说，大火过后，狼藉一片，整个市场找不出一件整装东西。

火烧起来的时候，外祖父并没在现场，那天他正在家和女儿一块儿吃打卤面，吃面的还有店里的伙计刘德贵。刘德贵从京庄杂货摊上给母亲买了副银手镯，还没给母亲套上，就听到了东安市场着火的消息，两个人撒腿就往火场跑，谁也没想到，这一跑，竟然跑得没了踪影。

外祖父自离开家再也没有回来，还有他的伙计刘德贵。外祖父他们就这样消失了，母亲知道她的父亲姓陈，山东文登人。前几年，我查找过东安市场的史料，查到了那场人为的大火，却查不到山东籍的陈姓会长。我也曾托山东的文学朋友到文登县探寻，亦无下文。

外祖父的下落至今是个谜。

外祖母带着母亲再嫁，再嫁的还是山东人，依旧姓陈。继外祖父是个教私塾的先生，胖，爱喝酒，对母亲不好，母亲很讨厌他。再婚后的外祖母一直没有生养，直到过了好几年，母亲的异父兄弟陈锡元才出生。我和母亲到东岳庙烧香，母亲不止一次地指着送子娘娘案前抬香炉的童儿对我说，你看他像不像你舅舅？

送子娘娘跟前那个童儿傻呵呵的，龇着牙，不知是哭还是笑。光光的秃脑袋上梳两个鬏鬏，除了富态，别的跟我舅舅沾不上边儿。母亲说，外祖母在娘娘跟前烧香求子，香灰正掉在童儿的光脑袋上，老太太心一动，忙用手胡噜着童儿的脑袋说，小子，烫了你吧？

谁想，竟然把这个童儿给招来了，转过年，外祖母就给母亲产下一个弟弟，谁都知道，她这个兄弟是送子娘娘案前端香炉的童儿。

二

母亲长得美，这是老天爷的赐予。我没见过那位失踪了的山东外祖父，或许母亲的长相随他也未可知。我常常惊奇，小家出身的母亲何以能有如此精致的相貌。母亲一生所生三个女儿，其中两个都像她，只有我和父亲接近，这让我觉得遗憾，倘若我有母亲的相貌，父亲的才华，那将何等了得！姐姐们说，天下的精彩哪能都给了你，老天爷右手给你一块金子，左手就会剜去你一块肉！

母亲的美丽是美在她的头发上，她那一头浓浓的头发，让当今任何一个秀发模特广告都无法与之相比。母亲告诉我，她做姑娘的时候梳一条长辫子，辫根扎着红头绳，辫子粗得一把攥不过来，一直垂到脚后跟。因辫子粗而长，碍事，母亲不得不把辫子一圈一圈盘在头上，如同顶了个大盘子。这种发式让母亲在南营房有了个小名，叫“盘儿”。南营房的街坊们都知道盘儿，都喜欢盘儿，她是那儿大众的闺女。母亲在我的印象中一直是梳着发髻的，别人，比如刘妈的发髻里面都藏着假发，母亲却没有，她用的全是自己的真头发。母亲的发髻上不戴首饰，夏天是两枝院里的白玉簪棒，春天是一簇紫丁香，两朵红石榴，只有正月过年的时候母亲才戴花，是一朵精致的红绒花。红绒花是老北京的特产，以东安市场出售的最为地道，一根栽着红绒的铁丝，盘成了各式花样，精致、喜庆、温馨、亲切。可惜，北京的红绒花现在已成绝品，20 世纪 60 年代以后再没见过。母亲死后，我为她梳理头发，彼时她已改变了发式，变作了半边有发、半边光秃的阴阳头。梳理有发的半边，我发现母亲虽然有了一把年纪，但那乌黑浓密的头发中竟无一根杂色，在灯下闪烁着光泽，至死不变。

父亲跟母亲比差了许多，娶我母亲的时候他已经谢了顶，被小辈们叫为“秃爸爸”。“秃爸爸”不是儿子们叫的，是侄子们叫的。满族人喜欢将亲近的人喊作“爸爸”，此爸爸非彼爸爸，真正的爸爸得叫“阿玛”。我管我的姑姑叫“姑爸爸”，除了亲切还有尊敬的意味在其中，正如同光绪管慈禧叫“亲爸爸”一样，绝没有父亲的含义在其中。我长得像父亲，头发也随父亲，稀少柔软，不加修饰，一脑袋黄毛像太阳神一样地张扬着，绝无秀美可言。看着姐姐们满头的大波浪，除了嫉妒便是觉得造物的不公。

美丽的母亲一直待字闺中，到了三十岁才出阁。这样的老姑娘别说在七十年前，就是在今天也属于“老大难”范畴了。我问过母亲为何不嫁，母亲说，你姥姥、姥爷都去世了，你舅舅还没成年，我嫁了，他靠谁？

母亲的确是等到舅舅立业以后才结婚的，母亲结婚那年舅舅十九岁，十九岁的小伙子应该能顶门过日子了，可是却没有。我舅舅心存高远，却不喜欢念书；对什么都有看法，却不敢出头，属于“心比天高，命比纸薄”一类。他干什么都没常性，至今我说不清楚我这位舅舅究竟是从哪个岗位上退休的，他当过巡警（胆小），跑过五金小买卖（全赔），开过酒铺（有始无终），卖过棺材（被抢），当过中学工友（半学期），做过话剧演员（龙套），1949年后在国营食堂炸过油饼，在农场养过猪，在家具厂当过设计，在马路上铺过沥青……变化多端的舅舅成为我母亲一生的包袱和心病。

我问母亲在她三十年的南营房生涯中，遇没遇到过让她心仪的人。母亲问我什么叫“心仪”，我说就是喜欢的男朋友，初恋的情人，甚至是单相思的对象，比如我上小学二年级的时候喜欢我们班的男生刘大可，到了儿呢，什么结果也没有。

母亲想了半天，最后摇摇头。

三十年的女儿生活竟是一片空白，不可思议。我说，男朋友、女朋友总是有吧?

母亲说，男女朋友当然有，多着呢。

我说，拣关系最近的说。

母亲说，关系最近的，男的叫李震江，女的叫“碟儿”。

我说，就说说这个李震江。

母亲说，震江的故事可多了，他是我外祖父的学生，家在朝外东森里住，是种藕的农家子弟。

我查了北京旧地图，东森里在南营房的西南边，秀水河东边，那里的确有片水洼叫莲花池。听老人说，莲花池旁边有十几家妓院，属于四等窑子，那里的妓女多是年老色衰，进门就上炕的角色。莲花池妓女所接的客人是赶大车、拉排子车的苦力，也有在京东八县作案的土匪和盗墓的贼人，警察常常在这里抓获到有命案在身的要犯或是江洋大盗。我后来跟老纪说过李震江，老纪的看法与母亲不同，老纪说李震江是莲花池妓女的孩子，是有人暗地里出钱，让这孩子念书，所谓“种藕的农家子弟”，那是假的。

相比较，我更相信老纪的话，真是“农家子弟”，不会有那么多时间儿子一样地陪在我外祖父身边，不会唱只有妓女才会唱的小曲儿。我听过一段母亲跟李震江学的曲子，说的是一个妓女死了，被人用席一卷扔到了芳草地的乱葬岗：

……

前头露着青丝发，后头露着绣花鞋。

南来的乌鸦鸽了奴的眼，

北来的饿狗掏了奴的怀。

一个说：“掩上几把土吧。”

另一个说：

“人家交代得清楚，

咱们是管抬不管埋。”

……

曲子很长，连说带唱，我能记住的也就这么多，这样的曲子除了妓女以外，别人大概编不出来。

我从母亲的叙述中，感到了李震江这个人物的诡秘虚幻，他往往和一些灵异事件联系在一起，所以他的短命是必然的。母亲说有一天天还没亮，她到东大桥去给她的继父买油炸鬼，本来坛口的烧饼铺旁边就有卖的，她的继父说坛口的油炸鬼不如东大桥的焦脆，就得绕远出荣盛夹道去东大桥。东大桥是朝阳门外街铺的东极限，过了那座不高的白石头桥就是一片荒地，萤飞狐窜，乱冢杂陈，是处决犯人的刑场。清朝，刑场带有震慑作用，一般都选在人口密集的市场附近，宣武门外的骡马市大街、菜市口，都是杀人的地方。到了民国，刑场就改到了东大桥的南边，芳草地的北边，这片相对空旷的地界。为此，朝阳门外便应运而生了不少棺材铺、寿衣店、裱糊铺、杠房。

母亲说她和震江最爱看的就是“出大差”。“出大差”就是杀人，把犯人从交道口的顺天府，即现在的教师进修学校押出来，走东四牌楼，过小街口，出朝阳门，专挑热闹的地方走，带有游街性质，到了东大桥就算到了终点，当然也是犯人人生的终点。所以，一出朝阳门，犯人自知路快走完，没有多长的活头儿了，往往要闹些节目出来。逢有“出大差”的时候李震江必定要逃学，带着我的母亲早早地等在朝阳门门脸儿，站在人群的最前头，眼巴巴地朝西瞅。远远地看见“出大差”的队伍从小街口那边过来了，驷马狼烟地走得很快，为什么快呢？是怕有人劫法场。我对这点很能理解，少年时看《水浒传》，那些英雄们多是从法场上被救走的，比如宋江、卢俊义什么的。到了民国这会儿跟宋朝就不太一样了，“出大差”最前头走的是马队，十几匹马走得很威风，中间是背枪的士兵，脸上淌着热汗，跟在马后头，一溜小跑。兵后头是三匹马拉的胶皮轱辘大车，有时候一辆，有时候几辆，这要由处决犯人的多少决定。被杀的人坐在车当间，五花大绑，背后插着招子，招子是白木头牌子，上头写着处决的由头和姓名，字上画着红圈，但凡谁背上了这个玩意儿，那是必死无疑，绝没有挽回的余地了。车过朝阳门，有的犯人吓得屎尿全出，脸色青绿，人还没有死，魂魄已经飞了。这样的“出大差”让观众失望，觉得不过瘾，就挑唆着犯人折腾。母亲说，平日震江挺腼腆的，连大声说话也会脸红，可是这会儿，却好像换了一个人，变成了另外一个震江了，他朝车上的犯人使劲喊：“爷们儿，唱一段嗨，别老闷着！”

一个西山的土匪，走到朝外“顺永油盐店”门口不走了，要喝酒吃肉，油盐店哪有酒肉，掌柜的让伙计给沏了碗红糖水端过去，犯人喝了糖水还不走，人们知道这边有乐子，都往这边涌，一时就有点儿乱。那个犯人看见挤在前头的一个胖娘儿们，张口便说，美人儿，跟我一块儿走吧！

那娘儿们也不含糊，立即回应道，我嫌你没脑袋！

喝了红糖水的西山土匪，后来披了“顺永油盐店”旁边“同聚隆布店”送过来的七尺红布，才往前走了。

朝阳门外的人管油条都叫油炸鬼，大概跟刑场在此的心态有关。母亲说那天她买完油炸鬼正要往回走，却看见震江直直地跪在桥底下，母亲过去叫他，他不理；拉他，他也不起来，眼睛傻愣愣地瞪着。母亲说震江跪了有些时候了，夹袄都让露水打湿了。一个赶大车的从桥上过，见了这情景，二话没说，围着李震江转了两个圈，把鞭子甩了几声响，这一来，李震江的眼珠才会转了，长长地嘘了口气，瘫坐在地上。母亲问他跪在这儿干什么，李震江说他在“等着挨头刀”。赶车的说这是“撞客”了，也就是撞上了游荡的孤魂野鬼，让鬼给拿住了，幸亏是遇上了他，换了别人，李震江的小命早叫恶鬼揪走了。赶车的说他每天出来早，天不亮，路上没人，什么都能碰上，马耳朵一奓，他就知道周围有不干净的鬼魅了，啪啪甩两下鞭子就把什么都破了。母亲说，赶车的鞭子梢都是狗皮做的，狗能破邪，平常说的“狗血淋头”就是指这种事儿，任甚妖魔鬼怪都嫌狗身上的东西。

我说李震江的表现是典型的癔症，大概是“出大差”看得多了，发生了角色转换。这个李震江，平日身体大概不是太好。母亲说震江身体很棒，冬天穿条单裤在雪地里跑，头上还冒热气。

可是“头上冒热气”的李震江却突然地死了，听说死的时候连《论语》的第一篇《学而第一》还没有念下来。李震江的死因是给母亲家修房，他和泥的时候光着脚在掺了麻刀的泥浆里踩，不知被什么划破了脚板，也没在意，不几天却死了。我说李震江是得了破伤风，这样的事情搁现在打点儿疫苗，绝不至于要命。母亲却说震江是碰上了鬼。

外祖父在东岳庙的西跨院教书，晚上不回家，就住在庙里，外祖母带着襁褓里的陈锡元每天下午过去陪着外祖父。天天晚上，母亲要挎着筐子，里面装着陈锡元的尿褯子和父母晚上的夜宵给送到东岳庙去。李震江的任务是陪着母亲送东西，再把母亲护送回南营房，然后自己回家。

东岳庙供奉的是东岳大帝，东岳大帝是百鬼之帅，专门主管死生的大神，东岳泰山是连皇上都要去封禅的重要地界。北京东岳庙气势肃穆阴森，前后六进，院落层层相套，内里有十八层地狱，有各样恐怖狰狞的塑像。母亲将李震江列为她的男朋友，我可以想象，一对小男女在夜晚的时候穿越大街小巷、进入鬼气森森的东岳庙的情景，恐怖、压抑，再加上惊慌，共同造成了一种特定的情感氛围，他不是男朋友也是男朋友了。

东岳庙因为在京东，在大路边，交通方便，还承担着一个任务，停灵。北京人有习惯，死在外地的人叫“外死鬼”，灵柩不能进城进家，必须停在城门以外，东岳庙的地理位置是比较理想的地方，这种做法叫“停灵暂厝”。与此同时，有些客死京城的外地官员、商人，也将灵柩停在庙内，以备择日还乡。东岳大帝是主管阴间事物的神，将灵柩停放在庙里既便于探望、祭奠、启运，又能得到神的垂护保佑，一切顺理成章，对庙里来说，也是一笔收入。

母亲说，那天她和震江到庙里给外祖父送东西的时候夜已经很深了，外祖父的房里还亮着灯，跨院北屋也亮着两盏油灯，照着下午才停进来的两口棺材。听说是宋哲元手下一个姓张的师长和他的副官，不知为什么死了，临时停在这儿。宋哲元是著名抗日爱国将领，那时候在北平是个头等大的官儿。大官儿底下这两个人的棺材却枵薄得可怜，自抬进来便有殷殷的血迹渗出，把整个西跨院弄得满是血腥之气。母亲说那天她和震江一进院，头发就发奓，身上起鸡皮疙瘩。西跨院的北屋常停灵，新的旧的，有的一搁十几年，习惯了也不觉怎么的，可这回不一样，越往里头走心里越发瘆。棺前两盏半明半灭的油灯，远远望去，鬼火一样闪烁，她和震江谁也不说话，加快了脚步往东屋走。母亲说可就那么巧，一抬头，他们同时看见了西墙根底下站着两个人，两个人见他们进院，立即背过脸去，面墙而立，一动不动。震江镇不住了，大喊一声，见鬼啦！

母亲和李震江一下钻进房内，将所见跟外祖父学说，外祖父不信鬼，说他在庙里教了十几年书，十几年来在西跨院停过的灵柩不下百数，从没见过什么鬼魅。说着他推窗而望，只见西墙下一片月光，哪里有什么人影？

母亲说，震江千不该万不该，不该发出那声喊叫，或许那两个鬼还不知道他们已经死了，让震江一喊，点破了，一股冤气就扑过来了，要不震江怎会第二天就扎了脚……

我是不信鬼的，让母亲一说，从后脊梁冒凉气，打听过这个故事就再也没进过东岳庙，当然也进不去了，1949 年后东岳庙被某个单位占用了，听说是警察学校之类。我想，真要这样也挺好，警察们能镇得住一切东西。李震江的逝去究竟给母亲带来多少伤感，至今让我揣摩不透，从母亲带有神秘色彩的叙述中，我感到很大成分是在给我讲一个鬼怪故事，而不是在谈自己的情感历程。那个走进母亲视野的、出身模糊不清的青年，过早地消逝在了朝阳门外的土地上，除了我在本篇文章中的提出，大概世界上没有谁再记得他，再知道他。写下以上文字，是替母亲存念，也是对曾经短暂生活在朝阳门外一个普通北京青年的追记。

他叫李震江。

四

朝阳门外的人物中，不能不说的还有一个叫作“碟儿”的，碟儿的名声比李震江大多了，想必曾经在那片地界生活过的老人至今还会有人想起她。

母亲将碟儿列为她的朋友，女朋友。

除了我母亲以外，谁也不知道碟儿的正式名字叫什么，但碟儿告诉过母亲，说她叫王彩蝶。

母亲是个宿命论者，宿命的母亲说“彩蝶”这个名儿不好，“蝶”就是“蝴蝶儿”嘛，蝴蝶儿能活几天？王家老家儿不知怎么给姑娘取了这么一个名字，彩蝶、彩蝶的，听着像个大鼓妞。大概是“彩蝶”与“菜碟”同音，于是“彩蝶”就被叫成了“菜碟”，继而被简化成了“碟儿”。“小菜碟儿”是北京人对受气包的称呼，如果说谁谁像个“小菜碟儿”，谁谁准是个受人欺负、甚没起色的角色。饭桌上的小菜碟儿大多是萝卜干、酱苤蓝、熟疙瘩一类咸菜，谁的筷子都能往里戳，又小又贱，连躲闪的份儿都没有。

我问母亲碟儿长得漂亮不，母亲说瘦小枯干的，像块搁陈了的姜。我说，姜搁陈了就抽抽儿了，还不如像中国大作家老舍说的“长了毛的窝窝头”。

母亲想了想说，碟儿还是像搁陈了的姜。碟儿的脸是姜黄色。

碟儿是丁家的新媳妇，过了门还不到三天就出来挑水，在新媳妇和新姑爷应该回门的日子，碟儿却担着两个水桶出现在了井窝子，这让南营房的街坊们对碟儿的婆家、娘家多少有些看不起。我分析，这个甚不起眼儿的碟儿，对母亲的影响是至关重要的，母亲之所以老大才嫁人，生计固为其一，对婚姻的躲避，对为人妻的恐惧，是碟儿带给母亲挥之不去的阴影。

碟儿的男人人称“锔碗丁”，是沿街锔盆锔碗的手艺人，北京锔盆锔碗的以外地人为主，都是一辈一辈祖传的技艺。朝外操这营生的就碟儿的男人一个，这就显得很珍贵，很重要了。锔碗丁早出晚归，生意很忙，当然也挣了些钱，跟南营房的街坊比，日子属于富裕的。中国人的特点是气人有，笑人无。丁家在这一片就显得有点儿各色，人们形容锔碗丁是“上炕认得老婆，下炕认得鞋”，意思是跟周围人不打交道，群众关系极差。

穷人家吃饭的碗都是有数的，居家过日子盘碗常常破裂，裂了、破了，只要能对上，一般都不扔，等着锔盆锔碗的过来修补。锔盆锔碗的挑着担子过来，被主家叫住，拿出破碗来看，锔盆锔碗的根据盘碗破损情况，估计要钉几个锔子，跟主家谈好价钱再开工。锔盆锔碗的自带小马扎，坐下后拿块布将腿盖了，将破碗拼好，取根细绳把碗捆紧，用腿把碗紧紧夹住就开始了关键性的操作。锔碗的拿出一张小弓，弓弦上缠绕着一个轴，轴的下端嵌着金刚钻，拉胡琴一样地扯那弓，在裂缝的两边钻出对称的两排细孔，然后用大小合适的铜锔子将裂缝铆上，抹一层白瓷膏就算齐活了。修好的碗跟新的一样，照样滴水不漏，俗话说“没有金刚钻，不敢揽瓷器活”，就是说的这行手艺。锔过的碗上大蜈蚣一样地爬着一排锔子，肯定不如新的美观，但那一排闪亮的铜锔子会给人一种陈旧的沧桑感，人们见到这样的碗常常会说："是使熟了的老物件了。"

锔碗丁是个孝子，他家里人口简单，除了媳妇就是妈，锔碗丁孝顺的具体表现是帮着他妈打媳妇。打媳妇似乎是旧社会底层家庭约定俗成的习惯，那时候没有妇联，媳妇挨打就得忍着。人说"打到的媳妇揉到的面"，意思极为简单，整治媳妇就要像揉面一样，反复再反复，方方面面都治理到家，让媳妇彻底服输，使起来才顺手。"多年的大道走成河，多年的媳妇熬成婆"，一个"熬"字，贯穿了做儿媳妇的始终。压抑的媳妇发展为变态的婆婆，难保对自己的儿媳妇不再变本加厉，没有为什么，什么也不为，旧社会就是这么一个规矩。南营房地界，打媳妇是普遍现象，如果谁家的媳妇进门没挨过揍，意味无非有两层：一个是婆婆没权威，二个是爷们儿窝囊。

北京的井水苦涩，能饮用的有限，偶有甜水井便为稀罕，人们都到水井那儿挑水，你来我往甚是热闹，公众的水井被叫作"井窝子"。民国年间北京安了自来水，但也不能通到各家各户，多是几个胡同共用一个水站，专门有送水的，推着独轮车，装两个扁木桶，往人家里送水。送水的并不收现钱，用粉笔在用户门口的墙上画记号，小鸡爪子一样，五个一组，到年终结算。南营房各家都是缺钱不缺人的，使水自己到井窝子去挑，没谁肯花送水的冤枉钱。每天，只要井窝子的水闸一开，就排满了大大小小的桶，一个接满了顶上另一个，挨个儿往前挪，称得上井然有序。

母亲挑不动一担水，就得等她的兄弟陈锡元放了学，一块儿去抬。姐弟俩一大一小，一高一矮，抬着水晃晃悠悠地回来，那桶自然是靠近母亲这头儿的，母亲心疼她的兄弟，怕把前头的小嫩肩膀压坏了。据说陈锡元到了十五六岁，长成高大排场的小伙子，也没自己挑过水，依旧跟他的姐姐共抬一桶水回家，姐弟俩一高一矮，桶依旧靠近高的一头儿，不同的是这头儿换作了陈锡元。

母亲在井窝子每天要碰见的人就是碟儿，母亲有她的兄弟帮忙，碟儿就是一个人，一个人挑两大桶水。后来人们传说碟儿用的水桶底儿是尖的，为的是不能在半道儿上停歇。母亲说这都是杜撰，碟儿用的水桶跟大伙儿的一样，洋铁皮的，也不比谁的大，不大的水桶让碟儿一个人挑，可就有点儿吃力了。碟儿是小脚，粽子一样的脚要撑起两桶水来，那颤颤巍巍的模样谁看了谁都为她捏一把汗。没人敢帮碟儿，尤其是男人们，大伙儿都知道碟儿婆婆的厉害，不大的事儿，她那个一脸横肉的婆婆，操着外地口音，能把一条胡同骂翻了，说她是母老虎便宜了她，准确说得叫“母夜叉”，红嘴蓝脸，会吃人的夜叉。母亲年龄与碟儿相近，在情感上对碟儿就多了些关注。母亲每每送过去亲切的目光，碟儿都闪过脸去不接。有时母亲有意将碟儿的桶让在前面，碟儿都执着地退着，不肯接受母亲的好意。看井窝子的老肖说，别让了，她在这儿排着还能消消停停歇会儿，回去指不定什么等着呢！

母亲不再谦让，她从碟儿胳膊上的青紫猜得出小媳妇在家受的罪孽，那不是人过的日子。有一回碟儿来担水，牙床都被打破了，满嘴是血，不住地往地上吐血水。本来井窝子的街坊们还有说有笑，一见了碟儿这模样，谁也不言语了。碟儿排在母亲身后，母亲止不住低声说，你们家老太太怎把你打成这样？

碟儿不说话，眼里有泪光在闪。

母亲说，找你的娘家人来跟他们论理，告诉我地方，我替你去叫。

碟儿摇摇头。

母亲说，实在受不了就跑吧！

碟儿说，我往哪儿跑哇？姐姐！

碟儿的一声“姐姐”，母亲就以为自己真是人家的姐姐了，最直接的表现是送了碟儿一副棉袖筒。棉袖筒是两个棉筒，接在棉袄袖口处以遮挡手背，也可以把手指头缩进去，实际是袄袖的延长，方便又实惠。旧时的孩子们没戴过棉袖筒的几乎没有，袖筒就像母亲的手，在冷天，时时地给孩子焐着。母亲说，那年冬天太冷，滴水成冰，西北风一刮，刀子似的，井窝子周围冻成了大冰溜子，站都站不稳。碟儿来担水，小脚在冰上几乎站立不住，母亲便过去帮忙，替碟儿把桶从冰上提出来，把桶用铁钩子钩好，将扁担移到碟儿的肩上，看着碟儿一步三晃地往家走。老肖说，这个碟儿呀，她活不长了。

母亲问为什么，老肖说碟儿的眼睛里泛着死光。

母亲没想到碟儿会死，母亲只是觉得碟儿可怜，碟儿那双手，裂了几条口子，往外翻着红肉……母亲心疼，回家当晚就做了棉袖筒，第二天，见了碟儿二话没说，就给她套上了。

第三天，碟儿没来。

中午传来消息，说锔碗丁的媳妇夜里扎了水缸，自己把自己淹死了。死的头一天，听说婆婆把猫装在媳妇裤裆里，扎上裤腿打猫，猫把媳妇的下体抓得稀烂，媳妇受不了，半夜把自个儿头朝下，栽进水缸。满满的一缸水，都是她白日挑来的，自己给了自己一个了结。

母亲跟我说，她一直怀疑碟儿的死是由她送的那副棉袖筒造成的，心里觉得怪对不住碟儿的。

碟儿的非正常死亡使她的娘家人不答应了。在碟儿受苦受难的时候从来没见他们出过头，这会儿却借着碟儿的死大闹特闹了，北京人将这种做法叫作“闹丧”，是借着死人的由头来达到活人的目的。旧社会，每个女子都有自己的“人主”，在家是父母兄弟，出嫁是丈夫儿子，这种关系在相应的时候才显出它的重要。人死之后，必须报知人主，人主得问清死因才准入殓盖棺，就是正常死亡，人主也要为亡者争些权益和脸面，不是那么轻易好说话的。碟儿威风八面的娘家人除了要一笔钱以外，还要丁家为碟儿大办丧事，他们提出，碟儿的装殓必须是柏木七寸大棺，而且要内棺外椁，僧、道、喇嘛三棚经，出殡要三十六人大亮牌杠，清音锣鼓外加洋鼓洋号。出乎所有人意料的是，碟儿的人主还要丁家娘儿俩披麻戴孝，儿子打幡，婆婆抱罐，一点儿不能含糊。通常打幡的是至亲长子，举着一根挑着白纸幡的杆，杆上写着死人的姓名、生卒年月和佛家偈语，为死者灵魂引路；抱罐的应该是长媳，罐里装着供奉在死人灵前的饭菜，叫“焰食罐”，半尺高的挂釉小罐，发引前由亲朋每人夹一箸菜肴，攒到罐里，用烙饼和红布封口，下葬时搁摆在棺材前头。碟儿娘家这样要求，是有意寒碜丁家，以显示自己的能耐。丁家母子理亏，只好答应。

碟儿出殡那天热闹非常，无异于一次社火游行，据说观看者不下数万人，成为轰动京城的一件大事。旧时的朝外大街街面低洼，一下雨满街泥水，铺子都是高台阶，最高的“五福楼”首饰店是七层台阶，说是“多年的大道走成河”一点儿不假。母亲站在五福楼的台阶上，这里的位置最突出，她不是要看清楚出殡的队伍，她是要碟儿看清楚她。在井窝子彼此就是心照不宣的，现在这是最后一面了，她和碟儿的心里都会有所感应。出殡的队伍过来了，因为有悖常理，看热闹的便指手画脚，执事的也嘻嘻哈哈，没有肃穆可言。光鲜热闹、五光十色中，碟儿的椁在人流中缓缓移动。一群穿绿驾衣的杠夫，抬着盖着锦绣棺罩的棺椁，在阳光下成为亮点。棺前头是碟儿那位打着引魂幡的丈夫，幡上带有讽刺意味地写着："西方速去也，善路早登程。听经闻法语，逍遥自在行。"碟儿丈夫低着脑袋，腰里扎着麻绳，一路走，一路号啕。那个夜叉婆婆披散着头发，一脸泥水唾沫，抱着小黑罐，狼狈地跟在她儿子后头，任人指骂。

母亲一阵心酸，挨打受气的碟儿此刻正平平稳稳地躺在里头，再不用担惊受怕，再不用拧着小脚去担水，她用自己的死为自己挣来了这份安稳。盘儿和碟儿都是贱命，是最卑微、最渺小、最不值钱的女子，碟儿如此，盘儿又将如何？就是在碟儿的棺木与母亲相错的那一刻，母亲为自己定下了一条原则：决不能嫁给有婆婆的人家儿！

这大概是碟儿临走前的告诫。

碟儿可能到了也没想到自己的身后是如此辉煌，而且这个辉煌余韵绵长，有好事的文人将碟儿的事写成了戏，叫《锔碗丁》，在京城演出，丁家人认为有辱名声，花钱将《锔碗丁》买断，所以这出戏演了几场就不演了。丁家经此折腾，彻底衰败，将房卖了，不知搬到哪儿去了。我们家的老二，即我同父异母的哥哥看过这出戏，我问过他戏怎么样，他说没劲。

我七舅爷的女儿大秀也看过这出戏，她说好看，她是和母亲一块儿去看的，两个人把手绢都哭湿了。

我为没能看上《锔碗丁》而遗憾，想象着它的情节，应该是比父亲喜爱的《逍遥津》《盗御马》们更可信，它就是朝阳门外母亲身边发生的事情，不像汉献帝，不像黄三泰，离得太远，只在戏台上才能见到。《锔碗丁》的女主角是碟儿，“搁陈了的姜”一样的碟儿，不知她在台上是什么模样。

五

如果没有节外生枝，母亲应该嫁给炸开花豆的老纪。

老纪那时候是小纪，上头有个老大，下头有个老三，他娘死了几年了，他爹老老纪带着三个儿子过日子，挺不容易。纪家三个儿子中数老纪实诚憨厚，又有内秀，会打算盘，会记账，全是自学成才的本事。老纪记的账是真正的“豆账”，戏棚的刘大大、书场的老宋、茶馆的周三，谁拿了多少开花豆全有记录。记录是用小人儿代替的，小人儿有的长脸，有的圆脸，有的穿黑裤子，有的穿坎肩。有一个脸上还点了两个点儿，那是坛口摆小摊儿的冯麻子。这些账别人看不明白，老纪和他爸爸却一目了然。老纪的算盘属于“一上一”“五下一去四”的水平，简单得用手指头都可以代替。老老纪认为他的老二很有文才，是个可以做“文字工作”的材料，属于纪家的重点培养对象。纪家是53号，往南与我母亲家隔了一个门，各家的格局都是一样的，不同的是纪家南屋里并列了三个半截儿埋在土里的大缸，三个缸里都装着蚕豆，一个是正用水发着的，一个是发好切了口的，再一个是炸好了凉在那里的。小的时候我曾经目睹过老纪炸开花豆的热烈壮观的场面，万千的蚕豆倒进油锅，噼啪炸裂，翻滚跳跃，如战场上万千激战的兵。老纪剃着板寸，穿着粗布汗褟儿，青布裤绑着腿带，一双靸鞋，一胳膊腱子肉，挥动着大笊篱，如将军一般，和锅中的豆儿混成一体。特别是老纪将笊篱里的开花豆隔着好远抛向墙角的大缸时，一道由豆子们组成的喷香弧线，唰啦啦长了眼睛般，竟然没有一颗出轨的，利落潇洒，就如同《三岔口》里任堂惠和刘利华那场精彩默契的短打，熟练准确，不差一丝一毫。这时候的老纪在我眼里太了不起啦，相比较，我父亲简直不如老纪的一根小手指头。

老纪的爸爸老老纪是个善良人，附近孩子们没有谁没吃过老老纪的开花豆的，老老纪不唯爱孩子，还爱小猫小狗，看到有人扔了的猫狗一准抱回去养着。老老纪跟人不太说话，跟猫狗的话却很多，闲了的时候总是端着一碗高末坐在院里跟他的“大白”“花脸”“黄毛”聊天。“高末”是茶叶铺子打扫出来的茶叶末子，喝一碗就没色了，便宜实惠，是北京穷人的最爱。“大白”“黄毛”们是老老纪捡来的“宠物”，有了这些“宠物”就有了看家的，有了拿耗子的，老老纪家没有白吃饭不干活的。

老老纪的大儿子在朝外大街“大美理发馆”当学徒，理发馆由剃头挑子进化为“馆”就如同现在蹬三轮儿的开起了“出租”，文明高雅，登上了大雅之堂。民国初年，北京只有大宾馆里才有理发馆，那是为洋人服务的，后来日本人在京城开了几家理发馆，理发馆才渐渐为中国人接受，接受者也多是有钱有身份的人。纪家老大在“大美”跟着老板学烫头，那时候女子正兴“飞机头”，两鬓蓬松如机翼，一脑袋小卷，发型爆炸般地张扬。纪家老大聪明勤快，“大美”老板已经将其内定为上门之婿，入赘“大美”只是迟早的问题了。为女性服务多了，老大身上就多了些女气，说话柔声细语，留着长指甲，小分头上总是打着发蜡，身上永远是一股“双妹”牌花露水味儿。这让老老纪不待见，他心里早把这个儿子踢出去了。

老老纪的三儿子是煤铺摇煤球的，地道苦力。在旧时北京开煤铺的多是河北定兴人，煤铺的外墙上无一例外用白底黑字写着“块末原煤”，说的是经营煤炭的种类。北京的煤炭大多来自京西门头沟地区，也有大同的。块煤也叫“硬煤”“钢炭”，禁烧但是价格贵，煤末子贱，老百姓居家过日子多用煤末子做的煤球，做煤球的任务由煤铺承担。将半湿的煤末子摊平斩成小块儿，放在筛子里，搁在花盆上用手摇，摇成煤球晾干了论斤卖。摇煤球的一般是外地来的打短工的，北京的爷们儿没谁肯下这个死力。纪家老三其实也没把摇煤球当个永久职业，他的理想是去当兵，摇煤球是为了学着吃苦。老老纪说好铁不打钉，好男不当兵，反对老三去扛枪杆。老三说，咱住在南营房，祖上不是当兵的又是什么？以前能当兵，现在怎就不行啦？

纪家老三到底还是走了，参加了国民革命军第二十九军军训团。这一走就跟我的外祖父一样，再没有音信了。1949 年以后老纪曾经找过他兄弟，去过民政部门，问过从台湾回来的老兵，还在广播电台上广播过，都没结果。老纪说，他兄弟只要活着就忘不了南营房，就必定得找回来，南营房是他兄弟的根！这也是老纪后来不愿搬离南营房的原因之一。

母亲说老纪在纪家三个儿子里是长得最好的，长方脸，浓眉大眼，像戏台上的吕布。吕布的戏我看过叶盛兰的《白门楼》《辕门射戟》，还有他儿子叶少兰演的《小宴》。吕布穿粉袍，一脑袋粉绒球，挺性感，跟老纪比，风流倜傥有余，泼辣麻利不足。

我后来从舅舅嘴里知道，当时母亲跟老纪已经到了谈婚论嫁的地步，那边出面的是老老纪，这边就是我舅舅了。舅舅虽还在无休无止地念初中，但是他知道他姐姐的婚事得他做主。母亲比老纪大了几岁，老老纪不在乎，老老纪欣赏母亲的端庄贤惠，欣赏母亲的勤俭持家。老老纪说，大几岁没什么，“女大三，抱金砖”，只要母亲从57号搬到53号，纪家、陈家就是一家人了，陈锡元就成了他的老儿子。老纪本人更没意见，母亲的漂亮在南营房是数一数二的，娶个漂亮姐姐，有人疼他，他求之不得。

舅舅为促成这件事两院跑，吃了人家不少开花豆，拿水舀子舀着吃，十八岁的青年，没找着正经职业却已经学会就着开花豆喝酒了。母亲就这事始终没松口，她总觉得心里头缺了点儿什么……

老老纪自然知道母亲的顾虑，知道碟儿的遭遇对母亲的影响，放出话说母亲一过门就当家，把他们爷儿俩挣的钱都管起来，他们家也真该有个理财的媳妇了，他们家那些沾了油花的钱不是塞袜筒里就是压炕席底下，让耗子拉去都不知道。

纪家没有婆婆压着，这点合乎母亲的标准。

可最终，事儿没成，谁也说不清为什么。

母亲嫁给了我的父亲。

差一点儿我就成了炸开花豆的后代，想想也挺有意思。母亲结婚以后纪家十分失落，尤其是老纪，快三十了还没结婚，媒婆给说合了几个，他老跟我母亲比，闹得老老纪跟他发火说，盘儿现在已经姓叶啦，儿子，你死心吧！

最失落的是我的舅舅，母亲的出嫁宣告了他无节制地吃开花豆的时代已经结束，新的姐夫对南营房淡漠疏离，对他的一切几乎从不过问，与老纪家比，关系差远了。

老纪的后来，我在这儿做个简单交代，老纪最后娶了坛口打烧饼的闺女，闺女叫张金枝。张金枝没带来什么陪嫁，却带来了好手艺，纪家索性在门口支起了吊炉，开花豆之外还卖芝麻烧饼，整得四甲整条胡同都是香喷喷的。舅舅说，他一看见打烧饼的张金枝就想起姐姐来，猛一看，张金枝和母亲还真有点儿像，这大概也是老纪有意挑的。张金枝子孙娘娘一样给老纪生了无数孩子。我跟着母亲回娘家，晚上到老纪家串门，只看见梯子一样挨肩高的一群孩子，在灯光下，围坐成一个圈，挤挤挨挨地正给蚕豆切口。老纪见了我，两手捧了一大捧开花豆让我吃，我很矜持地捏了两个，老纪说，敞开吃，管够！

我只是看那群孩子，都是一个模样，个个长得像老纪。老纪的孩子们远没有老纪热情，孩子们的妈张金枝对我和母亲也爱搭不理的。老纪把开花豆搁在锅台上，张金枝说，人家是讲卫生的。说着拿来一块报纸垫在下头，报纸比锅台还脏，不知张金枝的卫生标准是什么。老纪的孩子们冲我挤眉弄眼，甚不友好，他们的脸脏兮兮的，花狸虎一样，拖着鼻涕，趿拉着鞋，我想，我要真成了老纪的孩子，难道也是其中的一个？大概不会，母亲毕竟不是张金枝。

20 世纪 70 年代，我在陕北农村“大有作为”地挣扎的时候，老纪的孩子们则都成了有用的人物——运输公司的司机、副食店的售货员、煤铺的工人、街道办事处的干事……那时候物资贫乏，我往陕北带了一罐子大油，是舅舅走老纪儿子的后门弄来的。我招工以后，那个当司机的还到陕西工厂看过我，舅舅托他给我带了一瓶北京王致和的臭豆腐。

我们活得不如人家。

改革开放以后，老纪的儿女们出息更大了，我还在为三十、五十的稿费爬格子，那些人便已经发展到了“非等闲人物”的程度。开车的自己不开了，组织了出租车公司，当起了老板；卖芝麻酱的搞起了外贸，大批地往日本、欧洲出口花生酱；卖煤的弄起了石油钻探，陕北那些产油的井很多是他钻的眼儿；办事处那位到外国当了参赞……

活得都比我精彩！

没当成老纪的孩子，我真应该后悔。

“鸦窝里出凤凰，粪堆上长灵芝”，天下理无常是，事无常非。

打乱母亲生活轨迹、改变母亲命运的是谁呢？就是状元刘春霖。

六

以我母亲的生活状况绝和状元搭不上边，南营房那五方杂处的穷困地界更非状元的涉足之处，可偏偏毫不搭界的人就搭上了界，用“永星斋”饽饽铺老掌柜的话说是“缘分”。

“永星斋”是朝外大街坐北朝南的大点心铺，前店后厂，雇着伙计几十号人，还有几家分店，生意红火。“永星斋”最早的老掌柜叫王芝亭，祖上在宫里当过御医，他本人却没什么特长，就在朝阳门外开了这个饽饽铺。之所以叫“饽饽铺”，是因为经营的全是满式糕点，跟南式、洋式点心不一样，满族人管点心叫“饽饽”，萨其马、百果花糕、芙蓉奶糕、细品小饽饽、酥皮点心，都属于饽饽范畴。饽饽铺一开张，王掌柜就凭着祖上的关系让当朝翰林戴思湻题写了“永星斋”几个大字，又请庆亲王和工部尚书陈璧写了“风味不群”和“翠凝朝露”两块匾，都是烫金大字。朝阳门是朝阳之门，阳光下，巨匾金光闪耀，这几块匾使“永星斋”饽饽铺在朝外大街滚滚的尘路上，光彩夺目，鹤立鸡群，上至宫廷王府，下至黎民百姓，一提“永星斋”没有不知道的。有皇上的时候，内务府的饽饽房每年都要“永星斋”做专供，材料由内务府提供，制作时需掌案亲自动手，可见其饽饽的精细讲究。此外，“永星斋”还给恭亲王、庆亲王和荣禄荣中堂府上加工饽饽。

满族人的饽饽很大作用是用来祭祀的，宫廷上供用的饽饽桌子是金龙绣套，桌子上每节码二百块糕点，往上摞十三层，有两三米高，还得用水果、绢花做顶子，这些工作当然都由饽饽铺承担。母亲说，她嫁入叶家第一年的正月，“永星斋”的掌柜就以娘家人的身份，给我们家送了一台红丝万字蜜供，蜜供是沾了糖蘸的点心，被码成了一人高的吉祥图案，谁见了谁说好，给我母亲争足了面子。

“永星斋”的具体位置，在我儿时的记忆中是在吉市口附近，东岳庙的西边，今天的“永星斋”已无从查找，被现代楼房替代，跟满族饽饽全没了关系。“永星斋”最让我思念的是一种贫民点心“七宝缸炉”，“七宝缸炉”说白了就是点心渣子重新组合烤制的无馅儿圆饼，火烧一样的，但松软可口，甘美异常，特别是刚出炉的热缸炉，那香味儿一里地以外都能闻到。“闻香下马”者大有人在，我母亲那位住在东四六条的远房表舅钮七爷就是被“七宝缸炉”的香味儿勾来，跟饽饽铺的掌柜成了朋友的。“永星斋”离东四六条隔了一道城门、几条胡同，“被香味儿勾来”的说法实属夸张，但事实是常常“永星斋”的缸炉一出炉，七舅爷就掀门帘进了铺子，说是“赶上了”，实则是早算计好了的。七舅爷来了，两个缸炉、一碗清茶是必要款待的。七舅爷会说会唱，不招人讨厌，北京城里哪儿有什么新鲜事没有他不知道的。那时候没有电视，话匣子也不普及，报纸是少数人订的，用现在话说是“传媒业相当落后”，所以钮家七舅爷就显得很重要，铺子里上上下下的人都喜欢他，时间长了他不来“永星斋”，大伙儿还念叨他。

我母亲管钮七爷叫表舅，所以后来我们都随着母亲叫，叫他七舅爷。母亲和七舅爷有着亲戚的名分，却没什么实际交往，年节也不走动，只是跟七舅爷的闺女大秀在交领补活的时候偶有碰面。我父亲叫七舅爷“牧斋”，在父亲和母亲结亲之前，牧斋是我父亲的朋友，吃喝玩乐的朋友，他们的共同爱好是京戏，是美食，都是八旗子弟，七舅爷属正白旗，我父亲属镶黄旗。不同的是民国后我父亲有家底，有薪水，七舅爷是坐吃山空，倒驴不倒架，面子上还撑着，其实日子很悲惨，就如同算计“永星斋”的缸炉一样，“秋风”打得自然顺畅，不让别人尴尬，自己也不尴尬。

父亲和七舅爷共同的朋友是刘春霖，刘春霖在性情上跟两位“子弟”不同，比较务实，不说不靠谱的话，在行为上也比“子弟”们严谨。这大约与他直隶石宝村的生长环境和状元及第的出身有关系。父亲和七舅爷请他“东兴楼”赴宴，他必定要问清楚“两位带钱了没有”才进门。表面上都是父亲在“请”，其实他一回也没掏过钱，无论到哪儿，商家一看刘状元来了，笔墨纸砚早在后头偷偷备好了，吃完饭不写幅字断然是出不了门的，而状元那幅字，价值不菲，值几十顿“盛宴”。就是在今天，香港拍卖刘春霖的一副四扇屏，也拍到了二百二十万港币。刘春霖的字之所以在社会上流传甚广，是他面子软，不好意思拒绝求家，还没有像现代人一样学会说“不”。社会上一致认可刘春霖的字，有“大字学颜（真卿），小字学刘（春霖）”的说法，更有“楷法冠当世，后学宗之”的美誉。有传说，慈禧在点状元的时候就是看上了刘春霖答卷上的一笔好字，舒朗清秀，爱不释手，钦点甲辰恩科一甲一名状元。当了状元的刘春霖后来给老佛爷着实写了不少字，在故宫游览，时时能看到状元的墨迹。也有人说，刘春霖的状元是“捡”来的，是沾了名字的光，他只是进入了前十名，头名叫谭延闿，老佛爷马上想到了闹变法的谭嗣同，扔一边了。排谭延闿后头的是朱汝珍，广东人，老佛爷反感广东人，洪秀全、康有为、梁启超、孙中山全来自广东，自然不能当选。临到了刘春霖，时值当年大旱，老佛爷一看，高兴了，春风化雨，普降甘霖，乃大吉之兆，御笔点朱，刘春霖就当了状元。我后来跟父亲谈起过这事，那是父亲将刘春霖的一幅字送给我的时候，父亲说所谓“春风化雨”都是以讹传讹，卷子的名号都是封着的，说沾了字的光尚有可能，沾了名的光不可信。在刘春霖当上状元的第二年，清代废除科举考试，中国从此再无状元。自隋代以来浩浩荡荡的科考大军，在清光绪三十一年画上了句号，中国产生的几百名状元中，刘春霖是最后一人。用他自己的话说，他是“第一人中最后人”。1905 年刘春霖和几名同科进士及朝廷认为有培养前途的八旗子弟，被送到日本留学。父亲和刘春霖同船而往，在横滨登陆，刘春霖进的是东京法政大学，法律学科，我父亲进的是东京帝国大学，古典讲习学科。他们那一船留学生，后来成为名人的有很多，著名的有汉奸王揖唐、企业家王国甫、政治家沈钧儒……推算年龄，一群人中年龄最大的也不到三十岁，而我父亲和王国甫这些没有功名的子弟们，还只能称作青年。

我父亲学的是文科，又喜好书画，就在东京和刘春霖走得很近，对刘师兄的书法近乎到了痴迷程度，将师兄的各类“习作”搜罗不少。我后来有幸得到的墨宝当属这一类，那是一副四尺联，“樱花和烟暖，富士带月寒”。20 世纪 70 年代，我有孕待产，丈夫不知从哪儿将这副对联寻出，挂在简陋的斗室中，说时时看着状元的字，对未出世的孩子是一种太难得的胎教。我就天天看，有时还临摹。儿子生下来了，对什么都有兴趣，就是对学习没兴趣，招猫逗狗、逃学早恋、说瞎话、不及格，哪里有状元的半点儿风度，一笔字写得歪扭如狗爬，中学毕业了竟然背不出一首完整的唐诗！最让人糟心的是还是个网虫，不止一次让我揪着耳朵从网吧里轰轰烈烈地拽出来，压根儿跟刘状元的书法胎教没一点儿关系。

这是题外话了，还是回过头来说我的父母，我儿子的姥爷、姥姥。

我父亲从日本回国后赋闲在家，他的“古典文化学科”

专业只能钻故纸堆，没有别的用处。不久，他的师兄刘春霖在北京创办了直隶书局和群玉山房，我父亲将自己所长投入其中，又帮着王国甫办工厂，最终在北平大学艺术学院教美术，也算有了归宿。和我母亲的认识，就是他在北平大学的时候。至于后来父亲在徐悲鸿办的北平艺术专科学校当教授，那是抗战胜利以后，1946 年的事了。

母亲说她头次见父亲是在盛夏，荷花池的荷花开得正好。父亲则说是深秋，东岳庙的金桂将要凋谢，香气正浓。母亲说不是金桂的香气，是“永星斋”七宝缸炉的香气，父亲记错了。甭管孰对孰错，他们在“永星斋”饽饽铺见的头一面应该是没错的。

父亲说那天他和牧斋（七舅爷）、润琴（刘春霖）听下午戏出来，时间还早，就到朝阳门外金台看日落。

“金台夕照”是著名的燕京八景之一，套用的是燕昭王“置千金其上，延天下士”的典故，故称“金台”。真正的金台在河北，在易水河边，“风萧萧兮易水寒，壮士一去兮不复还”，燕太子丹送别荆轲的地点就是金台，朝阳门外的金台不过是个附会，是京城外的一个高台罢了。就这个金台，在一片低矮灰房顶的旧北京也算是一个值得登临的去处了，有人专门写诗赞颂说：

高台百尺倚都城，斜日苍茫弄晚晴。

千里江山回望迴，万家楼阁入空明。

在难见高楼的旧北京，登斯台，低回眷顾，亦能给人以千秋灵气之想。但父亲和刘春霖他们那天在台上抒发的不是慨古之情，却是婚娶的余韵，他们看的戏是昆曲《钟馗嫁妹》。

七十多年前的“金台夕照”是怎样一种景致，今人已很难想象，只是今天地铁线还有一站叫作“金台夕照”，沿着滚梯钻上地面，全是高楼，不见金台，没有“夕照”的氛围，也谈不上“千里江山”的回望……当年七舅爷能借着戏曲的余韵，在土台上边舞边唱：

摆列着破伞孤灯，趁着这蹇驴儿趵蹬，
是一幅梅花春景……
权当个冰人系赤绳，权当个月老为盟订，
权当个氤氲使巧撮合，权当个斧柯媒证……

在我的意念中，七舅爷就是在今日车水马龙的马路上舞蹈，时空的叠加常常让人感到滑稽和不可思议，但历史就是这么绕着圈往前走的，不知什么时候，我们便踩在了昨天的脚印上。

七舅爷在金台上到位的表演让刘状元再一次领略了八旗

子弟的“精彩”，一再地夸赞，“好，好！”

父亲说，不是牧斋唱得好，是《扑灯蛾》词写得好，“俺与他一旦契合，恁与他五百年前石上结三生”，颇有日本松尾芭蕉俳句的韵味，没点儿文字功底是写不出来的。

刘春霖说钟馗也是懂情，做了鬼还没忘记妹妹的婚事，充作冰人，替妹妹了却终身，是个有爱有恨的汉子。父亲说他回去要画幅《钟馗嫁妹》的工笔，那“破伞”和“孤灯”一定是要有的。几个人正陶醉在“嫁妹”的情节中，有浓云飘来，正遮头顶，忽雷闪电中洒下了瓢泼大雨。雨水在土台上砸起一片烟尘，正在舞蹈的七舅爷大叫一声“钟馗寻来也”，便领头朝下跑，刘春霖和父亲紧随其后，白雨中三人在朝外大街上跑成了一条线，七舅爷在前头猛蹿，父亲在中间大步流星，胖胖的刘状元远远地落在后头使劲喘……

我对父亲的叙述持怀疑态度，刘春霖从日本回来后当过大总统秘书，当过直隶教育厅厅长，以这样一个身份不可能在朝阳门外的雨地里奔跑。父亲说不可能的事情多着呢，他们是同学，同学之间什么不可能的事情都会成为可能！

七舅爷轻车熟路，照直奔了“永星斋”，七舅爷聪明，他知道，到别的铺子就是避雨，到“永星斋”却是有吃有喝的好招待。三个人水鸡子一样狼狈不堪地进了饽饽铺的门，刘状元埋怨七舅爷跑得太快，七舅爷说他是怕在高台上被雷击着，大家这辈子都没干甚缺德的事，划不来不是。

饽饽铺的冯掌柜见来了巨星级人物，很是有些受宠若惊，招呼伙计赶紧找干净衣裳，在后头东屋摆了茶水点心桌，西屋自然也摆了笔墨纸砚桌。

那会儿母亲正好也在饽饽铺内避雨，她是到吉市口交补活，回来夹着一抱原料遇上了暴雨，躲进了饽饽铺，就这，头发衣裳和一卷纸样也淋湿了。母亲将盘在头顶的湿辫子松下来，那根长长的粗辫子就垂在脚后跟，垂着长辫子的母亲从玻璃后头焦急地望着街面，雨水在街上砸出一片片水泡，檐下的水哗哗地流成了一条线。母亲担心南营房简陋的屋顶能否经得住这场暴雨的肆虐，低矮的门槛怕是挡不住进水；又担心这一卷湿透了的活计，没准儿得全砸在手里，非但挣不到一个子儿，怕是还要赔钱。至于后来跑进来的我父亲他们一行，则根本没有进入母亲的视野和心中，母亲一如既往地看着外面的雨水发愁。水汽朦胧的玻璃，刚出炉的七宝缸炉的香气，母亲苗条的背影，一条长长的辫子，氤氲出“遥望蓬莱，一半儿云遮，一半儿烟霾”的意境，父亲看得呆了。我想，父亲在那一刻并不是看上了母亲，而是看上了他意念中泛起的带有古旧温馨色彩的图画。在我的记忆中，父亲画了不少有水汽玻璃背景的画作，玻璃的前头有美人背影，当然也有三两个沙果或是一只睡猫，甚至还有一枝扭曲的病梅……父亲喜爱的是色彩和氛围。父亲的失态引起了刘春霖的注意，他问掌柜的可认识站在玻璃跟前的女子，未待掌柜的回答，七舅爷说那是他的外甥女，刚才净顾着往里跑，没看见窗户跟前还站着人，原来还是亲戚。七舅爷喊"盘儿"，母亲转过身来，见是七舅爷赶紧请安问好，依着旗人的规矩，将七舅爷家的蛐蛐儿和鸟都问到了。

母亲姣好的面容让父亲惊异，不能忘却，那天他几位应冯掌柜之邀在西屋"留下墨宝"，父亲写的竟是"清素若九秋之菊"，冯掌柜有些迷惑，父亲说他赞的是永星斋的七宝缸炉，其实父亲夸的是母亲，跟人家饽饽铺没一点儿关系。刘春霖喝了半碗茶，坐在八仙桌前默默地动开了心思，后来饱蘸浓墨给饽饽铺题了一副联：

翠烟金台，细品钟馗嫁妹；
白雨永星，和鸣凤凰于飞。

除了"永星"二字，同样跟饽饽铺没关系。

七舅爷懵懵懂懂吃了冯掌柜半盘子新出炉的缸炉，提了两匣子人家送的芙蓉糕和萨其马，心满意足，坐在太师椅上有些犯困。

雨过天晴，冯掌柜给雇了车，三个人高高兴兴散了。

母亲回到了南营房的家，屋内并没有漏得一塌糊涂，因为屋顶上被老纪盖了苫布。母亲自是感激，到 53 号院里谢了。老纪的爹说，你们家的事就是我们家的事，用不着分那么清楚。

其实老老纪的话已经说得再清楚不过了，母亲在喷香的开花豆冲击下，思想防线完全垮塌，她想，如果这个时候老老纪跟她提起纪家老二的婚事，她会一口答应。可偏偏那天老老纪错过了这个好机会，老老纪什么也没说。

我舅舅那会儿正在书场听书，听的是《薛礼征东》，直到天黑才回来。

七

中国有“月老系红绳”“千里姻缘一线牵”的说法，谁跟谁是一家子，早已是命中安排好了的。陈家、纪家本已成熟的姻缘却因月老的执意，有了改变。我跟母亲谈论她这180度婚姻扭转时，母亲说这是命，任谁也挣不过命去。记得她当时还给我讲了个故事，说古代有个人晚上看见一个老头儿倚着布口袋在月光下翻书，他问老头儿看的什么书，老头儿说《天下婚书》。书上写着谁和谁成夫妻，但凡书上写了，他便用布口袋里的红绳把一对男女的脚踝拴在一起，两个人即便相距千里万里，也会因这绳子走到一起。这人问他的未来媳妇是谁，老头儿说集市上捡菜婆子领的女孩就是他将来的媳妇。第二天他到集市上看到了那个又脏又乱的婆子，拉着一个小丫头，他甚不满意，就用刀砍杀了那女孩，自己逃走了，想的是既定的婚姻已经解除。若干年后，他娶了一位官员的女儿，那女儿花容月貌，只是眉心有一伤疤，一问，是小时候家境遭难，随奶母上街乞食，被人砍的。这人遂信月老的话不虚……

母亲信命，她一直坚信，是月老没把她和老纪拴在一根绳上，没嫁给老纪，她并不遗憾。

果然没过多久，刘状元就通过七舅爷传来了话，要亲自做媒，把“盘儿”说给东城戏楼胡同的叶四爷做夫人。

来传话的七舅爷先说媒人是多么的有身份、有名气，又说了我父亲是多么的有钱、有学问，说他们都是留学外洋的精英，是中国不可多得的人才，这样的人物打着灯笼都难找。我那位只有中学肄业水平的舅舅闹不懂“精英”是什么东西，但是他知道《状元媒》这出戏，知道状元是很伟大的人物，很多戏曲里是有不少状元娶了千金小姐，甚至招赘驸马的。我舅舅很想看看真的状元是什么模样，就要求媒人刘春霖一定要亲自登门提亲而不是让人传话。七舅爷说，人家刘状元是天上星宿，岂是谁想见就能见的，状元不可能降贵纡尊，到南营房这寒门穷舍来，你要想目睹状元真容，除非婚事敲定，人家作为媒人来放定，也算是事出有因，不辱没状元身份。

舅舅说他姐姐的亲事得问问隔壁的老老纪，七舅爷说，老老纪是谁？他能做得了咱们钮祜禄家的主吗？我是你舅舅，你娘死的时候虽没有交代，你们家的事也得我说了算，今天状元要来做媒，这婚事不成也得成。

舅舅干瞪着眼睛说不出话，此刻他心里已把刘状元和戏台上蹬着皂靴、穿着红袍、晃着纱帽翅的英俊小生闹混了，一心想着刘状元而忽略了未来的姐夫叶四爷。我问母亲七舅爷来家说这件事情的时候她在哪里，母亲说姑娘怎能参与这样的事，七舅爷一提亲，她就借机躲了。可是舅舅说我母亲根本就没躲，她一直坐在炕桌前拨补活，把七舅爷的话一字不落地全听了去。我问舅舅母亲当时发表了什么意见，舅舅说什么意见也没有，连头也没抬，他把母亲的沉默看作是认同。

我相信舅舅的判断，这桩婚事隐隐与母亲的心气儿，与母亲的朦胧憧憬相吻合，才子佳人是母亲有限认知中的理想搭配，南营房的女孩也是有梦的。

事情有了眉目，刘状元便以媒人的身份出现了，进入谈婚的实质阶段。嫁娶双方代表是在安定门茶馆见的面，母亲这方是我十九岁的舅舅和七舅爷，父亲那边是他的大学同学，在北京开工厂的王国甫，刘状元算是中间媒人。此刻我的父亲母亲还不能见面，介绍情况时刘春霖说我父亲是属兔的，山林之兔，农历六月十六生日，舅舅一推算，父亲比母亲大了六岁，还算年龄相当。刘状元说，瑞祓（我父亲的字）曾经袭有“镇国将军”的封号，虽然清廷已经不在，毕竟也是个有根底的人家，前妻瓜尔佳氏去世好几年了，留下了四个孩子，长子大学已经毕业，两个女儿在燕京大学读书，平时住校很少回家，小儿子正上高中……孩子们懂事勤谨，家道殷实富裕，是和和睦睦的一个书香门第。母亲过去是续弦，是当家过日子的太太。

舅舅知道以自家的情况无法和“镇国将军”相比，那是天上地下，气势上就有些短，有些高攀的尴尬。望着茶馆外头斜对面成贤街“金龙和玺”的牌楼，想着里头国子监那辉煌的殿宇，便对那陌生的群落产生了一种闯荡的冲动，他知道那个领域不属于他，他没有也永远不会有资格落脚其中，但是他的姐姐可以，这个“可以”必须要借助刘状元的撮合，借助皇亲叶家的势力……跟卖炸开花豆、拉洋片、烙烧饼的是两个世界，大相径庭。

七舅爷看舅舅不说话，认为他是拿不定主意，将舅舅拉到外头说，傻小子，还犹豫什么？过了这村没这店，这样的人家儿全北京也没几户，别人不知道叶四爷我还不知道吗？我们成天在一块儿听戏、放风筝，他们家的狗什么脾性我都清楚！

舅舅说，叶家前头还有几个孩子呢，合着我姐姐进门就给人当后妈……

七舅爷说，状元说了，是续弦，不是做小，你姐姐三十了，三十的老姑娘还想嫁个小白脸儿？不是我说你，都是你把盘儿耽搁了，晃晃荡荡一个大小子，没个正经事由，靠姐姐养活着，什么时候算个头呢？作为一个老爷们儿我都替你寒碜！

七舅爷的一番话把我舅舅说得脸红一阵白一阵，十几年来他浑浑噩噩，从来没想过谁养活谁的问题，跟姐姐在一块儿过日子似乎成了理所当然，如今让七舅爷一点破，细想还真是对不住姐姐了。

这样一来，我舅舅彻底没了底气，他用商量的口气对七舅爷说，那您的意思到底是嫁还是不嫁？

七舅爷说，嫁呀！这还用含糊吗？四爷是我朋友，人品一顶一的好，那胡琴拉的，托、随、领、带，精湛至极，不会唱的都能唱成马连良；画儿也好，工笔花鸟，跟恭亲王孙子是至交，徐悲鸿马上要成立北平艺专，还聘请四爷当教授呢……到时候你姐姐就是教授夫人，是太太，你们南营房的穷丫头做梦都梦不到这一步！

舅舅再没什么好说的，进屋再面对刘状元的时候他表示了对这门亲事的认同，但是他觉得对那个坐在一边一言不发，只是闷头喝茶的男方代表应该说点儿什么，提点儿什么要求。他一时找不出合适的话题，情急中不知怎的想起了老纪家在美容院的老大，那个梳分头、戴领结的摩登形象此刻鲜活起来，也是有心要难为表情严肃的男方代表，舅舅指着王国甫说，你对那个要娶我姐姐的人说，你们既然是喝过洋墨水的，娶亲那天就要穿大礼服，戴高帽子，以示郑重！

舅舅这样说是按照市场上拉洋片匣子里的画提出的，吉市口市场拉洋片的老常是个很有特色的人物，我小时候还见过他，瘦高的一个老头儿，模糊不清的胡子和嘴，弄一个大匣子，里面全是西洋的风景，有高楼，有喷泉，还有骑着马的洋人。匣子前头有几个镜头，交了钱就可以坐在板凳上扒在镜头上往里看，里面的画可以放得很大，连洋人的袜子花样都看得很清楚，如同真的一般。这也还罢了，最吸引人的是老常本人，他手脚并用，锣鼓齐鸣，那张嘴也不闲着，“往里边瞧来往里边看，翻过这片又是一片……”有时候我不看那片子，专听老常唱，老常唱得远比那些粗糙的西洋景强。现在有了电视，拉洋片的时代被甩远了，但我总觉得这个行当失传很可惜，那通俗诙谐的唱词，来自社会底层，唱者荒诞夸张的扮相，未张嘴已让人喷饭，锣鼓响起，眉飞色舞，嬉笑怒骂，闻之观之，听得过瘾，野得牙碜。我舅舅这样要求王国甫是有作弄的成分在其中，他对面前的叶家“代表”和那个未露面的叶四爷没有一点儿好印象。

王国甫未置可否。刘春霖说，那女方也是西式？

舅舅说，我们要坐花轿，要凤冠霞帔。

刘春霖说，怕是不般配。

七舅爷说，般配，般配，绝对般配，孔子七十七代孙孔德成不久前成亲，新娘是白纱礼服，新郎就是长袍马褂儿，一样的热闹，一样的和谐，眼下兴这个！

我舅舅就这样把他的姐姐给出去了，给得稀里糊涂。

放定那天是状元亲自来的。知道状元要驾临，那天胡同口围了不少人，谁都要一睹状元郎风采，连卖豆汁儿炸糕的也收了摊子，戏棚的戏也把日场改作了夜场。母亲家的街门口挂了六尺红布，低调地表示出这家有喜事，准备嫁闺女了。

隔了一道门的老纪家的街门紧关着，内里也没有炸豆的香气溢出，老老纪坐在屋里炕上运气，他的儿子小老纪则不管这些，抄着手没心没肺地夹杂在看热闹的人群中静等状元出现。

秩序越来越乱，巡警出来干预了，把等着看状元的人搡得一个趔趄又一个趔趄。中午时分，刘状元从南口出现了，本来人们认定状元要进北口，孰料状元改变了路线，在神路街就下了车，硬是一步一步随着礼担走进了胡同。人们一下反而安静下来，在“天上星宿”的光芒辉映下，内心满是崇敬和敬仰，那是贫穷百姓对文化的一种仰视，是两个阵营近距离相触在某一点产生的机缘，使得彼此相投、认可，继而理解。状元在南营房的街坊中缓缓地走着，简朴的春绸大褂儿，黑礼服呢的布鞋，四方脸盘儿，和善的面孔，使他和南营房的距离一下拉近了。人们只从媒人的装扮长相就已经认可了这桩婚事，都说陈家的盘儿等了三十年，等来了好姻缘。

跟在状元身后的是二十四个红漆描金的抬盒，由穿吉服的抬夫们抬着，摆了半条胡同，红了半条胡同。我后来曾经好奇地问过舅舅抬盒里的内容，舅舅说都是些华而不实的东西。我问怎的华而不实，舅舅说有染了红胭脂的活鹅一对，代替古礼聘娶用的雁，还有花雕一坛、绸缎若干、木头如意一个、手镯两对、龙凤喜饼一双、干鲜果品四碟……

我想，叶家的聘礼热闹尽管热闹，却是不太实际。送鹅送酒送喜饼，不如送钱。现在男方给女方送的聘礼可是实惠多了，哪个小子倘敢用鹅来搪塞丈母娘，当下就得被踹出门去。不拿出硬通货，结婚别想！

八

母亲为她辉煌的婚礼而陶醉，在我还是小丫丫的时候就一遍一遍地听过母亲对她婚礼的细节描述：大红的海水江崖吉服袍，红缎凤穿牡丹绣裙，满头的绒花珠钿，镶着宝石的绣鞋，颤悠悠的花轿……那是她一生中最幸福、最美丽的时光，这一切让我对那样的婚礼充满羡慕与神往，一度我让母亲许诺，将来我的婚礼也得搞成大红的、珠钿的、颤悠悠的……母亲的装扮都是来自戏楼胡同的婆家，就是说我的父亲在很短的时间内，将新娘的成套穿戴备齐了，送了过来。据母亲说，她出门子那天，除了内里的贴身小衣是大秀帮着缝制的，其余对她都是陌生的。

母亲说她的花轿在进入朝阳门的时候被警察拦住，说是要进行检查。官事无人敢拗，只好由人翻腾，但是给母亲送亲的七舅爷的大闺女大秀不干了。大秀比母亲小八岁，还没有出阁，作为送亲太太是不合格的，但是母亲的娘家实在找不出一个可以出头露面的女性了。大秀虽说是女孩家，做事却拿得起放得下，当得了七舅爷的全部家，自然也当得了陈家的家，是满族姑奶奶中的典型。

大秀站在花轿前头不许警察们掀轿帘子，一帮警察们闲极无聊想找个乐子，双方僵持在城门洞。来迎亲的是王国甫，王国甫用十块大洋打发了警察们，警察们为了下台，派出一个女警察，探进轿内，落实公务。孰想那个女警察手脚不老实，探身进来一把就掀开了母亲的盖头，反身惊呼，新娘子是个大美人啊！

母亲向我诉说这些的时候年纪已五十岁，五十岁的母亲自然早已退出了美人的行列，然而，她那喜形于色的表情却再现了彼时的得意。母亲的容貌再姣好，出嫁时也三十岁了，三十岁的新娘在那个时代已是半残的花儿，值不得女警察大惊小怪。更何况，母亲的盖头不是被父亲揭开而是被警察揭开，这点也令我不满意，我视此为不祥。

舅舅的讲述则跟母亲完全不同，那是另一种版本。他说母亲出门子那天是哭着上轿的，不是一般礼节的哭，是痛彻心脾的哭，陪着哭的还有七舅爷的闺女大秀。大秀在母亲出嫁前三天来到了南营房，陪伴着她的表姐度过做女孩儿的最后几日。

母亲的嫁妆在婚礼的前两天送到了戏楼胡同的叶家，母亲的嫁妆中有灯一盏、茶叶罐一对、尿盆一个、衣裳一箱，这是相当简陋的陪嫁了。北京人嫁闺女，再穷也得备夜净儿（尿盆）、子孙盆、长命灯三样东西，这些东西让专门送嫁妆的用方桌顶在头上，一路送到婆家去。母亲那个木头衣箱里有七舅奶奶生前送给母亲的一件紫缎地大镶边女氅衣和一件蝴蝶花褂襕，两件衣裳都是七舅奶奶的婆婆当诰命夫人时的披挂，一代代传下来，极少见阳光，有一股浓重的樟木箱子味儿。民国时代这些繁杂服饰早已退出了历史舞台，但作为压箱底的物件却是不能缺少之物，尽管她们这辈子永远穿不着。七舅奶奶自己有两个闺女，大秀、二秀，她从秀儿们将来的嫁妆里分出一份给我母亲，足见疼爱之深。亲事一定下来，大秀就把两件衣裳用红包袱皮包着送过来了，额娘不在了，承诺还在，大秀一直牢记着这件事。除了衣裳以外，附近几户街坊合伙送了一对描红漆的脸盆架子，其中也有老老纪的份子，两块猪胰子是卖炸饹馇的井大姨送的。母亲嫁妆出门的时候人们围在门口看，猜测着箱子里的装填，有小孩儿围在门口唱：

> 月亮月亮照东窗，陈家姑娘好嫁妆。
> 金漆柜、银皮箱，虎皮椅子象牙床。
> 锭儿粉，棒儿香，棉花胭脂二百张。
> ……

在孩子们的歌声里，母亲心里多少有些满足，想的是七舅奶奶的奉送至少让她在娘家的地盘上不丢面子。如果母亲知道在她嫁入叶家几年后，叶家大格格出嫁的嫁妆，怕是要汗颜了。我那位同父异母的大姐出阁时，父亲陪嫁了全套花梨、紫檀家具，顶箱立柜、方案圆桌、绣墩沙发、座钟挂表、字画挂屏、金银首饰……和南营房来的尿盆、茶叶罐不可同日而语。

老老纪视舅舅与叶家的联姻为对纪家的背叛，一股怒火不知朝谁去撒，一眼望见墙根的一丛玉簪花，那是他儿子知道隔壁的盘儿喜欢这花，特地从日坛里挖来的。老老纪一言不发，提了一壶开水直冲着花根浇下去，明年甭说开花，连叶也长不出了。这样的行为非善良的老老纪所为，之所以能做出，是心伤得狠了。老纪本人倒无所谓，照旧来57号串门，跟舅舅分食喜饼，给充作雁的鹅们拔毛，那罐陈年花雕也大半被老纪就着开花豆喝了……

第二天便要上轿，晚上母亲在试穿叶家送来的那些戏曲般的行头，没有穿衣镜，母亲便对着灯光下的玻璃窗户，扭过来掉过去地看。凤穿牡丹、富贵多子、百鸟朝凤、瓜瓞绵绵，各样的锦绣色彩斑斓，精美绝伦，让母亲幸福又快乐。大秀坐在炕桌前，就着昏暗的灯在仔细研究放定时的过礼大单。半天，大秀推过礼单，点着其中一行严肃地对母亲说，这里不对了。

母亲除了自己的名字以外，其余一字不识，她根本看不出哪里“不对”，催促着大秀快说。

大秀说，叶家四爷是属兔的？

母亲说，没错，锡元回来说了，山林之兔，五行属金，这帖子上是不是也这么写着？

大秀说，这上头属兔的不假，却是蟾宫之兔，五行属木。

母亲说，反正都是兔，蟾宫的、山林的，待的地方不一样罢了，依我看，蟾宫的比山林的还好呢，一个在天上，一个在地上；一个是神仙，一个是草莽，能成为月宫里的兔子只能说明他命好。

大秀说，姐姐你别犯糊涂了，山林的兔子跟蟾宫的兔子都是兔子不假，却相差了一轮，十二年，就是说叶家的四爷不是比你大六岁，是整整大了十八岁！

母亲一下蒙了，她隐隐记起那天在“永星斋”饽饽铺里盯着她看的那位“四爷”，瘦高的个儿，头发近乎秃顶，看年龄似乎跟老纪他爸爸相仿。母亲愣了半天，想过味儿来都快疯了，大呼上当受骗，她把那些花团锦簇的衣裳扔得满地都是，舅舅赶了来，一听这情景也傻了眼，没了一点儿主意！

刘春霖的两只兔子……

舅舅只好厚着脸皮请老老纪拿主意，老老纪正为他那棵长了六七年的玉簪花伤心，听了舅舅的话说，花死了再活不过来，除非换棵新的，但终归不是原先那棵。

舅舅问老老纪是什么意思，老老纪说，人家连定都放了，你们还能反悔吗？

舅舅说，状元明明说的是山林之兔，帖子上怎么变啦？老老纪说，怪你当时没长眼，上了人家偷梁换柱的当，还以为自己捡了个香饽饽，跟状元玩文化，你小子还差得远！

舅舅说，那就没一点儿办法啦？

老老纪说没有，水泼出去就收不回来了，他这辈子也不会再种玉簪花了。

连老老纪都没法子，母亲彻底失望了，她整整号啕了一个晚上，直哭得一丝气息悠悠欲断。怕出嫁，怕出嫁，拖了十几年，十几年到头来等了这样一个结局，母亲怎能心甘？大秀不住地埋怨她爸爸糊涂，成天和叶家四爷一道厮混，竟然不知四爷是属于哪类兔子。舅舅知道母亲性子烈，怕母亲走碟儿的路，让大秀看着她，不离半步。

第二天是出嫁的正日子，上午花轿到了南营房，吹鼓手在外头一通吹奏，院里院外，里三层外三层地围了不少街坊，都来看南营房最排场的婚礼。状元没来，迎亲的是王国甫，他没有刘状元的亲和力，是仰首挺胸，凡人不理，背着手走进来的。王国甫进来就问新人收拾好了没有，收拾好了就上轿。七舅爷说，今天是外甥女一辈子的大事，得好好捯饬捯饬，女孩儿家家，不必催她，反正时间还早，先喝茶！

王国甫和七舅爷就在院里树底下喝茶等待，舅舅站在旁边一脸不高兴，质问的话几次到嘴边却又说不出口，急得冒出一脑袋汗。

屋里我母亲死活不肯换衣裳，摔了叶家定礼送来的银盾，被摔过的那个银盾我后来在舅舅家见过，不是真银，连收破烂儿的都不要。原本是在玻璃罩子里的一个金属造型，上面刻着“百年好合”的吉祥话儿，硬是让母亲给摔得扭曲不堪，难以入目。从破烂的银盾看，我相信舅舅的说法，母亲的婚事绝不像她自己叙述的那样完满，临上轿的母亲内心也并非是得意和幸福。

那天，母亲非让她兄弟跟媒人讨个说法，否则不上轿。一道门帘，里面闹翻了天，外面冷得找不着话。

听着屋里叮咣乱响，王国甫不动声色，一切仿佛已在预料之中。倒是七舅爷有点儿绷不住，说，女孩儿，没出过门，临走总得使点儿小性儿不是，可以理解，可以理解。

王国甫看看表说时候不早了。七舅爷让舅舅到里屋催，舅舅进屋，看母亲还是蓬头垢面，连新媳妇必走的仪式“开脸”也没做。按规矩，姑娘上轿前要用丝线将脸上的汗毛、额前的碎发绞去，以一张光鲜明亮的脸应对众人，表明此女子已经是妇人，不是姑娘了。母亲站在炕上正和来帮忙的女人们对峙，开脸的婆子拿着一根线哪里逮得着躁动的母亲，任谁劝也不行，母亲说她不嫁了！

舅舅窝囊地站在炕沿儿下头，一句话说不出，一切是他的错，此时此刻他哪里抬得起头。母亲问他不在外头跟叶家论理，跑进来干什么。他说人家在催，母亲呸了一口，抄起上轿要抱的瓶儿朝他砸过去，舅舅一闪，瓶子摔在墙上，碎了，五色粮食流了一地。

上轿的新娘怀里要抱个装了五色粮食的瓷瓶，以示平安富裕，这是北京的习俗。母亲的瓶子被她自己摔了，让众人很抓瞎，就有了后来老纪包了一包开花豆塞进轿子的插曲，有些驴唇不对马嘴。

见屋里的“戏”愈演愈烈，老纪赶紧将屋门关了，让院里的吹鼓手们演奏《炒麻豆腐——大咕嘟》，立刻唢呐笙笛停止，只剩下鼓、镲的声响，鼓不是在敲，是在揉，镲不是在击，是在磨，咕嘟咕嘟，真如同锅里咕嘟的麻豆腐。这一手吹鼓手们都会，他们知道这是在给新媳妇拖延时间，主家为这个是要给赏的，“麻豆腐”炒得时候越长，赏钱越多。

一个《炒麻豆腐——大咕嘟》把王国甫炒得心烦意乱，坐立不安，急不得，恼不得，只得随着“炒麻豆腐”的节奏在院里踱步，一步一步正好踏在鼓点儿上。鼓点儿越来越快，越来越快，竟让他着了魔一般，停不下来了，这是吹鼓手们故意戏弄迎亲的老爷，如果给赏钱便罢了，不给就没完没了地“咕嘟”着。吹鼓手们两头拿钱，王国甫哪知道这个，在中国，在外洋，纵横南北东西，任何场面他没有打理不下来的，却栽在朝阳门外南营房一帮人的手里，其窝囊程度不亚于我舅舅。

好不容易“麻豆腐”完了，老纪又提出演奏《屎壳郎爬竹竿——节节高》。王国甫不知“屎壳郎”还会玩出什么花样，站起身高声说道，该走了！

这时门帘一挑，大秀走出来，大秀冷冷地说，有件事情得让叶家说清楚，提亲的时候媒人说姑爷是“山林之兔”，怎么放定的时候竟然成了“蟾宫之兔”，这不明摆着坑我们吗？

七舅爷说，有这样的事？

大秀拿出庚帖说，上头写得明明白白。

王国甫冷笑一声说，帖上写得明明白白就是明明白白，既然都明白了，怎能说坑？

大秀说，媒人说的可不是这样，明明说的是“山林之兔”，我们有人为证。大秀说着将我舅舅推过来说，你告诉他们，刘春霖是怎么说的。

舅舅的见不得世面就在这个时候充分表现出来了，他紧张得浑身哆嗦，他的这个毛病也遗传到我身上，我紧张了也爱哆嗦，止也止不住。舅舅不唯身上哆嗦，嘴也哆嗦，只说“林子的兔……兔……吃草……”

老纪着急地喊，天上的兔子也未必不吃草！

王国甫说，一切以帖子为准，不是我们骗婚，是你们愿意，昨天连嫁妆都过去了，现在轿子到了门口，岂有变卦的道理？

大秀一时语塞，将目光转向她的爸爸。七舅爷说这事他来处理，说着进了屋。七舅爷对母亲和大秀说，他也忽略了两只兔子的差异，光想着外甥女一生的荣华富贵，想着姑爷的品位学识，没承想闹出了这么件事，掰开了说是咱们理亏，谁让咱们当时没仔细看帖就把礼收了呢。母亲抽泣着说，我不识字，锡元他干什么去了？

七舅爷说，你指望那位爷替你把关？姥姥！他连自个儿的关都把不了。这回还不是托刘状元的关系，在巡警上给他找了个事由，好让他自食其力，你不嫁，他永远长不大。

母亲低了头不说话了，开脸婆子借机将线在母亲脸上拉过，七舅爷捡起地上的衣裳往母亲身上一扔，转身出去，对院里的吹鼓手吩咐：《百鸟朝凤》！

《百鸟朝凤》是新娘上轿的信号，院里的人都松了一口气，七舅爷像完成了一件什么大事，美美地喝了一碗茶。

母亲在轿子里哇哇地哭，从吉市口哭进了朝阳门，大秀在轿外头抹眼泪，不像送亲像送殡。

老纪跟着轿子走了一程，走到市场北口，停住了，眼巴巴地看着花轿往西拐了。

我的舅舅陈锡元把着轿杆，压着步子，努力使轿子走得平稳，这本应该是新娘兄长所为，母亲没有兄长，只好让小兄弟代劳了。没有人把轿杆，轿夫们会将轿子弄得上下颠簸，左右摇晃，因为这是轿夫们卖弄和露一手的时刻，这不光是为自己的铺子争光，创牌子，也是向本家讨赏的条件。

双方都没有老家儿，父亲母亲的婚礼就在“六国饭店”举行。我舅舅提出要“西式”，所以作为新郎的我的父亲和伴郎王国甫便分别穿上了黑色燕尾大礼服、硬领雪白衬衣，系黑领花，戴白手套，把高礼帽在手里托着，不戴。两个人在人群中如同傀儡，彼此看着都想乐，只是忍着。媒人的身份太显赫，装扮却很普通，仍旧是那身春绸大褂儿。众人都称赞刘状元这个媒做得好，才子配佳人，天造地设的一双。媒人说，“权当个氤氲使巧撮合”罢了，是四爷走了桃花运……

好一个“巧撮合”，母亲不知道，更巧的还在后面。

母亲那天实在称不上“佳人”，红肿的眼泡，皱褶的衣裙，冷漠的面容，让所有的来宾大跌眼镜。母亲看着应酬中的“蟾宫之兔”，恨不得变作猎狗，扑过去咬一口。回身再寻找“巧撮合”的媒人，早早地不见了踪影，撤了。

回到戏楼胡同的婆家，已经到了下午，父亲让前房的子女们出来跟新母亲见了，儿子女儿一二三四五六七八九十……那长子，年龄已近乎和母亲相当，母亲糊涂了，自己不认字却是识数的，怎的呼呼啦啦出来一群？

母亲对她的洞房花烛夜是这样描述的：她张嘴咬了父亲，因为父亲告诉母亲，偏院还住着一位夫人。母亲几乎要晕过去了，此时的母亲已经手脚冰凉，欲哭无泪，她只是要求见见刘春霖，要当面问个清楚，这媒是怎么做的。父亲说刘春霖的话没错，他头房的夫人瓜尔佳氏的确过世十几年了，留下四个子女；偏院的张氏也有几个孩子……

母亲照着父亲的胳膊就是一口，那一口咬得确实狠，没有夹袄隔着，得掉下一块肉。母亲在新婚之夜的闹腾使得夫妇合卺的仪式无法进行到底，南宫房出来的女子，骨子里的刚烈在此时迸发出来，让我的父亲无法招架，连夜逃窜。

母亲最终的屈服是一年以后，要不也不会有我的两个姐姐和我。刘春霖以后再也没进过我们家的门。舅舅说他是躲了，刘春霖确是躲了，他的同科进士王揖唐邀他出来一块儿做事，他不干，躲到天津去了。王揖唐是伪华北政务委员会委员，是给日本人干事的汉奸，堂堂状元岂能同他共事!

刘春霖之后中国再无状元，我父母的“状元媒”姻缘便成了千古绝世的佳话。

逍 遥 津

汉献帝：父子们在宫院伤心落泪，想起了朝中事好不伤悲。

我恨奸贼把孤的牙根咬碎，……欺寡人好一似猫鼠相随。

——京剧传统剧目《逍遥津》

一

七舅爷和他的儿子青雨在北京是两个很精彩、很出名的人物，跟老北京上了岁数的人一提钮祜禄钮七爷，没有不知道的；跟老北京人一提男旦钮青雨，也没有不知道的。可惜，今天知道这两位的老北京人已如凤毛麟角，这两个人早已淡出了北京人谈论的话题。我这两位亲戚，前后脚走了，人似秋鸿，事如春梦，他们却活在了北京的记忆中，活在了亲人的追念中。

我没见过七舅爷，也没见过青雨，他们的事是从父母断断续续的讲述中串联起来的。仅这不完整的讲述便已经让我震撼，让我感动，让我有紧紧拥抱他们的冲动。我认识七舅爷的女儿大秀，大秀与我母亲年龄相仿，但是比我母亲长寿。七舅爷是我父母的保媒人，他成就了他的外甥女——我母亲的婚姻，却忽略了自己的女儿大秀，以致大秀终身未嫁，到死仍是个未出阁的老闺女。大秀活到了九十六岁，前年病逝于北京。病榻上的大秀身边没有亲戚，她这个年龄当然也没有了朋友，破旧小院，孤寂悲凉，每天相伴的就是窗外枝头跳上跳下的麻雀。我的探望让老人欣喜，她说我长得像母亲，我的母亲如果活着，应该是九十八，比她大两岁。大秀属于无依无靠的五保户，以前还能做补活养活自己，后来手脚不行了，才向街道提出五保申请。街道安排她住到养老院去，说到最后身边总得有个人，大秀不去，说她自己知道什么时候该走，她会走得很快，不拖累人。寂寞中的大秀头脑清晰，记忆清楚，她跟我说了她父亲和兄弟的不少事情，让我认识到了我母亲那个家族的另一面性情。在某种程度上，我把大秀看作了母亲，只要回北京，一定要到她六条的小院去看她。前年回去，我买了一大抱白百合花送到了大秀屋里，我去的时候她正隔着窗户喂麻雀，我奇怪雀儿们跟她的熟稔，她说都是多少年的旧相识了，彼此知根知底。我把花送到她怀里，她说接受这个太奢侈，我说是送给七舅爷和青雨的，她很高兴，搂着我的脖子亲吻了我。大秀让我把花插在靠墙的玻璃瓶子里，墙上有七舅爷和青雨的合影。照片里的七舅爷清俊儒雅，穿着马褂儿，很闲适地坐着，青雨站在他爸爸身后，穿着西装，扶着椅背，扭身送胯，清秀的眉眼像个丫头。两个人都凝视着镜头，给我的感觉就是凝视着我和我送来的这些花。无论我往哪个方向挪动，他们的眼神都在追随着我，像是有话要对我说。

没想到那天夜里大秀就走了，走得很平静，我想她是替我给七舅爷他们送花去了……

二

我是在七舅爷死后出生的，有关他老人家的信息很多是从听戏引出的。

20 世纪 50 年代初，我常跟着父亲去听戏，印象最深的是《逍遥津》。《逍遥津》是出悲苦戏，说的是曹操威逼汉献帝的故事。曹操带剑入宫，乱棒打死了皇后，还鸩杀了皇帝的两个儿子，害得皇上在龙案后头哆哆嗦嗦地抱怨自己是猛虎失威，是孤魂怨鬼，是扬子江驾小舟，风吹浪打，不能回归。

这一段慢板唱得悠悠荡荡，荡荡悠悠，如泣如诉，最终以一句开阔高昂的散板“又听得宫门外喧哗如雷”炸雷般结束，让人一惊，心一下提到了嗓子眼儿……

跟父亲听戏，每回听到“猫鼠相随”我都要睡觉，看不到真的猫鼠在台上相搏，很没意思。穿黄袍的皇上在上头没完没了地唱，没有耗子也没有猫，猫鼠不出来，就犯不着那么使劲儿地看，不看干什么呢？戏园子里所购的花生瓜子又不禁吃，棉花糖已经干掉了五块，只好睡觉！于是，原本垫着父亲的大衣，高坐在椅子扶手上的我“哧溜”一下就滑下来，闭上了眼睛。我不懂一出杀人的戏为什么叫了个挺舒坦的名字——《逍遥津》，也不知这个皇上怎的窝囊到只有唱，没有别的花样，比如拿个大顶、尥个小翻什么的……总之是稀里糊涂地听，稀里糊涂地吃，稀里糊涂地睡，稀里糊涂中被汉献帝那一声“喧哗如雷”惊醒，看到的是父亲兴奋得直着身子叫好，周围喝彩声一片。

给汉献帝叫过好的父亲，在领着我回家的路上却说，这个汉献帝唱得不好，咬字不准，老家八成是宝坻县种蒜的，你听“猫鼠相随”那个“随”字，竟然冒出了京东紫皮蒜的冲味儿。我让父亲跟汉献帝去说说，下回把紫皮蒜换成羊角葱，父亲说，没有用，娘胎里带来的。父亲又举了几个如雷贯耳的艺术大师的名字，说他们在台上有时个别尖团字的发音也不准确，不是没学到家，是偷懒。父亲听戏听得仔细，我不行，听什么都是糊涂。

父亲说《逍遥津》这段二黄唱得最好的，当数牧斋，牧斋之后就再没人能达到“无可挑剔”的程度了。

牧斋指的就是七舅爷了。七舅爷名景仁，字牧斋，是我母亲的表舅。从辈分说，父亲低着一辈儿，不该直接叫七舅爷的字，可是父亲在娶我母亲之前就跟七舅爷是朋友了，一块儿称兄道弟惯了，并没有后来因为成了亲戚而改口。作为媒人之一的七舅爷，在父母亲结婚后，走动得更勤了，两家的关系也变得近了许多。表舅是一种怎样的亲戚关系我搞不清楚，要理清楚这圈套圈的关系恐怕也颇费时间。《红灯记》唱“我家的表叔数不清”，我就想，我母亲的表舅也数不清，听听吧，都七舅爷了，前头还有六个哪！母亲对七舅爷敬重有加，关照有加，每回七舅爷来了都要给七舅爷做海鲜打卤面。那时候的海鲜不过是用温水发了的大海米，用鹿角菜和白肉汤打卤，不是现在用飞机运来的张牙舞爪的生猛海鲜。北京人过生日才吃打卤面，对七舅爷却是特殊，七舅爷喜欢打卤面，喜欢鹿角菜嚼起来“咯吱咯吱”的感觉。现在的市场上，鹿角菜已不见了踪影，也许是太便宜，没有利润，没人卖了。我每回路过干货摊子都留神，都没有。

七舅爷专找父亲在家的时候来，他是来找父亲唱戏的。七舅爷一来还没等茶壶里的香片泡出味儿来，我父亲的胡琴就响了，开场便是《逍遥津》，接下来七舅爷一段一段地唱，父亲一段一段地拉，《文昭关》《三家店》《借东风》……老生戏几乎都要过一遍，唱的要唱足，拉的要拉够，直待掌灯我母亲端出晚饭，父亲的胡琴拉出二黄导板，七舅爷唱出“父子们在宫院伤心落泪……”便算到了尾声。唱了一个下午，这时七舅爷的嗓音已经放开，亮出了炉火纯青的功夫。以《逍遥津》开始，以《逍遥津》结束。不过，后头的《逍遥津》和前头的质量是大不一样了。

看到饭桌上的打卤面，七舅爷会不安地掏出手绢擦汗，嘴里说着该走了的话，可屁股并不动窝儿。母亲一定会执意地挽留，父亲也会借着往墙上挂胡琴堵在门口，说些必须留下的理由。七舅爷的日子过得窘迫，不似我父亲有固定的收入，七舅爷没工作，全凭典当家底过生活，以前过惯了拿钱粮、大撒把的日子，辛亥一革命，铁杆庄稼没了，猛地一收，还真的有些刹不住车。

七舅爷家穷，但日子过得很悠闲。文章写到这儿，我思索半天才想出“悠闲”这个词，觉得还算比较贴切，至少对七舅爷本人来说，日子过得是悠闲舒展的，至于其他成员就另说了。

七舅爷住在东四六条，离我们家不算太远，跟我哥哥老五住的九条只隔了两条胡同。七舅爷不上班，闲散的时间无法打发，除了上我们家以外就是上老五那儿去。老五那时刚被我父亲赶出去，正有着获得自由之身的欣喜和张扬，七舅爷一去他便张罗着从饭馆叫席面。七舅爷知道老五的性情，自然也不客气，尽着有名的、好吃的、爱吃的使劲点，吃不了兜着走。老五不会拉胡琴，但是会弹三弦，会填词作曲，七舅爷会跟胡琴，也能将就三弦，每每在三弦的伴奏下唱京剧《逍遥津》，唱出来别有一番风味。我现在想，跟几十年后的钢琴伴唱《红灯记》大概如出一辙，京戏既然能跟钢琴结合，肯定也能跟三弦结合，在那个时代应该颇具后现代意味。如果说七舅爷跟我父亲是朋友，那么跟我的五哥——叶家老五就是莫逆了。

七舅爷家的小院不大，廊子上挂着鸟笼子，院里跑着京巴，北屋窗前，东边一棵红石榴，西边一棵白海棠，当中本应是金鱼大缸的位置，换了一个雕花石头基座，既可以当桌子，也可以当凳子。石头基座是圆明园遗址的旧物，雕工精美绝伦，是七舅爷花一百两银子从圆明园福海边上农户手里淘换来的，绝对的皇家气派。七舅爷最爱的是在雕花基座上摆弄他的那些蛐蛐儿，他的蛐蛐儿个个不凡，都是上了名虫谱的。七舅爷起得晚，每天太阳老高了才打着哈欠从屋里踱出来，出来先看天，凝神注目呆坐一个时辰，才趿拉着鞋走到墙根，打开他的鸽子笼，让一群鸽子飞上蓝天……

七舅爷很忙，忙在他的鸟和虫子们身上，他养的蓝靛颏儿能叫全十个音，别人的能叫全七个就是珍品了，所以鸟在七舅爷的眼里，比他闺女都珍贵。常常是起来早饭顾不得吃，先伺候他的鸟，给鸟洗澡，喂肉虫子，鸟舒坦了，然后才是他自己。

七舅爷让闺女大秀给他买炒肝儿去，指明上东口别上西口，说西口肠子洗得不干净，蒜汁也是昨天晚上砸的，不地道。大秀说隔壁学校第三节课都下了，马上该吃晌午饭，卖炒肝儿的早收摊改卖炒饼了。七舅爷问午饭吃什么，大秀说正想辙呢。七舅爷说，你妈要是不愿意做饭，上“瑞珍楼”叫份红烧鱼翅，外搭烩海参、炒胗肝、高丽虾仁，四样正好一食盒；“同福楼”的红焖猪蹄、四喜丸子也不错，都在牌楼圈里头，省得跑冤枉道……

大秀说，厨房还有半把虾米皮，半碗杂面，不如就吃疙瘩汤。

七舅爷就是嘴上的功夫，有了虾米皮、疙瘩汤，便不再坚持烩海参，一转脸就把海参忘了，直着嗓子让二秀把桌底下紫罐的虎头大阔翅拿来。二秀六岁，面对着桌底下一排蛐蛐儿罐不知如何取舍，问她爸爸虎头大阔翅是不是让人咬了大夯的那个。七舅爷说，是咬了别人大夯的那个。

七舅爷接过蛐蛐儿罐，掀开一道缝，拿马尾很小心地拨弄他的“虎头”，“虎头”在罐里嘟嘟地叫，七舅爷在罐外头也嘟嘟地叫，整个一个大蛐蛐儿。七舅爷让二秀给他的“虎头”弄俩大青豆来，二秀说没有青豆，七舅爷让二秀去想办法，二秀就把自己玩的包拆了，把里面的豆子掏出来，拿水泡上，小姑娘心里拿不准，也不知是不是青豆。

七舅奶奶身体不好，虚胖，老是喘，又怀了孕，腿脚肿着，家务活基本上干不了，整天挺着大肚子靠在躺箱上。现今的人对躺箱已经没有概念，旧时北京老百姓都睡炕，连宫里皇上都睡炕，至今北京人将晚上休息还说成“上炕睡觉”，可见炕的概念在北方人心里根深蒂固。躺箱是靠墙顺着的矮柜，柜里放着四季的衣裳，柜上放着一摞摞的被褥，东北人管它叫炕琴。七舅奶奶在花花绿绿的被褥上歪着，用七舅爷的话调侃说“也是落在锦绣堆”里了。七舅爷对生活的乐观松心和七舅奶奶对穷窘日子的自然虚明，无思无虑，达到了老庄的境界，让今天的我敬佩不已。他们对生活充满感激和喜悦，充满了理解和想象，就是窗台上偶尔落下一只歇脚的马蜂，也能让两口子欣赏半天。七舅爷的幸福原则是：天棚鱼缸石榴树，先生肥狗胖丫头。这其实就是百年前老北京人憧憬的小康生活，那个时候七舅爷除了钱，其他几乎都达到小康了。遗憾的是没儿子，为这个七舅奶奶心里总是觉得歉疚，好像生不出儿子责任全在她。七舅爷说，儿子不儿子我不在乎，有儿子未必就是福，你爹妈真把你嫁个淘大粪的，你即便养出七八个儿子，还不得见天儿屎壳郎一样拖着一帮儿子在东直门外粪场晒粪。

七舅奶奶说，我阿玛也是东陵的礼备护从，我们也是有根基的人家儿，能嫁给淘粪的？

七舅爷说，给死皇上站岗的，跟冥衣铺扎的烧活差不多，还不如淘粪的呢。

调侃中，两口子都说对儿子不在乎，可心里都盼着有儿子，要不七舅奶奶也不会到了四十三还要生养，身体到了这般模样还要挣扎着孕育下一代。在那个巨大的快要胀破的肚皮里，用七舅爷的话说，是个货真价实的大儿子！

“大儿子”来之不易，是西山门头沟延生观兀老道的丹药幻化而成，这已经成为众所周知的事实。之所以把七舅奶奶折腾成这样，是因为儿子来自仙家，从胎里就与众不同。

兀老道原是白云观的火工道人，不知犯了什么错被贬到西山延生观，没人管束就成了精，弄出了延子丹，说是只要吃了延生观的丹药，没有孩子的有孩子，想生男孩的百分之百生男孩。惹得一帮一帮善男信女成群结队往荒山里跑，有的为求子，有的为见识仙丹，兀老道因祸得福，赚了不少钱。

七舅爷对左道旁门向来是深信不疑，这也与他大孩子般的好奇性情有关。大秀说过，北京有什么新鲜事儿都不敢让她爸爸知道，她爸爸跑得比巡警都快。前门电车出轨了，工人还没到，她爸爸先到了，上上下下地瞧，人家还以为他是电车公司的；传闻北新桥发现了海眼，井底铁链子下头拴了头猪，她爸爸奔了去，千方百计要证实那井口和铁链，两手拽不到那铁链子不算完；说是海淀水泡子里冬天长出了粉荷花，看稀罕的人群里自然少不了她爸爸，别人看看就罢了，她爸爸得就近赏玩，弄得浑身精湿，搞清楚了，是小孩儿点的荷花灯，被风刮水里冻上了；有一回听说草场三号一个小媳妇生了个孩子，肚脐眼儿是嘴，还会叫妈，她爸爸到草场三号去打听，让人家爷们儿给轰了出来，差点儿挨了顿揍。延子丹这样的事自然少不了她爸爸……

有一年冬天，快过年的时候，到了滴水成冰的季节，所谓“腊七腊八，冻死寒鸦”，就是指的这段时节。这个年份之所以让人记得清楚，是那一年北京冷得出奇。母亲说那年冷得邪乎，地冻得梆梆的，踩上去带回音儿，院里的砖头，眼瞅着“啪”的一声就裂了，茅坑里的屎尿冻成了冰山……这样寒冷的北京，经历过的人大概已经不多了，现在全球气候变暖，人们已体会不到那渗入骨髓的冷了。我母亲说，那天，大秀穿着小棉袄跑我们家来，冻得说不出话，围着炉子烤了半天，喝了一碗热茶，才哭出来，说她爸爸走了半个多月了，没有音信，八成是遇到了不测，她妈急得不吃不喝，在炕上躺了两天了。父亲问她爸爸上哪儿了，她说是上了西山延生观，找兀老道修道炼丹去了。

父亲二话没说，就带上我大哥去了西山。他们在阜成门外雇了三头壮驴，大哥问父亲为什么雇仨驴，父亲说另一头是给牧斋备的。爷儿俩没走出多远就下了雪，崎岖的山道上空无一人，天快黑了才到了延生观门口。大哥眼睛尖，远远看见雪地里衣衫单薄的七舅爷光着脚在哆哆嗦嗦搂柴火。父亲冲着人影说，是牧斋吗？

七舅爷吓得一屁股坐在地上，待看出是父亲，喊叫着连滚带爬地扑过来，一把抓住再不撒手。父亲问七舅爷怎么成了这样，七舅爷说，一言难尽哪，我做梦都想有个儿子……我让那个兀老道欺负惨了……他不让我回去，让我见天儿给他干杂活儿，您瞅瞅，我还有个人样儿吗？

父亲问七舅爷是继续修道还是跟他回家，七舅爷说当然回家，金窝银窝不如草窝，现在他一想起家里那冒着红火苗的花盆炉子，就觉着亲。

父亲跟着七舅爷来到配殿，掀开棉门帘，里面兀老道正在吃涮锅子。老道见了我父亲慌忙站起来，父亲和兀老道论理，兀老道说钮七爷到延生观来练功，是自愿的，谁也没强迫他。父亲让兀老道把七舅爷的衣裳还他，他要带着七舅爷下山，兀老道不让走，说七舅爷还欠他两丸延子丹的钱。父亲不给，说七舅爷在延生观干了半个月的力气活儿，足抵得上一百丸延子丹。老道不服气，平日霸道惯了，拉开架势就准备打。

老道小瞧了我的父亲，我父亲是会武功的，今天我们家中还存有父亲当年练功的刀剑。出于好奇，我曾将父亲使用过的鱼皮套宝剑掂在手里，竟是沉得厉害，跟人们平日在公园耍的剑有着天壤之别。父亲留下的那张牛皮筋的弓，我们几个孩子竟然谁也拉不开。由此看来，父亲的功夫应该是真功夫，不是一般的花拳绣腿，否则他老人家不敢单独带着儿子进山找人。

七舅爷劝老道别动手，话未说完，兀老道已点着禹步扑了上来。用大哥的话说是，被阿玛朝下巴一兜拳，倒退几步，后脑勺撞在墙上，半天站不起来。

父亲让老道把七舅爷的东西还了，老道拿来七舅爷的棉袍、皮帽子，又拿来小包袱。父亲让七舅爷点点，看少了什么，七舅爷翻腾了一遍说，还少个安妮侯爵夫人肖像鼻烟壶。

父亲跟兀老道要鼻烟壶，老道不给，说，说好了，是送我的……

七舅爷说，以前送，现在我不送了，我要往回要，鼻烟壶是俄国送给朝廷的，我阿玛得的皇上的赏……

老道说，钮七爷，玩不起耍赖，你不带那样的啊！

七舅爷说，谁让你欺负我哪！

天亮了，父亲才将七舅爷送到家，七舅爷一看见七舅奶奶就哭了，说，秀她妈，我可受了大罪啦……

哭着哭着，从怀里摸出一个药丸来，对七舅奶奶说，我多了个心眼儿，留了一个没吃。七舅奶奶问是什么，七舅爷说是延子丹。七舅奶奶掰开，闻了闻，说一股鸡屎味儿。

只这一闻还就怀上了，转年就要生产。

从大秀对她母亲情况的叙述，我足以推测出当时七舅奶奶的危象，浮肿的下肢，困难的呼吸，苍白的面容，说明了这位高龄产妇具备了先兆子痫的基本症状。放在今天，引产也罢，剖腹也罢，保住性命不成问题，但是在旧社会，那又是另一番情景了。

早先北京妇女生孩子多在家里，卧室即是产房，操接生职业的叫“收生姥姥”，姥姥们多是手脚麻利、精明干练的中老年妇女。北京的收生姥姥遍布街巷，几乎与所住范围内的大部分女眷都熟悉，都有来往。姥姥们也做广告，广告有一定规制，门口挂块木牌，内容含蓄而准确，“快马轻车，× 氏收洗”。“快马轻车”既是说姥姥出诊的速度快，也暗含了婴儿生得顺畅迅速，不似今日电线杆上的“无痛分娩”“快速流产”那般直接，那般热血横流。从知识水平看，电线杆上的“姥姥”跟“快马轻车”的姥姥或许是半斤八两。旧时的姥姥百分之九十九是文盲，凭借的多是经验和老妈妈论儿。经验之外真遇上个前置胎盘，脐带绕颈什么的，在她手里，孩子大人必死无疑……旧社会妇婴的死亡率高，其实大部分责任是在收生姥姥，没人追究罢了。

给七舅奶奶接生的姥姥姓庄，原本是衙门里的稳婆。稳婆是专验女尸、检点女犯身体的婆子。民国兴起，有了专门的验尸官和女警察，稳婆便逐渐退出了历史舞台，壮大了姥姥队伍。庄姥姥在东四一带是很有影响的姥姥。那时老北京东贵西富，北穷南杂，东城尤其是东四一带所居多是达官显贵。给显贵们的内眷接生，庄姥姥当是首屈一指的人物，所以别看庄姥姥人长得瘦小枯干，极不起眼，却是出入豪门王府的重要人物。

七舅奶奶要生了，在里屋隔着门帘叫唤，声音甚不好听。七舅爷和两个秀在外屋焦急地等待。里面突然没有了声息，七舅爷不安地问，姥姥，出来了没有？

庄姥姥说，姥姥我早出来了，你没出来的时候姥姥就出来了。

七舅爷说，我是问我儿子出来了没有。

庄姥姥说，等着吧！七奶奶这儿干打雷不下雨。

正说着，七舅奶奶一声撕心裂肺的喊叫，吓得二秀哇地大哭起来。七舅爷惊恐地问怎么了，庄姥姥在里屋说，不碍事，大少爷伸出了一条腿。

七舅爷一听慌了说，这就是横生逆养啊，有法子解救没有？

庄姥姥说是常有的事，把孩子的腿送回去，背两遍《达生篇》就行了，还让七舅爷把孩子们领远点儿，免得吓着孩子们。庄姥姥让七舅奶奶再努把劲儿，七舅奶奶在屋里说她是一点儿劲儿也没有了。

胡同里传来卖水萝卜的吆喝，二秀提出要吃"心里美"。里屋的七舅奶奶也有气无力地说现在就想吃口凉萝卜顺顺气……

七舅爷决定出去买萝卜。

大秀说，阿玛，我在这儿守着妈。您去吧，有事我喊您。

卖萝卜的推着独轮车，点着小灯，在背风处站着，见七舅爷出来，知道是买萝卜的，赶紧推车迎过来。七舅爷问萝卜地道不，卖萝卜的说是地道货，这边是北京的“心里美”，那边是天津的“卫青儿”，下晚才从窖里起出来。七舅爷也不急着买萝卜，问天津“卫青儿”可是李鸿章李中堂吃的那种。卖萝卜的让七舅爷放一百个心，说当年卖给李大人萝卜的小孩儿就是他爷爷。那年他爷爷挑着萝卜在胡同里吆喝，“天津萝卜赛鸭梨！”恰逢在天津办洋务的李鸿章坐着轿子去洗澡，这一声吆喝吓了李中堂一跳，停下询问何人在此喧哗，下人告知，卖萝卜的。当下把卖萝卜的小孩儿抓了来，李鸿章说，你的萝卜真赛过梨？小孩儿说，不信送您老几个尝尝。李鸿章收下萝卜，赏小孩儿一两银子，洗澡去了。洗完澡，李中堂休息时，忽然想起了萝卜，让人切了端来，一看，绿如翡翠，一吃，甜脆爽口。于是每回洗澡都要吃萝卜。

卖萝卜的这一说，七舅爷还非买不可了，七舅爷说车上两筐萝卜他都要了。他问卖萝卜的会刻萝卜花不，卖萝卜的说，这位爷您算找着人了，雕萝卜花是我的看家本事，您说雕个什么吧？

二秀说雕牡丹，卖萝卜的就依着二秀，雕了朵活灵活现的牡丹。二秀要雕仙女，卖萝卜的刀子三转两转，就转出了一个古代美人。七舅爷夸卖萝卜的是个把式，卖萝卜的说他是个瓦匠，春夏秋盖房雕砖，师傅教的，砖头讲究透三层，飞禽走兽，八宝花草，主家要个什么，得给人雕出个什么。

天冷了，没有泥水活儿了，就用这把刀来雕萝卜，做个卖萝卜的小买卖，维持生计，要不人家怎么管他们叫“二把刀”呢。

七舅爷越听越高兴，索性让卖萝卜的把他的拿手活儿都亮出来，这两筐萝卜要是不够，明天晚上接着雕。卖萝卜的让七舅爷放心，说萝卜不够他喊他兄弟，他兄弟在东边胡同卖呢，那边车上还有两筐。七舅爷好奇的劲头又上来了，他认真地、饶有兴趣地看着卖萝卜的雕玩意儿，雕了一个又一个，大丽花、菊花、玫瑰花、仙鹤、盘龙、小白兔……七舅爷看了个个说好。一会儿，两个筐里的萝卜都变成了各式各样的萝卜花。

七舅爷看得正带劲儿，大秀从家门急奔出来，大声喊，爸，您快回来，我妈不行了！

七舅爷一听就往家跑，扔下一堆萝卜花……

七舅奶奶到底没过了这一关，在七舅爷进来的时候已经咽了气。屋内地上、盆里到处是血，一个婴儿，啼哭着，抱在庄姥姥怀里。七舅爷急切地说，秀儿她妈，秀儿她妈，你怎么说不行就不行了呢？

二秀说，妈，您不是要吃水萝卜吗？给您买来啦，您看看哪！说着拿那个萝卜牡丹使劲往母亲枕边摆。

大秀说，二秀，妈她……她死啦！

话一点破，爷儿三个哇地哭起来……追进院里来要萝卜钱的后生一听这架势，二话没说，将那些个萝卜花都摆在窗台上，转身走了。庄姥姥并没有感到是自己的过失，说生孩子就是跟阎王爷隔了一层窗户纸，说过去就过去了，人死如灯灭。您老哭够了我该给您贺喜了，七爷，恭喜您添了个大儿子。

七舅爷说，人都没了，我要儿子干吗？

庄姥姥说，您瞧瞧，孩子这双眼，又黑又亮，小脸儿多周正啊，我这辈子接了多少孩子啊，数这个漂亮。

七舅爷说，漂亮有什么用？要了他妈的命！

三

七舅爷的儿子青雨的确很漂亮，家族里不少人跟我提起过这位俊美的亲戚。可惜，他们家墙上那张发黄的黑白照片过于死板模糊，看不出他的灵动清秀。我问过大秀，她的弟弟漂亮到什么程度。大秀说，像谁呢……现在的男演员里还找不出一个相像的，青雨的美，是从里往外美。

青雨常跟着七舅爷到我们家来，他父亲唱戏，他就安安静静地坐在旁边，一坐一个下午。从小没娘疼爱，母亲总是看他可怜，让我的哥哥们带他到后头园子去玩。他不去，他就在那儿坐着，害得我母亲不住地给他拿吃食，跟他说话，生怕冷落了他。

青雨跟我们家的孩子玩不到一块儿去，他嫌我们家的孩子们糙，细腻的青雨只喜欢我们家一个人，就是我的大姐。大姐在燕京大学念中文，会唱青衣，只要我大姐在家，青雨来了必定钻到她的屋里去。大姐是学校业余京剧团的，她的屋里有父亲送给她的戏装和头面。青雨进来了，一个很清秀的小男孩儿，也不招人讨厌，扒在桌边，全神贯注地看着大姐收拾她那些水钻头饰。我大姐是个不苟言笑的人，对兄弟姐妹们从无笑模样，可不知怎的，她却想逗逗这个小男孩儿。她对青雨说，你这小子，鸭蛋脸，大眼睛，将来是个唱青衣的材料，给我当干儿子跟包吧？

青雨说，您把那朵珠花给我，我就给您当儿子。

大姐说，你的条件不高，我以为你得跟我要身行头呢，拿去吧。就把花扔了过去。

青雨拿了花，高兴地管大姐叫干爹。

这事被父亲知道了，把大姐训了一顿，说她不该欺负个没娘的孩子，一个丫头家，张嘴就要当谁的“干爹”，了得！论辈分，钮青雨还高着大姐一辈儿……大姐红着脸说是逗着玩儿呢，她是看小孩子太可爱了……

可是父亲跟母亲私下却说，青雨这孩子太俊俏，一个男孩子长这么美丽的脸蛋儿，不是件好事。母亲说，青雨是沾了延子丹的光，自然是不一般。我们家儿子好几个，哪个比得上人家秀气水灵？

父亲说他看青雨走道儿跷脚尖，终非大男人举止。母亲说，青雨还是个孩子……

青雨没念过一天书，琴棋书画竟也样样精通，古体诗写得合辙押韵，“北新桥东直门，京娘暮雨唱黄昏”，这样的诗虽然被我父亲批得狗屁不值，但毕竟是诗。我的哥哥们倒是有学问，可哪一个作得出“北新桥东直门”这样的诗篇来呢？没有！他们关键是没有青雨那样的风雅清秀，用现在的文学语言说是没有青雨那样的艺术感受力和艺术表现力。这样的能力不是谁都有，大半来自天生，就像演戏，会的人不少，但不是谁都能当角儿。

青雨十四岁那年，我大姐过生日，大秀过来给我们家帮忙，青雨和七舅爷也过来了。青雨那天穿的是新上身的暗花月白春绸夹袄，织锦缎宝蓝坎肩儿，一排玉石纽扣华丽考究，坐在厅上很有风度地品着茶，俨然是一个见过世面的哥儿派头了。父亲问他最近在干什么，他说在学青衣。父亲问他是不是要下海，他说哪里敢，他知道旗人的子弟不能当戏子，真要那样连亲戚的门也不敢上了。母亲让青雨唱一段，青雨一笑，颇有少女害羞模样。七舅爷也撺掇他唱，我的哥哥们也跟着起哄，更架不住大姐端了凳子坐到了他跟前，把他逼得脸红到了脖子根儿。

推托不过，青雨只好站起来，看了看大姐说，今天是特为您献丑了，没吊嗓子，嗓子没开，不唱了，给您念一段《霸王别姬》的京白，您多指教！说罢头一低，再抬起时，脸色分明已经变了，变作了四面楚歌、穷途末路中的虞姬，只听他朗声念道：

> 看，云敛晴空，冰轮乍涌，好一派清秋光景。唉！月色虽好，只是四野俱是悲愁之声，令人可惨！正是：沙场壮士轻生死，凄绝深闺待尔人。……哎呀，大王啊大王，只恐大势去矣！

一段《霸王别姬》念白，被青雨赋予了无限魅力，透出了深情、无奈、悲苦、凄凉，博得了一阵阵叫好声。父亲说，闭着眼睛听，还以为是梅老板来了呢，没想到这孩子还真有一出！母亲端起茶碗送到青雨面前，说他念得真好，以前是听唱，没想到听念也这么过瘾，今天借着大格格的光也算是开了眼界。七舅爷更是得意，说青雨有天赋，他那段看家的《逍遥津》在儿子面前有点儿拿不出手了。

那是青雨第一次在我们家展露才华，后来才知道他在跟着邢老板学青衣。青雨要拜师，邢老板死活不收，他知道这些少爷的脾气，高兴了，他恨不得成宿成宿地给你唱；不高兴了，打着他都不带张嘴的。少爷们学戏，多是为了将来能玩票，出人头地，耗财买脸，没几个是认真学的。青雨这孩子，按说条件相当好，要出息了是个好角儿。可惜，长不了，他怕吃苦，太有主意，没法儿教。果不其然，试了几回，别扭。

青雨在屋地上表演《四郎探母》，没唱两句就被师傅叫停了。邢老板说，是“红花一片”，你怎么把人家词改了？

青雨说，师傅，芍药、牡丹不全是红的，也有白的、粉的，还有绿的呢，怎能是红花一片？皇宫里就种一个品种不可能，要这样萧太后得把花匠给开了。这身段设计得也不对，铁镜公主不应该来回转圈，她得这么着……

邢老板说，说得有道理，可是师傅历来就是这么教的，你没权利改，我也没权利改。要是你改我改他也改，改来改去它就不是《坐宫》，而成《坐帐》了。

青雨说，师傅，这是戏，不是裱匠裱的画，说晾三天就得晾三天，少一天起包，多一天裂缝。这戏就得不断完善，不断改进，经得住改，才是玩意儿！

邢老板说，我现在都闹不明白了，咱们俩究竟是谁跟谁学戏呢？

青雨说，当然是我跟您学。

邢老板说，明天上午，锣鼓巷 2 号，程家有堂会，记着把行头给我准备了。

青雨问备哪一出，邢老板说《贵妃醉酒》。青雨说，在您之前，我能不能先来一出《祭江》？

邢老板说不行，人家是给老太太做寿，不是小寡妇奠夫。

这个邢老板到底也没收青雨当徒弟，人家心里很清楚，少爷就是少爷，成不了戏子。

二秀早早地嫁了，嫁到了湖北武汉，男人在洋船上当二副，收入不错。二秀知道家里的情况，隔三岔五就汇点儿钱来，不敢直接汇家去，汇到我母亲这儿，由我母亲转交。

依着七舅爷，二秀绝不可能嫁到长江边上去。没有皇上的旨意，北京的王爷都不能随便出京，北京的旗人姑娘当然也不能随便嫁出京城，特别是他钮七爷的闺女更不能。那个九头鸟的姑爷看上了二秀水灵，到七舅爷家跑了好几趟，七舅爷就是不答应，非跟人家要沾过宋朝露水的蝈蝈儿作聘礼，成心刁难。九头鸟上哪儿找宋朝蝈蝈儿去？亲事眼瞅着要黄，大秀搬出我母亲当救兵，将二秀嫁了二副。她知道这个家是个无底的船，早晚得沉，逃出去一个是一个。

走出京城的二秀过上了另一种日子，说白了就是给水手当老婆，倒也入乡随俗，很快扔了炸酱面，改换热干面，把豆皮当烙饼吃。她曾经带着孩子们回娘家来过一趟，孩子们一口湖北话，不会说“您”，只会说“你”。一帮小孩儿把七舅爷的蓝靛颏儿吓得叫不出声，把蛐蛐儿们放得一个不剩。他们不喝豆汁儿，拒绝炒肝儿，厌恶爆肚儿，诅咒麻豆腐，总之和七舅爷格格不入。七舅爷知道这不是钮家的孩子，不是北京的孩子，他的二秀算是被彻底扔到长江里去了。

大秀闲了给人做补花贴补家用。北京的补花至今是出口工艺品的主要内容，老北京，特别是东城朝阳门一带，是补花绣品的产地。跟我母亲当年一样，将活儿领回家去，做好了再集中送来，有人给记账，定期结钱。大秀缝一个五寸茶垫，三花四叶，俩窟窿，工钱是两大枚，大约合现在两毛钱。缝一块小桌布是五大枚，至于一个大单子，她得做一个多礼拜，能得一块五……工钱少得可怜，就这还不是老有，得看有没有订单，没人要货，妇女们停个俩仨月没活儿干是常有的事。母亲当姑娘时，常在领活儿的地方和大秀碰面，两个人都是挑家过日子的女子，都面临着艰难的生计，就很有些惺惺相惜之情。母亲出嫁了，最终有了归宿；大秀则还出入于补花作坊中，三大枚、五大枚地苦挣。

有一段时间，大秀到我们家来得很勤，母亲知道大秀来的意思，补花作坊停工了，连大秀过冬的棉袄都送进了当铺，一家人不是马上，是已经揭不开锅了。没等大秀说什么，母亲立刻就掏钱，掏钱的时候背着父亲和叶家的人，为的是不让大秀难堪。母亲知道，大秀是个极要脸面、内心很敏感的姑娘，跟七舅爷和他儿子的性情不一样。

大秀跟我母亲说，她把家里的面口袋翻了个个儿，将里面的面扫尽，那面也没盖过盆底儿。柜子、抽屉都空空如也，家里能拿出去当的东西什么也没有了。

母亲只有叹气，母亲能说什么呢？摊上这样的父亲和兄弟，只有认命的份儿。她的兄弟陈锡元在朝阳门外开了个小酒馆，跟兄弟媳妇两个扑着命地干，也就是个夫妻店罢了，不可能让青雨进去当伙计。再说，那份下里巴人的活儿，陈锡元能干，世家子弟的钮青雨未必肯降贵纡尊。

大秀很客气，也很不好意思，接了母亲的钱反复说来日有了一定还上。母亲将大秀紧紧抱在怀里，在她耳边轻声说，秀儿，不还了，真的不用还了。

大秀叫了一声姐姐，眼泪就下来了。

大秀揣着钱，提着我母亲给的几斤白面回去了，到家的时候，她爸爸和兄弟正在院里雕花石头前商量蝈蝈儿的事。青雨跟他爸爸说九条金家二爷那只黄金蝈蝈儿要出手，金二爷说了，他父亲要是肯拿手里的蓝靛颏儿换，他乐意让四成。七舅爷说蓝靛颏儿是他的命，天地翻转了也不能换。青雨说他上金家看了好几回，那蝈蝈儿，它简直就不是蝈蝈儿，是窦尔敦，蓝脸红牙，黄头、黄脖、黄腿、黄肚、黄须，背生金黄翅，只有膀墙那点儿是翠绿，通体金盔金甲，金光闪烁，叫唤起来，宽厚低沉，苍劲有力，就跟金少山的唱儿似的。七舅爷问，产在哪儿？

青雨说，河北狼牙山山顶黄石头下边的黄金洞里。

七舅爷说，嗯，地方正经，东西是好东西。

青雨说，价可也不低呢，金二爷说了，给我半天时间回来跟您商量，咱们过了午饭要是不回话，他就出手了……好东西还是得抓在自个儿手里……

大秀一边做疙瘩汤，一边听外头爷儿俩的议论，知道钮家又有一场灾难要降临了。

大秀端着托盘过来，让她爸吃饭。七舅爷说他想喝碗南京春笋炖鸭汤。大秀说咱们有北京清水疙瘩汤。说着将一个个小碟在桌上摆了，碟里有各样咸菜，看着很热闹，其实没什么内容。北京的穷旗人向来爱摆谱儿，所谓的倒驴不倒架，再没吃的，几碟咸菜得撑在那儿。大秀将两碗疙瘩汤给父亲和弟弟一人一碗。青雨说，汤里缺点儿嫩羊肉。

大秀说，吃吧你！

七舅爷说，味儿不错，赶上天兴居的炒肝儿啦，有香菜吗？

大秀说，没有。

下午睡醒午觉爷儿俩就没影儿了，没半个时辰，兴高采烈地将那个宝贝蝈蝈儿捧回来了。当得知这个蝈蝈儿是父子俩用城郊一亩七分坟地换来的时候，大秀差点儿背过气去。

一个普通的蝈蝈儿罢了。

看大秀对手里的蝈蝈儿不以为然，七舅爷对大秀说，这蝈蝈儿不是一般的蝈蝈儿，几百年才遇上一个，你看它那俩大夯，透明的！

青雨更得了便宜卖乖地说，人家金二爷把它出手，是真舍不得，是金家老太太死活不让留，说有蝈蝈儿没她，有她没蝈蝈儿，非要把这么好的蝈蝈儿给淹死。

大秀问为什么，青雨说，金家老太太是木命，娘家又姓丛，葱、丛谐音，黄金蝈蝈儿，金克木，蝈蝈儿吃葱，老太太哪儿容啊！成天跟蝈蝈儿掐，你想，蝈蝈儿是老太太的个儿吗？没办法，忍痛割爱吧。信儿一传出去，多少人惦记哪！人家跟我有交情，知道我喜欢这个，说了，先尽着我。

七舅爷说蝈蝈儿喂黄豆面跟猪肝，不吃葱。上火了，喂点儿菠菜秆下火。乡下人爱给蝈蝈儿喂葱，都以为蝈蝈儿吃葱，其实蝈蝈儿是吃肉的，羊肠子、猪脑子、鱿鱼、鸡胸脯、嫩里脊、馒头、豆腐、面条、粥，人吃什么，它吃什么。

突然地青雨冒出一个问题，他说，爸，坟地卖了，将来咱们死了埋哪儿呢？

七舅爷也愣了，想了半天说，是啊，咱们埋哪儿呢？

四

七舅爷家的日子不是在过，是在“作”。“作”是北京话，发阴平声，即瞎折腾的意思。有了爷儿俩的“作”，就有了大秀的难。母亲常说，七舅爷家只要没了大秀，那爷儿俩一天也过不下去。眼瞅着，大秀三十多了，早该谈婚论嫁了，也有来说媒的，可七舅爷的眼光太高，说是养女攀高门，他钮七爷家的格格有三不嫁，没有四品爵位不嫁，当二房不嫁，城圈以外不嫁……早是民国了，哪儿找四品爵位去？就是有了相当于四品的官员，哪个肯空虚着夫人位置等待大秀？总之，非常非常不现实，活活把个大秀在家里耽搁着。

我母亲明白，跟自己当年出阁一样，大秀出嫁的前提是青雨爷儿俩得自食其力。可那爷儿俩不是陈锡元，也没有状元的推荐，全没有自食其力的意思。靠大秀那点微薄的补花收入，只能是一天两顿稀粥，至于七舅爷那点儿家底，早已零敲碎打地进了当铺，再也找不出什么可当的东西。我母亲跟父亲商量，青雨不能老在家闲着，给青雨好歹找个事由，也把那可怜的老姑娘解放出来。父亲不愿意揽这闲事，说给青雨找事是把人情当水泼，全是瞎掰。母亲说，瞎掰不瞎掰试试再说，说不定一拿了薪水，人就变了呢。父亲说，变不了，少爷秧子就是少爷秧子，你不能指望汉献帝跟曹操叫板。

话是这么说，父亲还是托了同学王国甫，给青雨在他的工厂里安插了个文书的差事。王国甫也是七舅爷的熟人，那是个将八旗子弟看得很透彻的商人，王国甫务实，从根儿上也没指望青雨过去能干什么事儿，只要不裹乱，送个人情罢了。青雨去的科室是总务科，管理人员和杂务，科室的负责人是王国甫的儿子王利民。王利民从法国留学回来后，在父亲的工厂里做总务工作，是个很有思想、很有见地的年轻人。

青雨的工资底线是一个月六块大洋，随着工厂的效益可以慢慢往上升，年终还有一个月奖金，比他姐姐大秀三五大枚地挣可谓天上地下了。都想着青雨会感激我父亲的举荐，感激王国甫的收留，不料青雨并不领情，他跟大秀说这是给他戴嚼子，让他拉磨，当科员，看人眼色，仰人鼻息，他受不了！大秀劝他说，抄抄写写的不难，你好歹挣点儿钱回来，咱们还能吃上一两顿羊肉馅煮饽饽……

青雨想了想说上班在前门附近，东边有“全聚德”“都一处”，西边有“月盛斋”“正明斋”，不愁没好吃的。干也可以干，全是冲着“月盛斋”的酱羊肉。

父亲说的“少爷秧子”是有道理的，上班头一天就没按点儿来。上午八点上班，十点了，青雨才托着小茶壶一步三摇地进了办公室，也不认生，进来就热情地跟大伙儿打招呼，都忙哪，我来了，我在哪儿办公啊？

一个职员问他是不是钮青雨，青雨说，不错，在下钮青雨，祖上钮祜禄，辛亥革命后改姓钮，旗人不计姓，叫我青雨就行了。

职员说，您的办公桌在我旁边，科长等您一早晨了，您没来，把表搁您桌上了，让您把名单上画圈的誊抄一份。

青雨坐在自己的位子上，不急着干工作，却是折腾椅子，觉得椅子不舒服，高矮不合适，鼓捣了半天，把全屋人的目光吸引了过来，才算坐安稳了。还没等众人目光收回，青雨又直起嗓子大叫，茶房！茶房！

职员说办公室里没茶房，青雨指着小茶壶说他要续水，职员说那边桌上有暖壶，要喝自己去倒。青雨懒得起来拿暖壶，也不喝水了，抓耳挠腮地张望了一会儿，感到无聊。职员好心地提醒，誊那个表。青雨拿起表看，是裁员人员登记表，对职员说，我抄表，谁给我打格？

职员说，得您自个儿打，这是尺子。

青雨说，写中国字还用尺子，笑话！拿起毛笔，蘸了墨，很潇洒地在纸上画出方格，自然比原来的大了许多，然后按着上面画圈的抄名字：施喜儒，在纸上写了施喜儒，字迹漂亮潇洒，是不错的章草。接下来是刘铁应、王欲俊、顾明辉……前边几个倒没走样，后边的就乱了，秦大保变作了“秦叔保”，窦学宏写出来成了“窦尔敦”，杨莉环改成“杨玉环”，曹红德写成“曹孟德”……

职员朝他的书案一伸脖子，看到了那些名单，先是笑，后来冲他伸大拇指。

墙上钟指到十一点一刻。

青雨问他们吃不吃饭，职员说还有半个多钟头呢。青雨说半个钟头不算钟点，他饿了，先走一步。下午吉祥剧院有尚小云的《摩登伽女》，如果有谁去看，他可以请客！见没人回应，改口说，这么着吧，三点我准时在吉祥门口等大伙儿，谁看谁来，过时不候啊！

青雨一走，职员们立刻哄地笑起来，大家围过来看青雨画的表格，笑得更厉害了。

裁员名单下面是秦叔保、杨玉环、窦尔敦、曹孟德、诸葛亮、孙玉娇、穆桂英……

王利民见了那个裁员名单，二话没说就直接送给了他父亲，这儿子正为裁员的事和父亲老子较劲呢，多少有些成心。要不是王国甫拿着青雨抄录的名单给我父亲看，谁也不相信青雨会干出这样的事来。虽然只上了一天班的青雨就让王国甫给裁了，但他在工厂却落下了好名声，他们甚至想推举青雨当工会代表。

也不能说七舅爷和青雨全是无所事事，母亲说七舅爷在他的人生历史上还做过小买卖——卖糖葫芦，当然，如果说那也叫做买卖的话。

被工厂刷下来的青雨很快地回归了他的票友队伍，见天儿打扮得油头粉面地出门，不到天黑不回家，也有早回来的时候，那是没地方蹭饭了，不得已才想起家。这天，青雨举着串糖葫芦进家，看见父亲在院里放风筝，扔下糖葫芦马上参与进来。

七舅爷的风筝糊得精巧，黑白的沙燕，嫩粉的脸蛋，一对眼睛骨碌碌会转，肚子上粘了对鸣箱，风一吹，嗡嗡作响，引得六条一片地界都往天上看，知道钮七爷又放风筝了。

青雨说，东南风，您把线儿往北拽拽，我得送个小屁帘儿上去！说着，拿来一个屁帘儿风筝，借助风筝线和风力，嗖嗖嗖将小屁帘儿送了上去。

七舅爷说，能在院里放风筝的也就是我，别人没这本事，他们都得找空场，等风。那个写戏的孔尚任，放风筝没风，就骂天，“手提线索骂天公，欠我风筝五尺风”，他那是没能耐……

一转脸看见儿子扔在石头上的半截儿糖葫芦，七舅爷立即对风筝没了兴趣，跟大秀说他也要吃糖葫芦，吃山药夹豆沙蘸瓜子的糖葫芦。大秀说没闲钱买糖葫芦，七舅爷不高兴了，说现在他混得连糖葫芦也吃不上，儿女们就这么虐待老家儿吗？大秀无奈地说，您现在跟个孩子似的，我从青雨衣裳里搜出了两块钱，刚够咱们这几天的饭钱。

青雨说那是跟着邢老板上西城阮家去唱堂会，人家给的车钱。七舅爷从大秀身上摸出两块钱说，两块钱买糖葫芦用不了，足够了！

七舅爷揣起钱朝外走。大秀嘱咐七舅爷别都花了，说两块钱不是个小数，警察一个月薪水才六块！

七舅爷拿着钱，连赊带买，一通采购，让地安门点心铺“桂英斋”的小伙计帮着提回一堆东西，有山药、山楂、红豆沙、冰糖、瓜子、荸荠、竹扦子等等。七舅爷说他四处淘换糖葫芦，走了半个北京，没有卖他吃的那种，越没有他越馋，非要今天把糖葫芦吃到嘴不可！买了材料，他自己做。

七舅爷不干是不干，要干还真像回事儿，做糖葫芦的认真程度，不亚于画一幅工笔画。七舅爷是把糖葫芦作为一件艺术品来处理的，从果料的选择到造型的设计，都讲究到极致。他将山楂破开去核，使每个山楂都半开半合，有的填上豆沙，有的填上枣泥，有的填上豌豆黄，再将瓜子仁儿按在吐露的馅儿上，成为一朵朵精致的小花。山药去皮，挖出不同形状的窟窿，填上各种馅儿，按上红山楂糕和绿青梅丁，成为色彩斑斓的圆柱……冰糖熬得恰到火候，一根一根蘸了……

充满艺术品位、精美绝伦的糖葫芦在七舅爷的手里诞生了！大秀不相信地说，阿玛，这是您做的吗？

七舅爷得意地说，你以为阿玛就会玩鸟？你阿玛会的玩意儿多啦，蘸糖葫芦，小菜一碟儿。大丈夫非不能也，是不为也！

大秀小心地咬下一朵“花”，嫩脆，比外头卖的好吃多了，说这么好看的东西都让人舍不得吃了，再不肯咬第二口。七舅爷说，外头卖的是专为赚钱的，做糖葫芦的都是小商小贩，他们懂得什么是讲究，做出来的只要是糖葫芦，有人买就得啦。我小时候，常跟着你老祖做糖葫芦玩，专为送亲戚朋友，用的扦子都是象牙的，连皇上还点着名让你老祖给做糖葫芦呢。

大秀让七舅爷也教教她，说这么好的手艺免得失传了。七舅爷说做这个得有心情，就跟写字画画儿似的，高兴了能见天儿连着做，做一堆；不高兴了，许几十年都想不起来做一回。

大秀实在舍不得吃那华丽的糖葫芦，让七舅爷给我母亲送几根来，七舅爷也乐得上我们家，就举着糖葫芦招摇过市，招来不少赞赏目光。一女人拉着孩子在后面追着看，要买七舅爷的糖葫芦，七舅爷不卖，孩子就哭，女人说，人家不卖，哭也白搭！

七舅爷看不过眼，说给孩子拿一根去吧！女人说，不能白要您的，这得不少钱，光这料就得几十个大子儿！

孩子接过糖葫芦就要往嘴里填。女人说，不许吃，拿回家看几天再吃，你见过这么漂亮的糖葫芦吗？

路人一下将七舅爷围了，纷纷举着钱要买他的糖葫芦。七舅爷说，这是给亲戚送的，不卖！

一辆马车驶过来，突然从高处伸过来一只手，将糖葫芦一下掳去，紧接着一个钱袋唰地扔过来，打在七舅爷身上。七舅爷说，干吗呀？明抢啊，这是！

糖葫芦送不成了，七舅爷只好回家，回来掏出钱袋，将钱哗啦倒桌上，原以为是不值钱的铜子儿，竟是白花花十几块大洋。马车上的人是谁，到今天也是个谜。

倒是给了大秀一个思路——卖糖葫芦。

五

还没等大秀的商业行动付诸实施，日本人就来了。

日本人对北平的进入让所有的老北京感到屈辱，打着太阳旗的日本兵排着队在大街上走，走过东四牌楼，走过金鳌玉蝀桥，走过前门楼子，走过东西长安街，一排排刺刀在太阳下闪烁着寒光，一张张面孔带着侵略者的骄横。自家的屋里进了外人，生活秩序全被打乱了，一向平和的北平市民胸口堵了一块铅，在忍耐中等待着时机。

七舅爷和青雨对日本人的介入最直接的感觉是街上的人少了，人们的脸色变得沉重了。但外头的变化影响不到他们的日子，他们的蓝靛颏儿照样在笼子里歌唱，他们的蛐蛐儿照样在马尾的引逗下撕咬奓翅，他们的沙燕风筝照样能在小院里升上天空……

北平又改回来叫了北京，成立了临时政府。老百姓对北平、北京的叫法完全是出于习惯，北平也好，北京也好，苦日子、穷日子照样得过。

日本人运兵的车遭到了手雷的袭击，街上立刻戒了严，各路口都有端枪的兵把着，看谁不顺眼就绑起来，扔车上拉走，活不见人，死不见尸，这个人就在北平，在他的亲属眼里永远消逝了。在这样的日子口，没有谁再敢出门，连上学的学生也破例地待在了家里。家家的大街门都关着，怕事儿的人都提心吊胆地听着外面的动静。

静悄悄的胡同口，走来了晃着鸟笼的七舅爷和他修饰齐整的儿子青雨，爷儿俩不知道外头发生了什么，他们照着他们一贯的生活方式，一贯的精神状态，悠闲轻松，安然潇洒，冲着我们家迤逦而来。看门的老张正巧向门外探头，一看这爷儿俩，吃了一惊，回身对做饭的老王说，六条的舅爷来了。

老王说，嘿，你说这爷儿俩，吃了豹子胆啦，什么日子口还敢在街上逛！

老王探出半个脑袋，七舅爷见了，远远地打招呼，紧走几步大声说，老没见了，给您请安……

话音未落，一排枪打得七舅爷脚前的土地直冒花。爷儿俩吓一跳，东张西望寻找开枪的主儿。七舅爷挺着肚子问，谁呀，这是？

青雨比他爹还横，转了一个圈大声嚷嚷，没长眼睛是吧？那俩瞎窟窿是留着出气儿的吗？

又一排枪扫在他们的前面。

老王家在山东乡下，见过打仗的阵势，他小声而严厉地让那爷儿俩快趴下！七舅爷问怎么趴，老王说往地上趴。青雨说，那衣裳不都脏了！

一排枪打过来。

七舅爷和儿子不得已，慢腾腾先蹲下，再坐下，仰躺在地上，他们面对的是北京街道的天空、槐树、太阳、云彩……

二、八月看巧云，那八月指的是阴历，此时天上的云彩行走变幻，在秋风的撕扯下，一会儿变成欢快的小狗，一会儿拉成狰狞的飞龙……

七舅爷说，快看，快看，那条龙的大犄角变成蜜麻花了！

青雨说，阿玛，以前咱们没这么看过天。

七舅爷说，从来都是天在上头看咱们。

老王隔着门缝命令他们翻过来，肚子朝下。爷儿俩莫名其妙地翻过身来，不知下步该如何动作。老王指着门口的上马石，让他们往石头后爬，把脑袋先顾住。七舅爷爷儿俩将屁股撅得老高，往石头后爬，爬得非常不“专业”。

一只蛐蛐儿在墙根振翅鸣叫，被爬在前面的青雨发现了。青雨告诉他阿玛，这儿有一只大梆子头！带颤音儿的，他听得真真儿的。七舅爷让青雨别惊着它，从怀里摸出铁丝罩子递过去，青雨接过罩子，向蛐蛐儿爬过去，也不用人教，这次进入了角色，爬得灵活无比。青雨用罩一罩，蛐蛐儿蹦了，又扑过去，一罩，罩住了。青雨告诉他阿玛，逮住了，是个“棺材头”。七舅爷说，先别掀，等等我。

七舅爷爬过来，拿出张纸，熟练地卷成手指粗的筒，一头窝死，一头张着口，准备装蛐蛐儿。青雨从铁罩子下摸出蛐蛐儿，一看，拉拉夯啦，腿让罩子扣折了。于是，爷儿俩趴在我们家门口全神贯注地欣赏他们的残疾蛐蛐儿。

老王冲过来，拽起七舅爷就拉进大门，青雨倒是不忘他爸爸的鸟笼子，夹着鸟笼子跟在后面蹿进来。

又是一排枪。

老王埋怨七舅爷，什么时候了，还在大街上逮蛐蛐儿？不要命啦！

青雨说，不是我们逮蛐蛐儿，是蛐蛐儿逮我们，天凉了，它愿意跟着我们。

七舅爷说，我们出来的时候还没打枪，怎么说打就打了呢？街道不就是让人走的吗？你打你的枪，我走我的路，谁也碍不着谁。

那次历险把我们家的人吓得够呛，对方是横行霸道的日本人，不是张勋、张宗昌、冯国璋那帮军阀，日本人不讲理，想杀谁就杀谁。我们隔壁一号，冯家老爷子就给抓进去了。老爷子是袁世凯手底下的人物，应该是有脸面的，就这也给逮了，而且是从被窝里逮的。就是说，在日本人占领下的北平，哪怕你缩到没有退路的角落里，缩进被窝，也是不安全的。国没了，家也就没了，被窝当然更没了。

那天，父亲沉着脸，给了青雨好一顿训斥，表面是对着青雨，其实是说给七舅爷听的，说他们串门没时没晌，说他们拿着自己和别人的生命当儿戏，把日本人招进家来也不是没有可能……

七舅爷赔着笑脸只是听，青雨的脸一阵红一阵白。

自那以后，一晃两年，七舅爷爷儿俩再没到我们家来过。

母亲埋怨父亲把话说得太重了，得罪了亲戚，而且是穷亲戚，在外人眼里，显得我们过于势利。父亲说就是没得罪他们，也不会让他们再进我们家。因为青雨跟“新民会”的李会长打得火热，李会长是什么人，李会长是北京头号大汉奸，跟汉奸打连连，将来有说不清的时候！

母亲惋惜地说，这个青雨，他怎么和汉奸裹到一块儿去了呢？

“新民会”是日本参谋部和日本特务机关仿效东北溥仪的伪满“协和会”成立的汉奸文化组织。“新民会”的顶头上司是“首都指导部”，受日本华北驻屯军领导，是日本文化侵略的最高机构。那时候一提谁是“新民会”的，老百姓都远远躲着走。惹不起，躲得起。

日子一天天过去，青雨和“新民会”的人打得火热，跟李会长更到了称兄道弟的程度。

七舅爷还过着他的混沌日子，头脑已然有些糊涂了，但是对鸟和蝈蝈儿还是一往情深。大秀说连饭都吃不上了，舍了那鸟吧。七舅爷说，宁可我饿死，也不能让我的鸟饿死。你是没养过鸟，你要是养过鸟，你就懂得鸟啦，这小东西能把人的心给化了。

大秀说，我甭养鸟，我养您就够了。

七舅爷问大秀多大了，大秀说，我多大了您还不知道吗？您还好意思问我？

大秀听见父亲噢了一声，再没了下文……

青雨到底还是下了海，在邢老板的班子里唱青衣。他下海的原因有两个，一是喜欢，二是解决生计，他不出头挣钱，他的父亲和姐姐就得饿死。这也是青雨爷儿俩近年没到我们家走动的原因，连大秀几乎也不来了，他们知道大宅门是不能有戏子亲戚的，他们很自觉地避了。青雨对政治没兴趣，他没想那么多，他跟李会长在一块儿从来不谈政治，他们只谈京戏，李会长也爱戏，并且懂戏。

青雨俊美的相貌引起女人的关注，也引起了男人的关注。在众人复杂的目光中，青雨颇有些小得意。邢老板提醒他得稳住了自个儿，告诉他面对的是一群狼。青雨说他看得出来，这群狼喜欢他。大秀后来跟我反思青雨的过失，她认为青雨的失误在于不检点，他不该把父亲画的一把《貂蝉拜月》的扇子送给李会长，致使惹出后来许多祸端。我跟大秀说，送也是祸，不送也是祸，一把扇子是借口，狼对窥测已久的猎物，再没有理由，也能找到下嘴的机会。

李会长对青雨在诸多方面的提携关照，让青雨觉得舒服。会长领着他到南苑靶场打枪，带着他到妙峰山猎兔子，到北海静心斋赏月，到六国饭店吃法国大菜，这让青雨觉着会长不像会长，倒更像他热闹的朋友圈里一个潇洒大方的弟兄，像正走运的大宅门里的某位哥儿。

这天，快中午了青雨才睡起来，对着镜子抹他的大油头，大秀跟他要这月的包银，青雨说请了客了。大秀说，那这月吃什么？青雨说，我天天有饭局，我现在正节食呢，要不我的腰粗得跟水桶似的，甭唱散花仙女，改唱金钱豹得了。

大秀说，你有饭局，我和阿玛得吃饭哪！

青雨说，李会长说了，明天送我四百块大洋，让我上苏州办行头，四百我用不了，给你们五十不就结了。发什么愁哇，全是多余！我就信一条，车到山前必有路，老天爷饿不死瞎眼的雀儿，更何况咱们还不瞎！

大秀说，你往脑袋上抹那么些油，好看怎么的？我说过多少回了，少跟那个李会长来往，你记着，谁也不会白送谁钱，钱的背后指不定有什么坏心眼子呢！

青雨说，人家爱的是戏，爱艺术，跟我这个人没关系。

青雨说完就走了，大秀说她那天就觉着心里不得劲儿，果然就出了事儿。

那天晚上是青雨的压轴《贵妃醉酒》。戏台上，连舞带唱的青雨将醉酒后的杨玉环表现得惟妙惟肖，在一群宫女的簇拥下，长长的一列五彩缤纷，忽而左，忽而右，青雨已入化境。

这景色撩人欲醉，
同进酒，
捧金樽。

人生在世如春梦，

……

台上台下的人都醉了，喝彩声不断。

青雨从台上下来，刚卸完装，李会长的秘书就来到后台。秘书说会长给钮老板在京华大饭店定了套房，让钮老板散了戏就过去，这是钥匙。青雨问是不是饭局，秘书说没有饭局有消夜，专为款待钮老板一人。

大秀跟我说，青雨还是糊涂，他不想想，平白无故人家凭什么让他上饭店？那时候他真是鬼迷了心窍，把谁都看成了朋友，想的是人要是成了角儿，怎么捧你的人都有，他根本没往圈套上想！

青雨来到饭店，房间内没人，他这里看看，那里摸摸，推开窗户，清凉的晚风吹进来，望着窗外的夜景，他真有些飘飘欲仙了，豪华的宾馆套间自然是比他六条连桌椅板凳也很欠缺的小屋强多了。六条的小屋是普通的方砖地，又硬又凉，宾馆房内的地毯又绒又厚，比戏台上的毯子柔软细腻，能将人的脚埋进去……他在地毯上做了一个“卧鱼”，感觉相当不错。

盥洗室的门开了，穿着睡衣的李会长踱进来，这让青雨没有想到，他以为房内只有他一个人。李会长望着青雨笑，那笑不是什么好笑，青雨觉得哪儿不对劲儿，结结巴巴地说，李会长，您也来了。

李会长步步逼近青雨，说他等青雨半天了。青雨一步一步往后退，退到了窗口，再没有退路。李会长伸出手，抚摸着青雨的脸蛋说，我一看见你在台上唱，就想，这个人他究竟是不是真的，就想摸摸你。

青雨说，我是真的！我是肉体凡胎……

李会长开始解青雨的纽扣，摸索着说，肉体凡胎怎么会生出你这么个尤物来？

青雨左右躲闪说，您别……别介……我从来没干过那个……没有……从来！

李会长从袖口里拉出折扇，哗地打开说，从来没干过那个，送我这把扇子是什么意思？《貂蝉拜月》，貂蝉为什么拜月？你的意思我清楚极了，你懂，你什么都懂……

青雨说，扇子是我爸爸画的，我真没别的意思！

李会长说，难道这两年我的意思你竟没体会出来？你能体会到杨贵妃独守空房的惆怅，不会体会不到我的意思。其实我也没别的意思，就是要欣赏艺术，当然也包括人体艺术。

青雨说，求求您，饶了我！这让我阿玛知道了，得打死我！

李会长说，我就爱看你这小样儿。

李会长狼一样将青雨扑在地毯上，青雨才知道，豪华饭店厚重的地毯原来还别有用处，家里的方砖地硬是硬，但干净清爽。

大秀向我叙述这些情节的时候十分艰难，我能想象出，青雨跟他姐姐如此细致地描述受辱过程，精神已经到了怎样的崩溃程度，他将一腔的屈辱难堪，一腔的难与人言全都倒给了他的姐姐。什么是亲人哪？这就是亲人。

我为我那位不争气的亲戚流出了眼泪，心里觉得有什么东西在咬，一口一口，咬得生疼。大秀却很平静，躺在病床上，望着房顶半天没有说话，我顺着大秀的目光望去，房顶的白灰已经脱落，上头有一片发霉的黑黄水渍……

六

大秀说，青雨就像摔在一个满是淤泥的陡坡上，越挣扎越往下滑，下头是大泥潭，明知没有好结果，可是他收不住，由不得他自己了。

日子越过越艰难，不是七舅爷一家难，是所有的北京人都难。中国的抗日战争到了最艰苦的阶段，老百姓的生活也到了最艰苦的阶段。日本人开始了强化治安运动，无端地抓人、打人，警车呼啸过市，半夜砸门查户口，闹得人心惶惶。更可怕的是没有粮食，全城百姓吃配给的混合面。所谓的混合面是高粱、豆饼、黑豆、红薯干的混合物，难以下咽，就这，还得半夜排队去买。母亲说，我们家北墙根，每天天不亮就有人排队，按居住片供应混合面，警察在每个人的脊背写上粉笔号码，按人头一个个来。每天买混合面的队伍队尾在胡同东口拐弯，队头在胡同西口，不少人买不到，常常是空手而归。买着的情况也好不到哪儿去，混合面吃进去拉不出来。那时候的人把拉屎看作一件天大难事。侯宝林先生曾编过一段相声，说混合面吃了拉不出，喝了半瓶子梳头油，拉出根劈柴棍儿，原来混合面里有锯末……

七舅爷老了，身体状况远不如以前，目光呆滞，动作迟缓，头脑一时清楚一时糊涂，常常是面对着熟人叫不出名字来，甚至将大秀误认作死去的老伴儿。

七舅爷到我们家来是1942年的秋天，是我的三哥将他领回来的。我母亲回忆，那是七舅爷几年来第一次，也是最后一次在我们家出现。三哥在海淀教书，每礼拜回家一趟，那天他在西直门门洞碰上了七舅爷，七舅爷正在挨日本人的打，噼噼啪啪的嘴巴一个接一个，在城门洞里抽出了很响的回声。来来往往的人不少，没人敢问，没人敢拦，也没人敢看。

“确保华北及北京治安”是日本军队的重要任务，日本兵把守着城门，凡是进出城的人一律要给日本兵鞠九十度大躬，然后接受搜身。常有因鞠躬不合格和认为带了犯禁物件的被拉出，或一通暴打，或被拉走枪毙。

那天大秀去交活儿，七舅爷不知怎的走出了家门，举着鸟笼子先奔了东四牌楼，又往西过了府右街，一路走，一路东张西望，他寻不到回家的路了。老人从东城晃到了西城，一直走到了西直门门脸，自然不知道应该鞠躬，照直往城门洞里走。

日本兵说，你的，过来！

七舅爷说，您叫我？

日本兵用手指头让七舅爷过去，七舅爷说，正好，劳您大驾，您告诉我上六条怎么走，我转迷瞪了，找不着家了……

日本兵说，你的，什么的干活？

七舅爷说，我不干活，我回家。

日本兵说，你的，良民大大的不是！

七舅爷说，不是良民，那您说我是什么呀？打小我就生在北京，连城圈都没出过，最远就上过一趟门头沟延生观，咱们犯法的不做，犯恶的不吃……

日本兵让七舅爷鞠躬，七舅爷说，鞠躬，我没行过那礼，我给您请安得了，请双安。

没等七舅爷的安请利落，日本兵的巴掌就抡过来了，连着几巴掌，将七舅爷打倒在地上，爬不起来了。

蓝靛颏儿看它的主人挨打，在笼子里扑棱，被日本兵用大皮鞋哗啦踩扁了。七舅爷躺在地上，满面是血，笼子里的小鸟同样是血迹斑斑，肠子肚子都踩出来了。日本兵用皮鞋踢七舅爷，七舅爷全部精神都在他死去的鸟身上，将烂笼子和死鸟搂在怀里，任着日本兵踢打。

我想象着那情景，想象着一个无助又无辜的老人被日本兵狠命踢打的悲惨光景，一个爱小鸟的平和老人，在自己的地盘上，没招谁没惹谁，无端地引来一顿暴打，这是怎么了！

五十年后，我在日本当研究员，研究的恰恰是日军侵略华北的一段历史。我心里有个解不开的结，在那些蒙满尘埃的历史资料背后，常常幻现出我满脸是血的七舅爷影像。他倒在地上，躲闪着皮鞋，罩护着怀里的鸟儿……中国又何止一个七舅爷……

我们家老三正巧进城，见到七舅爷挨打，赶紧过来护住，对日本兵说七舅爷是良民，脑袋有毛病了，请日本人原谅。日本兵瞪眼睛，开始骂人，过来个翻译官，朝鲜人，汉语说得也不怎么样。老三将翻译官偷偷拉到一边，将情况讲了，又塞了钱给他，翻译才对日本人说，这位，老北京，老住户，老糊涂，让他走！

日本兵让七舅爷开路！

七舅爷抱着鸟笼子艰难地站起来，他说没那么容易就开路，他要日本兵赔他蓝靛颏儿。老三劝七舅爷，不要鸟了行不行？七舅爷说不行，这鸟是他的命，他不要命也得要鸟！老三说，他们是日本人，日本人不讲赔东西。

七舅爷说，日本不兴赔东西就兴打人？他小小年纪就打老人？他日本国就兴这个？他有爸爸没有？他爸爸是怎么教他的？他在他们日本国也动不动就敢打他的二大爷？

老三让七舅爷甭说了，说了他们也听不懂。七舅爷悲伤地说，听不懂？他是人不是？我从小长这么大，从来没挨过打，现在竟挨了这个小……兔崽子的大嘴巴！

老三雇了辆洋车，直接把七舅爷拉我们家来了，我母亲一看见七舅爷的模样，呜呜咽咽说不出一句话来。母亲说当时的七舅爷满身血污，大褂儿的前襟被扯了下来，丢了一只鞋，就这还死死地抱着他的烂鸟笼子不肯撒手。见了我父亲，七舅爷搁下鸟笼子就要请安，父亲让七舅爷甭来那些虚礼儿了，赶紧拿来衣裳让七舅爷换。

换衣裳的时候母亲看见瘦成干柴棍一样的七舅爷，腰背一片青紫，跟父亲说怕是有内伤，一个瘦弱老人怎禁得住这样的打？老三说，能捡回命来就算不错了，西直门门脸，他没少见被打死的，盖着席片扔在城墙根，没人敢去领尸。母亲说七舅爷不该提着鸟笼子满街遛，现在到处都强化治安，日本人看谁都不顺眼。七舅爷说大秀今天交补活去了，他寻思出门去迎迎闺女，就走不回来了。父亲问七舅爷这两年日子过得怎么样，七舅爷说，肚里没食儿，粮食都配给了，吃混合面，那也叫粮食？攥都攥不到一块儿，吃下去连屁都放不出来！

母亲说，舅爷，我给您沏碗茶去。

七舅爷说，甭沏茶，不渴，你们这儿要是有热粥伍的，给我一碗，我这两条腿有点儿发飘。

父亲扭过脸去，努力不使眼泪掉下来，对七舅爷说，您这是饿的，牧斋，今儿个说什么我也得让您喝上这碗热粥！

母亲用家里仅有的一把糙米给七舅爷煮了一碗“稀粥”。七舅爷接过稀粥，狼吞虎咽，看得出许久没吃到过正经粮食了。到最后舍不得吃了，说要给大秀带回去。父亲说，都喝了吧，要让日本人看见您吃这个，咱们都得蹲宪兵队。

那天我们全家都很敏感地避讳谈到一个人——钮青雨。七舅爷也没有说到他，许是忘了。

七舅爷穿着父亲的衣裳走了，走的时候我们全家破天荒地将他送出了大门，好像谁都有预感，走了的七舅爷再不会来了。

七

下雪了，转眼到了 1943 年冬天。

七舅爷已经变得很虚弱，总是尿血，披着被子在炕上坐着，神经质地念叨着他的蓝靛颏儿。有好几次光着脚往外跑，说他的蓝靛颏儿在雪地里叫唤呢。

大秀成了地地道道的老姑娘，她也不打算嫁了。她知道，她这辈子的使命就是将父亲安安稳稳地养老送终，让父亲在最后的日子里活得舒展自在。大秀在雪地里用筛子扣家雀儿，筛子用小棍儿支着，一根绳，慢慢延伸，绳子的一头攥在大秀手里，大秀藏在水缸后头。

几只麻雀飞来，蹦到筛子下头。大秀一拽绳子，筛子扣在雪地上，麻雀轰的一下飞了。大秀跑过去，小心地将筛子掀开一条缝，将手伸进去，摸出一只小小的雀儿来。大秀捧着小麻雀，小心翼翼地递到炕上七舅爷的手心里。

麻雀很小，它不怕人，小尾巴一撅一撅的，冲着七舅爷叫唤。七舅爷高兴地说，瞧哇，它认得我，它跟我说话儿呢！它就是我那只蓝靛颏儿托生的，蓝靛颏儿啊蓝靛颏儿，你怎么托生成一只家雀儿了呢？……行了，甭管变什么，你还是我的蓝靛颏儿，咱们爷儿俩生生死死，永不分开！

大秀拿来鸟笼子，七舅爷小心地将麻雀装了进去。

有了鸟就有了精神寄托，七舅爷的心思活泛了许多，太阳好的时候也带着他的鸟笼子到门口去晒晒太阳。街坊们看见七舅爷和他的鸟，多要停下寒暄几句，问及他的鸟儿，七舅爷会说，一大家子啦，热闹着哪！说着掀开罩子，鸟笼里三四只欢快的麻雀，闹成一团。七舅爷说这些鸟让他调教得好着哪，认得人，在家不搁笼子里，让它们随便飞！街坊们就夸那些鸟，精神、漂亮、仁义、聪明，什么词好听用什么词。

跟我的父亲一样，街坊们也避讳提到钮青雨。

自从出了西直门那件事，大秀再不敢离开七舅爷半步，对于她那个越来越少照面儿的兄弟她已经不抱任何指望了。青雨成了北京文化界的名人，所交往者多是政界名流，人们在谈论青雨的时候并不避讳大秀，有时甚至故意当着她的面说，想的是大秀能把话传给那个认贼作父、不知廉耻的钮家少爷。

青雨是深深地陷进去了，陷在了日本人和汉奸中间。现在他不光会唱青衣，还会唱流行歌曲，将“小亲亲，不要你的金，不要你的银，奴呀奴只要你的心”唱得很是能撩人心魄。青雨在唱“小亲亲”的时候想没想过他的父亲，没人知道，但至少他在他的父亲和姐姐跟前没唱过这个。

七舅爷的病日重一日，尿出的内容已经分不清是尿液还是鲜血，没钱医治，眼看着生命如同点燃的油盏，一点点耗尽。七舅爷走的那天晚上，窗外北风呼啸，全城实行灯火管制，北京城圈内一片黑灯瞎火。大秀用被子将窗户蒙严了，点了根白蜡，她知道父亲的大限就在眼前，她不希望父亲摸着黑上路，她要看着父亲，陪着父亲走完人生的最后几步。烛光下，七舅爷微闭着眼睛，嘴里嘟嘟囔囔地念叨什么，大秀凑近耳朵听，原来她父亲在唱“……欺寡人好一似……犯人受罪……”是《逍遥津》里汉献帝的唱段。

一行清泪从七舅爷眼角流出，七舅爷咽气了，死在自家炕上，享年六十七岁。人们说，七舅爷如果不挨那顿打，凭他的散淡乐观心境，还能活，他应该是个长寿老人。

天还没大亮，大秀就奔到李会长家，去找她兄弟青雨。看门的看着大秀那一身重孝厌恶地说，这里没有钮青雨。大秀说，我打听了，昨天他住在这儿没回去，大爷，您行行好，我给您跪下了，求求您，叫他一声，告诉他，他爸爸昨天晚上殁了！

看门的这才告诉大秀，昨天钮青雨陪着会长上天津了，什么时候回来不知道。

大秀知道指望不上兄弟了，一路小跑直奔我们家，进了门跪倒就磕头。看门老张说，秀姑娘这是……报丧来了。

父母亲赶忙迎出来，大秀一边磕头一边说，表姐夫，我阿玛殁了！

父亲问青雨在哪儿，大秀说，我找不着他，眼下我们屋里外头一个钱也没有，我得装殓我阿玛……

母亲不住地擦眼泪，让大秀别着急。

对待七舅爷的发送，我父亲显得有些吝啬，只给买了一副黑漆棺材，再没其他。这主要是因为有个青雨搁在那里，七舅爷是有儿女的人，人殁了，直系血亲不出头，别人不能上赶着往前扑。情归情，理归理，北京人把这个分得很清楚。

位于东郊钮家的坟地变成了黄金蝈蝈儿，七舅爷真是到了死无葬身之地的地步。

也有上赶着往上扑的，就是我们家老五了。

七舅爷的丧事老五是必定要出头的，他跟七舅爷一样，也是性情中人。他崇敬七舅爷是个善良本分的好人，是人生难得的知音，就凭这，七舅爷的事他就不能撒手。老五在社会上的朋友三教九流，那时他和我们这个家是彻底决裂了，他活着的目的之一就是打击我的父亲。跟他的同学王利民一样，两个留学回国儿子的目的就是跟他们的父亲作对，这是父亲和王国甫每回见面必谈的话题，他们闹不明白，他们留过学的儿子，为什么都成了天下最不孝的儿子。

老五为七舅爷丧事做的第一步是棺外套椁，他嫌父亲送的那个薄皮棺材丢人，说堂堂一个教授，竟然拿这样的棺材糊弄人，愧对了这位在他跟前唱了一辈子《逍遥津》的朋友。他向众人预言，七舅爷一走，叶瑞祓将再无知己，这原因都是他的自作自受，怨不得别人。老五出钱，在日坛东边买了半分地，紧靠着东岳庙南边的义地，所谓义地就是乱葬岗子。乱葬岗子不要钱，见缝插针地往里埋，叠摞挤压，横七竖八。有的索性拿席一卷，往坟地里一扔，任着野狗老鸹去叼咬拉扯。老五说七舅爷洒脱利落了一辈子，与人为善了一辈子，到了不能进乱葬岗子。

地也有了，带椁的棺材也睡了，按说七舅爷可以踏踏实实地入土了，但还有最重要的一点，孝子必须打幡，女儿必须哭丧，七舅爷是有根底、有后代的北京人，他不是孤魂野鬼，他得体体面面地走。

问题是上哪儿找七舅爷的儿子去。他已经几个月没回家了。

老五坚持要找到钮青雨，在人生这样一个重要时刻，七舅爷的儿子不能缺席！

老五的朋友赫鸿轩对老五有看法，赫鸿轩说，亲戚朋友的忙帮到一定份儿上要适可而止，不能大包大揽。钮家的大少爷是出入豪门的主儿，跟日本人穿着一条裤子，跟"新民会长"勾肩搭背，势力大着哪！他吃香喝辣，却把他的中国爹交给别人发送，道理上说不过去！

老五说，都不管，让大秀一个弱女子找谁去？

赫鸿轩说，七舅爷可是汉奸的爸爸。

老五说，汉奸的爸爸不是汉奸！

无论什么话，大秀都听着，人家都说得在理。

老五把找青雨的任务索性交给了赫鸿轩，赫鸿轩会唱曲子，梨园界的朋友熟，老五让赫鸿轩告诉青雨，他爸爸殁了，他不要谁都行，不能不要他爸爸。

赫鸿轩在广和楼的后台找到了青雨。刚从天津回来的钮青雨在扮戏，那天晚上他演《游龙戏凤》里的李凤姐。

后台门口有人把着，不让闲人进入，赫鸿轩找来管事的，把七舅爷的噩耗托他告诉青雨，管事的说戏一散，就派车把钮老板送家去，一刻也不会耽误。赫鸿轩说不能等戏散再说，必须现在就说。管事的为难，赫鸿轩说，死老家儿的事不是小事，钮七爷殁了，耽搁不得！赫鸿轩的嗓子很亮，传到了里面，青雨听了一嗓子，觉着好像跟家里有关，匆匆走了出来。赫鸿轩趁势将青雨拽住，把七舅爷的事情细细说了。

青雨愣了，呆呆地靠着桌子站着，半天没有说话，愣了一会儿，就脱戏装，说他得回家。管事的拦住他说，本来我是想等戏散了再跟您说，就怕您扛不住事儿！您这位朋友非得现在说，果不其然，澥汤了。您瞅瞅，台下头都坐满了，有头有脸的人都来齐了，人家专等着看这出正生正旦打情骂俏的戏哪，您回家了，我上哪儿找抓挠去？

青雨说，我爸爸在那儿挺着，我在这儿打情骂俏，我俏得出来吗？

管事的说，戏比天大，戏散了再说您爸爸的事，您就算是现在回了家，您家老爷子也不能起死回生！您听听，家伙点儿都敲起来了，正德皇上在台上已经开唱了，专等着您哪……

管事的将青雨一推，推到了台上。

观众们看到今天的李凤姐是被人从后头推出来的，一个趔趄没站稳，几乎栽在台上。下头一阵议论，不知是什么新改动。青雨有点儿恍惚，也忘了走台步，及至那段熟悉的平板二黄过门儿拉了两遍，他才下意识地随着胡琴唱，“自幼儿生长在梅龙镇，兄妹们卖酒度光阴”，背过身去擦眼泪。

《游龙戏凤》是说明朝正德皇帝微服私访到梅龙镇，巧遇开酒店的李凤姐，是大段的生、旦调情戏，最后封李凤姐为娘娘。今天青雨饰演的李凤姐神思游离，泪光盈盈，几次接不上茬，都被正德皇帝巧妙地遮掩过去了。管事的对拉胡琴的说，刚得的信儿，钮老板的老爷子殁了，您劳驾托着点儿，别把今天的戏演砸了。

琴师说，难为钮老板了，这种时候唱这一出。

李凤姐有一搭没一搭地唱：

骂声军爷理太差，
不该调戏我们好人家。

正德皇上回应：

好人家来好人家，
不该头戴海棠花。
扭扭捏捏人人爱，
风流就在这朵花……

在与正德皇上的对唱中，青雨眼泪在眼眶里转，他几次要哭出来。扮皇上的演员小声提醒，钮老板，您得打起精神，得乐，您得乐！

李凤姐大哭，呜咿呀呀……

台下起哄了，听戏的喊，咳，当了娘娘怎么哭啦？

有的说是乐极生悲。

青雨从来没这么草率地对待过戏，没这么不负责任地对待过观众，可今天，他是顾不得了，他得赶回家去。刚下台，就有人告诉他，山口的汽车在等着，说今天山口在洪福楼为从东京来的视察员接风，让青雨过去助兴。青雨对来人说，麻烦您替我跟山口先生告个假，我家里有事，下刀子我也得回去……

没等对方说什么，青雨连脸上的装也没洗，披上大褂儿就往外头跑，边跑边对演正德皇上的老生说，刘老板，您帮我拾掇一下……

刘老板说，您快走，这儿交给我啦！

青雨上了辆洋车，让拉车的尽快往六条跑，拉车的知道钮老板有急事，不敢怠慢，一路狂奔。车过四牌楼，往北一拐就到了六条，这时一辆汽车在洋车旁边停下，下来几个兵，不容分说，将青雨从洋车上拽下来，拉进汽车，汽车呼啦开走了。

拉洋车的吓得腿哆嗦说，妈呀，比老虎都厉害！

青雨被架到洪福楼单间门口，门口有带枪的兵站岗。门推开，里面坐了东京来的要员小泽八郎，还有李会长和山口等许多人。见青雨进来，大家都很兴奋，李会长说，好，还没卸装，这个样子很好，让他们猜猜你是男的还是女的。

山口让青雨靠着主要客人小泽八郎坐，他要小泽八郎近距离地看一看中国的美人！

青雨没有表情地落座，心思全在六条那边，有人跟他说话他也听不出说的是什么。一桌人吃喝正酣，日本人喝得脸红脖子粗，齐唱日本军歌，李会长也打着拍子装得很投入地跟着溜。

青雨愣愣地坐着。

房内的酒气熏得青雨不舒服，他想吐，站起身来到卫生间，对着镜子里的自己愣愣地看。镜子里是一个带着京剧浓装的花旦，一张俊美清秀的脸，“远而望之，皎若太阳升朝霞；迫而察之，灼若芙蕖出渌波”，窈窕来自天外，非人间所有。青雨用水将脸上的装洗去，取出小梳子，将头发梳理得一丝不乱，衣服扣子一个个整理好，又将衣服收拾得齐齐整整。

镜子里，一个标准规整的中国男人形象与他对立着。

青雨注视着镜中的自己，觉得熟悉又陌生。他在自己的相貌里，看到了父亲的影子，那是他们钮祜禄家难以更改的基因。恍惚间，镜子里的自己变作了父亲，父亲高兴地笑着，朝着他举起手里的鸟笼子，笼子里有一只欢蹦乱跳的蓝靛颏儿……

青雨对着镜子轻声地叫了声阿玛……慢慢地跪了下去，认认真真地对着镜子磕了四个头。站起身，他的面部变得平静舒展，向着镜子里的自己挥挥手，淡淡一笑，从容地出了卫生间。

接下来的发展出乎所有人的意料，青雨在单间门口以无比敏捷的动作，夺下卫兵的枪，一脚踹开门，朝着房间内就是一通猛扫。

杯盘碎裂，菜汤与血花飞溅，那个叫小泽的迎面中弹，胸口开了花。

卫兵和卫队从青雨后面开了枪，青雨的血抛洒开来。他的灵魂在那一刻脱离开躯体，升腾，升腾，飞向繁星点点的北京夜空……

尽管日本方面压制封锁消息，洪福楼发生血案的事情还是不胫而走，京剧名伶钮青雨酒宴开枪，射杀日本要员，四人重伤，三人当场毙命，钮老板身中七十六枪，倒在冰糖肘子当中……

北京震惊！

来钮家吊唁七舅爷的人突然变得络绎不绝，认识的，不认识的，东城的，西城的。

出殡那天，老五充当了杠夫角色，穿着杠房的号衣，吆喝着另外七个杠夫抬起了七舅爷的棺材。大秀打着幡，我母亲搀着她，后头跟着我的弟兄们。我父亲提着七舅爷的鸟笼子，笼子上蒙着布，慢慢地走在北京的大街上。

路上有人问谁的殡，旁人告诉说是钮七爷，钮青雨的爸爸。路人说，那我得送送。

沿途不断有人加入送殡的行列中，齐化门一帮吹鼓手也走进队伍，各自掏出家伙吹打起来。

队伍越走越长。途中路过铺子，有的铺子端出桌子，在棺材头里横了，端出酒杯，路祭七舅爷。

七舅爷的殡葬队伍光彩而辉煌。

在坟地，我父亲一边往坑里扔土一边说，牧斋，您跟青雨就着伴儿，踏踏实实地走吧，到那边照旧养您的鸟，玩您的蝈蝈儿，吃您的海鲜打卤面，您这一辈子活得洒脱，活得自在，活得值。其实人就应该活成您这样，您是上天的仙儿。跟您比，我们是俗人，是让日子压得喘不上气儿的俗人，没出息……所幸的是这辈子交了您这么个朋友，给我们的灰日子衬出了点儿颜色。我想着您，想着青雨，将来咱们再舒舒坦坦地重新活一回，您唱《逍遥津》，我还给您拉弦儿……牧斋，我把您的鸟放了，让它们爱上哪儿上哪儿吧！

父亲掀开遮布，打开鸟笼，将那些麻雀们放了。

风起了。

满树林的麻雀突然叽叽喳喳地叫起来。

八

大秀终生未嫁，靠着补花手艺，一个人淡泊存活。我母亲死时，是盖着大秀给绣的衾单走的。大秀说我母亲是个难得的好人，是她这一辈子的知己。

20 世纪 60 年代湖北方面来过人，说是二秀的后人，不过以后也再没有走动。

大秀死后，社区整理她的遗物，除了生活使用的必需品，其他一无所有。

六条钮祜禄家的最后一个人走了，给北京留下了一段故事。

梦也何曾到谢桥

知道了一切就原谅了一切。

——英国谚语

一

旗袍垂挂在衣架上，与我默默地对视。

已经是凌晨三点了，我仍没有睡意。台灯昏黄的光笼罩着书桌，窗外是呼呼的风。稿纸铺在桌上，几个小时了，那上面没有出现一个字。我的笔端凝结着滞重，重得我的心也在朝下坠。我不知道该怎样往下写，写下去会是什么……

精致的水绿绲边缎旗袍柔软的质地，在灯光的映射下泛出幽幽的暗彩，闪烁而流动，溢出无限轻柔，让人想起轻云薄雾、碎如残雪的月光来。旗袍是那种 20 世纪 40 年代末北平流行的低领连袖圆摆式样，古朴典雅，清丽流畅，与现今时兴的，以服务小姐们身上为多见的上袖大开气儿旗袍有着天壤之别。

其实，这件旗袍的诞生不过是昨日的事情，与那 20 世纪 40 年代，与那悠远的北平全没有关系，它出自一位叫作张顺针的老裁缝之手。老裁缝今年六十六岁了，六十六岁老眼昏花的裁缝用自己的心缝制出了这件旗袍，自然是无可挑剔的上品，是他五十年裁缝生涯的精华集结，是一曲绵长慢板结尾的响亮高腔。

这一切都送给了我。

这是我的荣幸和造化。

今天下午，他让他的儿子把衣服送了过来。他的儿子是有名的服装设计师，是道出名来就如雷贯耳的人物。如雷贯耳的人物来到我这即将拆迁的戏楼胡同的寒酸院落，难免有着降贵纡尊的委屈，有着勉为其难的被动。从他那淡漠的表情，那极为刻薄的言语中，我感到了彼此的距离，感到了被俯视的不自在。

那儿子将衣服搁在我的床上说，你这件旗袍让我们家老爷子费了忒大功夫，真不明白你是用什么招数打动他的。我听清楚了，那儿子跟我说话的时候用的是“你”，而不是“您”。小辈人的如此语言、不懂规矩，让任何一个老北京人都反感，有种说不出的厌恶。

那儿子说，我父亲已经有十多年没摸针了，他有青光眼你知道不？你们这些人往往为了自个儿的漂亮，不惜损害别人的健康，自私极了。

我看了那儿子一眼，将衣服包默默地打开，旗袍水一样地滑落出来，我为它的质地、色彩、做工而震惊。

绝品！

那儿子不甘地说，你给了我们家老爷子多少工钱？

我用眼睛直视着那儿子，实在懒得理他。他见我这模样，说，我知道我们家的老爷子又上了一回当。

我说，多少钱，你回家问问你的父亲吧！

那儿子已经走到门口，出门前回过身来郑重地说道，奉劝您一句，以后您再不要上我们家了，我父亲不是干活儿收钱、摆摊儿挂牌的小裁缝，就为您这件袍子，看来我还得买房搬趟家。

这回来人终于用了“您”，但这个“您”字里边，有着显而易见的挖苦和讽刺，噎得人喘不过气来。

门砰的一声关上了，听着气愤的远去的脚步声，我想，谁能相信这就是在电视上常露脸的那个著名设计师？镜头前的那高贵、那矜持、那艺术、那清雅都到哪里去了？一旦伪装的面纱撕下，他也不过就是街上摆摊儿挂牌的小裁缝，那一脸的小家子气模样，甚至连小裁缝都不如。一个人的艺术水平到了一定境界以后，拼的是文化积累、人格锤炼和道德修养，我料定此君的艺术前程也就到此为止了。他绝做不出他父亲这样的旗袍。

旗袍在衣架上与我默默地对视。

那剪裁是增之一分太肥、减之一分太瘦的恰如其分。其实老裁缝只是用眼神不济的目光淡淡地瞄了我一眼，并没有说给我做衣服，也没有给我量体，而只那一眼，便将一切深深地印在心底了，像熟悉他自己一样地熟悉我，这一切令我感动。

顺针——舜针。

我的六兄，谢家的六儿。

本该是一个人的两个人。

二

在金家的大宅院里，父亲有过一个叫作舜针的儿子，那个孩子在我的众多兄弟中排行为六，出自我的第二个母亲，安徽桐城的张氏。据说这个老六生时便与众不同，横出，胎衣蔽体，只这便险些要了张氏母亲的命，使他的母亲从此元气大伤，一蹶不振。这也还罢了，更奇的是他头上生角，左右一边一个，就如那鹿的犄角一般。我小时问过父亲，老六头上的犄角究竟有多大。父亲说，枝枝杈杈有二尺多高。我说，那不跟龙一样吗？不知老六身上有没有鳞？父亲说，老六没有鳞，有癣，浑身永远瘙痒难耐，一层一层地脱皮。我说，那其实就是龙了，龙跟蛇一样，也是要蜕皮的，要不它长不大。父亲说，童言无忌，以后再不许出去胡说，你溥大爷还活着，让他知道了你这是犯上……父亲说的“溥大爷”，指的是已经被关押在国外的溥仪，尽管他早已不是皇上了，父亲对他还是充满了敬畏。明明溥仪比父亲辈分还低，年龄还小，父亲仍是将他称为“溥大爷”。皇上是真龙，我们家要再出一条龙，那就是图谋篡位造反，犯忌！

所以，我们家的老六真就是龙，也不能说他是龙。

于是，我将有角的老六想得非常奇特，想象他顶着一双怎样的大犄角在院子里走来走去，想象他怎样痛苦地脱皮。那角是不断地长，那皮是不停地脱，总之，那该是一件很有意思的事情。

有一天，我在床上跟我的母亲探讨老六睡觉的姿势，我认为老六睡觉应该像蟒一样地盘在炕上，而不是像我一样在被窝里伸得直直的。母亲说，你怎么知道老六不是直直的？我说，大凡长虫一类，只要一伸直就是死了。母亲问这话从哪儿说起。我说，咱家门口槐树上的“吊死鬼儿”被我捉在手里，从来都是翻卷着挣扎，跟蛇一样的，拿我阿玛的放大镜在太阳下头一照，吱的一声，那虫儿就焦了，就挺了，挺了就是死了。母亲听了将我一下推得老远，说怪道我身上老有一股焦臭的腥味儿，让人恶心极了。我说，您搂着我还嫌恶心，我到底还是一个小丫丫，我二娘搂着老六都没嫌恶心，老六可是一条长癣的癞龙，那精湿溜滑的龙味儿想必不会比槐树上的“吊死鬼儿”好闻。母亲还是不想靠近我，于是我就用头去抵母亲，企望我的脑袋上也能长出一对美丽的、梅花鹿一样的犄角。母亲闪过我那乱糟糟的脑袋，说其实老六头上并没有我想象中的大角，只不过他的头顶骨有两个凸起的棱罢了，摸起来像两个未钻出的犄角，就是到死，也未见那两个犄角长出来。我愣了半晌，对未长出的犄角很遗憾，想象老六要是再多活几年，长到我父亲那般年纪，一定能生出很不错的角来。人和鹿是一样的，小鹿是不生角的，鹿到了成年才会生出犄角，西城沁贝勒家园子里养的鹿就是如此。

我们家有关老六的话题虽然不多，但都很精彩。传说老六落生时眼目大开，哭声深沉，遍身黑鳞，异相昭著。他是在偏院的北屋降生的，说是生时浓云密布，雷声轰隆，众人在其生母的昏厥中惴惴不安，不知这驾着雷霆而来的麟儿预示着这个家族的何种命运。我们家舅老爷私下说，看这天相，所来的料不是个等闲人物，金家是天潢贵胄，龙脉相延，该是不错的，然龙生九种，九种各别，其中必定有一个是佞种，但愿不要应在了这个老六身上。

老六身上的那层鳞苦苦折磨着他，使他痛苦不堪，需时时将他浸泡在水盆里，才能使他安静下来。听说那鳞乌黑发亮，有花纹斑点，时常成片脱落，很是吓人。二娘抱着老六去医院看过，老六这身皮把那些护士吓得躲得远远的，不敢近前。医院给开了不少药水，抹了只是杀得疼，根本不管用。舅老爷说，不必治了，凡有成勋长誉者，必附以怪异。他还说，他的父亲与曾国藩曾同朝共事，知那文正公也是终身癣疥如蛇附，每天用两只手抓挠，必脱下一把皮屑，这实则贵人之相。

老六两岁的时候，有一天白云观的武老道来我们家找父亲聊天，父亲着人将老六抱出来让老道看。老六一见老道，立时在老妈子身上翻滚打挺儿，大哭不止，一刻也不能消停。武老道拈着胡子坐在太师椅上冷冷地看，一口一口地喝茶，并不理睬闹得地覆天翻的老六。父亲只好让人把哭泣的老六抱走，老六的一路哭声直响到后院深处，许久不能止。父亲请老道对孩子的未来给予指点。老道说，四爷的茶很好，是上等的君山银毫……

武老道在京城不是寻常人物，据云能过阴阳，通声气，更兼有点金之术，奔走者争集其门。武老道论命相堪称奇验，京师某王爷曾微服请相，所示为光绪和宣统的八字，武老道看过后说，先者论命当穷饿以终，后者则有破家之祸。王爷初时以为荒谬，后来一细想，果不其然。现今老道对老六的前程既不肯点明，父亲也不便多问，愈发觉得六儿子的神秘不可测。老道喝透了茶，才款款说道，令公子有胎衣包养，生虽有惊而命大，日主有火，盛则足智多谋，欠则懦弱胆怯，大畏财旺，若生在贫贱之家当贵不可言。父亲问如今生在自己家又当如何。老道说，水一、火二、木三、金四、土五，戊见甲，当在三、八岁。父亲问三、八岁当怎样。老道说，四爷这茶没味儿了……

事后父亲将武老道的话学给老六的母亲听，二娘说，一个孩子家，三、八岁能怎么样呢？咱们的六儿眼瞅着虚岁过了三周，也没见有什么不好，他一个破老道，故弄玄虚地瞎说罢了。父亲说，还是要留神些才好。二娘说，留神自要留神，家里的孩子们咱们哪个又不留神了？只是不要看得太神圣、太娇贵了才好，小孩子唯得中和才能健康成长，旺不得也弱不得，旺则不能任，弱则不能禁，只待至十五成人，才可以分别贵贱，现在抱在怀里就论前程，实实地是有些荒诞了。

话是这样说，但父亲对这个生有异状的儿子仍是情有独钟，常常将老六抱在膝上，抚弄着他那一对硬硬的角，说些“当今之世，舍我其谁”的屁话。彼时，家中的老七舜铨已经出世，而父亲对他那个弱得像猫一样的七儿子是连看也不看的。

老六不负父望，果然生得聪慧伶俐，讨人喜欢，特别是那对角更是提神，不知被多少好奇的人摸过。亲戚朋友谁都知道，我们家养了一条龙，那时虽已进入民国，可在那些前清遗老遗少们的心目中，何尝不盼着北京东城某家的宅院再像醇王府一样，成为又一座潜龙邸！

老六进出都随着父亲，他可以跟着父亲吃小灶，食物的精美远远超过了他兄弟姐妹们的淡饭粗茶。他还可以坐父亲的马车，并且他还要永远一个人占据正座，让父亲打偏。他一个小人儿，坐在车上的威严神气，让所有的人看了都倒吸一口冷气，似乎他早已就这样坐过，连父亲也显得黯然无光，形容惭愧了。

于是就有了舜针是德宗转世再生的说法，神乎其神，跟真的似的。

对此，父亲不予解释，在他的心里大概乐于人们这样说道，他的讳莫如深的态度无疑是一种变相的推波助澜，在他的默认下，老六不是龙也变成了龙。

持坚决反对观点的是二娘。她不允许人们这样糟蹋她的儿子，她说儿子就是儿子，他还是个未成年的孩子，你们不要毁他。二娘虽然出身安徽桐城世家，但毕竟是二房，对一个小妾的话，人们尽可不听，女人就知道傻疼孩子，不懂个啥！

就这样，我们的老六有了不少干爹干妈，谁都希望能沾点龙的光，在龙还没有腾起来的时候他们是爹和妈，一旦真龙成了气候，封王封侯，那简单的爹妈岂能打发得了？未雨绸缪是必要的，临渴掘井是傻瓜干的事情，早期的投资是精明远见的体现，很难说在老六那些“爹”“妈”的思维中，没有今日期货买卖的投机成分在其中。

“爹”“妈”们送的钱财、物件大概够老六吃一辈子的。

玉软香温、锦衣玉食中的老六，因了他的相貌，因了众人的推崇惯纵，在金家变得各色而乖戾，落落寡合的，这使他的母亲时时处在哀愁之中。她虽然不相信武老道的胡诌，但却牢牢记着“这孩子应该生在贫贱之家”的断语。这个断语在她的心里是个时刻挥不去的阴影，她总预感到要有什么不祥的事情发生……

民国十年，我们的父亲漂洋过海去周游列国，北京城留下他的妻子和子女们。对于父亲的远游，家里人谁也不以为然，因为这个家有他没他是一切照常的。父亲在我们家里从本质来说就是个尊贵的客人，不理财，不拿事，他所熟悉的就是吃喝、会友，起着门面的作用。父亲走了，孩子们在某种程度上得到了放松，这是件求之不得的好事。

感到失落的是老六，失了依赖的老六有种无助的恐惧和孤独，他的心只系着父亲，没有别人。每每父亲来信，信中所关注的也只有老六，仿佛他的其他儿子们都是无足轻重的陪衬。当然，儿子们对父亲的来信也从来不闻不问，老六则不然，老六要让他的母亲把父亲的信一遍一遍地读，不厌其烦地听得很认真。这使人感到，老六与父亲的关系在父子之外又添加了某种说不清的情愫，不能细想，细想让人害怕。

春天的一个上午，天气晴好，金家的孩子们要在看门老张的带领下，到齐化门外东大桥去放风筝。孩子们托举着风筝，揪扯着线绳，你喊我叫，闹哄哄地拥出了二门。出门时被站在台阶上的二娘叫住了，二娘由屋里拽出了满脸不痛快的老六，将他推进孩子群中，让他和大家一块儿去放风筝。

老六不想去，转过身就往屋里走，被矮他一头的老七一把拉住。老七刚缝上开裆裤没有两年，却小大人儿似的很能体恤人。老七说，六哥别走，我带着你。二娘说，让小的说出这样的话来，老六你羞不羞？老六低头不语。二娘说，到野地去，让风吹吹，把一身懒筋抻抻，是件再好不过的事儿了，你怎么还不愿去？说着二娘向老张使了个眼色，老张就将一个沙燕风筝塞给老六，连推带搡地护着金家的小爷儿们出了门，奔东而去。

二娘在廊下深深地叹了口气。

依着二娘的意思，是有意将老六混在哥儿们中间摔打摔打，目前她的这个儿子过于细腻软弱了，这不是旗人的性情，也不是她的愿望。在她的思想深处，很怕真应了老六是德宗转世的说法。她嘴上说不信，心里也难免打鼓，把她的儿子和那个窝囊又悲惨的光绪皇帝连在一起，她这个做母亲的何以能心甘情愿！为此她希望她的儿子能粗糙一些，能随和一些，能平平安安地长大成人。她没有给人说过，夜深人静之时，她常常用手使劲地按压老六头上那两个凸起的部位，她唯恐那两个地方会生长出什么意想不到的东西来。

那天，放风筝的一干人等热气腾腾地回来了。刘妈站在门口挥着个布掸子挨着个儿地拍打，拍哪个，哪个的身上尘土冒烟，呛得刘妈捏着鼻子不敢喘气。刘妈说，这哪儿是去放风筝，明明是去拉套了，瞧瞧这一身的臭汗，夹袄都湿透了。末了，刘妈拽过冻得直流清鼻涕、浑身瑟瑟发抖的老六，拍打了半天，没见一丝土星，刘妈笑着说，这可是个坐车的，没出力。老张说，这小子有点儿打蔫儿，那帮驴们在河滩里疯跑，就他一个人在大桥桥头上傻坐着，喊也喊不下来。刘妈摸了摸老六的脑袋说，有点儿烧，得给他再吃两丸至宝锭。

我们家虽是大宅门，对孩子却是养得糙，从不娇惯，这大概也是从祖上沿袭下来的习惯。正儿八经的八旗子弟，老辈儿们崇尚的是武功，讲的是勇猛精进、奋搏无倦，到了我们的阿玛这儿还能舞双剑，拉硬弓，骑马撂跤。祖辈的精神自然是希望千秋万代地传下去，不颓废，不走样，发扬光大直至永远。这个历经争战，在铁马金戈中发展起来的家族，自然要求他的子弟也要勇武强壮，禁得起风吹雨打。所以，我们家的孩子们从小都很皮实，都有着顽强的忍耐力和吃苦精神，谁有头疼脑热，多是凭自己的体力硬扛，很少请过大夫。遇有病情严重的，特殊的照顾只是冲一碗藕粉，病人喝下藕粉，也就知道自己的病已经到了极点，再没有躺下去的必要，该好了。下人刘妈充任着我们的保健医师的角色，刘妈带过的孩子多，经验丰富，她对小儿科疾病的治疗方法往往比医院的大夫还奏效。我们每一个孩子出生后，都穿过她用老年用人们的旧衣裤改制的儿衣，她认为下贱才能健康，才能长寿，越是富贵家的孩子越应如此。她还认为，有钱人家的父母都是锦衣玉食，所以生下的小孩子百分之百内火大，不泻火就要生事，就要出毛病。为此，她天天早晨要给我们家的大小孩子吃至宝锭，一边喂一边念叨：

至宝锭，至宝锭，
吃了往下挺。

至宝锭的形状像大耗子屎一般，上面有银色的戳迹，以同仁堂的为最佳。同仁堂的至宝锭化成汤，喝到最后有明显的朱砂沉淀，那是药的精华。刘妈必定要监视着我们将那个红珠珠一般的东西一点不剩地吞下去，还要将药盏舔净。如没有红珠，刘妈就要向管事的发脾气，说他弄虚作假，买的不是同仁堂的正宗货。

放风筝回来的老六在刘妈的安排下吃了两丸至宝锭，晚饭也没吃就睡去了，半夜忽然发起高热，浑身烧得像火炭一般。第二天，喝过了藕粉也没见退烧，人已经开始昏迷，说胡话，叽叽咕咕，如怨如诉，还哀哀地哭。刘妈说，这孩子该不是撞客了什么。东大桥那儿是什么地方？那儿是北京城的刑场，是处决犯人的地方，这个六儿他不比别的孩子，他太弱……二娘听了，就让老张拎着两刀纸拿到东大桥烧了，想的是真有鬼魅，给些通融，让它且饶过我们家六儿。纸烧过，并不见老六病情有所好转，反倒从喉咙里发出呼呼的声响。二娘害怕了，让人请来胡同口中药铺坐堂的大夫为老六看病。大夫看过后说老六寸脉洪而溢，君火与相火均旺，旺火遇凉，风热结于喉，是为喉痹，民间又叫闹嗓子的便是，不是什么大病。大夫开了当归、川芎、黄檗一类滋阴降火的方子，说煎两服吃下去就好了。

两服药吃下，老六并不见起色，咽喉症状继续加剧，常常喘不出气，憋得一张脸青紫，脖子的皮肤也被抓得鲜血淋淋。家里先后又请了几个大夫，各样方法使了不少，老六的病只是一日重似一日。二娘急得没办法，托人给在欧洲的父亲打电报。那人回来说联系不上，说那边朋友回电说，四爷上个月在法兰西，这个月又去了英吉利，漂漂泊泊，毫无定踪，下半年能转回德意志也说不定。

老六病得在炕上抽搐，翻白眼。二娘急得在屋里一圈圈转磨，如今是想灌藕粉也灌不下去了。

舅老爷来家，二娘向舅老爷求主意。舅老爷见了老六摇头说怕是不好。二娘说，孩子阿玛不在家，无论如何也得舅老爷做主，这是他阿玛最喜欢的一个，真有什么怎么向他阿玛交代？舅老爷说，再喜欢也不行，死生有命，富贵在天，打针吃药，救得了病却救不了命，这都是有定数的。二娘说，真就没办法了吗？舅老爷说，容我算算看。说罢摸出一把麻钱，在桌上一把撒开，上为艮，下为坤，合而为剥卦。二娘也是懂得易经的人，一见这卦象眼泪就扑簌簌往下直淌。舅老爷说，你也看见了，这是天意，老天爷要收他回去，谁也没办法，挡也挡不住。二娘说，舅老爷是高人，万望想个变通的法子，救您外甥一命。舅老爷说，我有什么法子？你看这卦，艮为山为止，坤为地为顺，顺从而止，上实下空，是困顿危厄之象。从卦上看，鬼在本宫，外方得病，更在上三爻，必是外感风邪，外宫也有暗鬼，伺机而动，上下有鬼，内伤兼外感，是为杂症，鬼动卦中，药力也难扶持，虽良医也不能救……

舅老爷说得没错，那天没过半夜，老六就被那二鬼挟持着奔了黄泉之路。

老六生生是被憋死的，临死前，他在炕上辗转反侧，怪声号啕，真如一条喝了雄黄的大长虫，几个人也按捺不住。那时金家的孩子们各个敛声屏气，缩在自己的房内不敢出来，静听着偏院里发出的长一声短一声的哀号。老六折腾到天黑，渐渐地没了气息，挺了。直到偏院传出话说，六少爷走了，大伙儿才长长地松了一口气，有种如释重负的感觉，好像宅门儿里没有老六才是正常的。

二娘抚着僵了的老六尸身哇哇大哭，大家劝也劝不住。第二天，二娘让老张去白云观请武道长派几个道士过来做法事，老张去了又回来了，说老道没派来道士，却让带回一张画得花里胡哨的符，让贴在偏院的门口。老张传达老道的话说，什么法事也不要做，金家这个老六从根儿上来说就不是什么正经东西，老道没有道破它的来龙去脉，就已经是很给它面子了，让它知趣一点儿，赶快上它该去的地方，别再祸害人了。亲戚们此时谁也不再说什么“贵人自有天相”的话了。舅老爷说，一个未成年的孩子，没落住终不能算这个家里的人，给他一副薄棺材好歹葬了就是，也算他没白到世上走一遭。

那副寒碜的白皮棺材抬进院来的时候，二娘见了几乎心疼得昏了过去，她说从没见过这么破烂穷酸的棺材，连漆也不上一道，用这样的棺材来装殓她的儿子，让她何以心安！我母亲也说这棺材太差了点儿，装街上冻饿而死的倒卧还差不多，装金枝玉叶的哥儿忒不合适，与身份也不相称。二娘让管事的去换，被刘妈拦了，刘妈说，太太糊涂了，哪儿有空棺材抬进又抬出的道理？舅老爷的主意没错，太太忘了哥儿“应该长在贫贱之家”的话了吗？命中注定就是命中注定的，还哥儿一个舒坦自在吧，让他顺顺当当地托生，比什么都好。

二娘不再坚持，眼瞅着四个杠夫抬着那口薄棺材吱吱扭扭地出了门。

老六死的那年是八岁，他没能过了阴历冬月初十他的九岁生日。

应了武老道“三、八岁”的预言，父亲当年还问过人家“三、八岁当怎样”，当怎样呢？就当这样。老道没有直着说罢了，天机不可泄露。

以现在的观点来看，我们家老六的死因当是白喉，是白喉杆菌引起的一种传染病。搁今天，配以抗生素治疗绝不至于引起死亡，就是到了老六最终的窒息阶段，将气管切开也不是没救。可在七十多年前，医疗条件有限，老六就那么匆匆忙忙、稀里糊涂地走了，想来让人遗憾。

最遗憾的是我的父亲。据我母亲说，父亲从国外回来以后，知道了老六的事情，大病了一场。经过那场病，父亲的头发脱光了，终日迷茫恍惚，走路打晃儿，得两个人架着才能从屋里北炕走到南炕。对父亲这场很著名的病，北京的小报上有过报道，说他老人家因为失子悲伤过甚，得了伤寒。我后来想，伤寒的确是个很可怕的传染病，它是由伤寒杆菌而传染的，跟老六怕没有什么直接联系，那时候的人把伤寒跟老六挂在一块儿，实在是有些不伦不类了。

三

我在这个家里长成一个混沌的小丫头的时候，二十多年已经过去，就是我们家最小的男孩儿老七舜铨，也进入青壮年的行列，成了京师名画家。随着时间的消磨，人们对老六的传说已经淡而又淡了，全家已经没有几个人记得那个忧郁的、早逝的男孩儿。

偏偏我是个爱幻想的孩子，在孩童时候，想象在我的生活中占了很大成分。我常想的人物就是那个神奇的、半人半龙的老六，他和母亲给我说的老麻猴子，和大家时常谈论的院里的狐仙，和我所向往的一切神神怪怪一起，活跃在我的精神生活中，成为不可分割的一部分。

有一回，父亲领着我去一个叫作“桥儿胡同”的所在。以我粗通文字的水平，已经能认出胡同口墙上的蓝色搪瓷标牌，是“雀儿胡同”，不是“桥儿胡同”，而父亲偏说是“桥儿”不是“雀儿”，让我回家对母亲也务必要说是“桥儿”，不能说是“雀儿”，否则以后就再不带我出来遛弯儿。在北京人的发音中，“桥儿”和“雀儿”实在没有什么不同，前者是二声，后者是三声，往往说快了就“桥”“雀”不分了，但父亲则嘱咐我一定要将两个字分清楚，万不可弄含混了。

既然父亲喜欢，我心里也乐得真把“桥儿”当“雀儿”了。父亲去桥儿胡同没坐他那辆马车，坐的是三轮，我坐在父亲身边，听着身底下链条的啦啦响声，从小洞里看着车夫一弯一弯的背影，只感到困倦，想睡觉。父亲拍着我的肩说，别睡啊，留神着凉。我嗯了一声，并没有多少清醒。父亲说，马上就到你谢娘家了，你要听话，别淘，跟你六哥好好玩儿。我问哪个六哥……父亲说，当然就是那个长犄角的六哥，还能有谁！我听了一激灵，困意全消。我说，真是咱们家的老六吗？父亲说，当然。

胡同很小，没有雀也没有桥，只有一堆堆的烂布，臭气熏天地堆在各家的房前、门口，让人恶心。事后我才知道，这些破布都是从脏土堆捡来的，靠收破烂儿收来的，晾晒干了，用糨子打成袼褙，卖给做鞋的鞋厂，一块袼褙能卖八大枚，八大枚能买一斤杂面。这片地面，家家都打袼褙，家家都吃杂面汤，成了桥儿胡同的一道风景。

父亲领着我来到一个略微干净点的小院里，院里北房三间，东房塌了，南面是一溜儿墙，有棵歪斜的枣树，半死不活地戳在那里。树底下有个半大小子在撕铺衬（老北京话，指糟烂的破布），往板子上抹糨子，将那些烂布一块块贴上去。墙下一排打好的袼褙，在太阳的照耀下反射着亮光，冒着腾腾的水汽，显得很有点朝气蓬勃。

那半大小子见我们进来了，头也没抬，一双沾满了糨子的手，依旧灵巧地在那块板上抹来抹去，没受到丝毫影响。

父亲叫了一声六儿，半大小子嗯哪了一声，没有显出热情。

这时，从北屋里闪出个四十岁左右的白净妇人来，脑后绾了个元宝鬏儿，穿了件蓝夹袄，打着黑绑腿带，一双蓝地儿蓝花的绣花鞋不沾一点儿土星，浑身上下透着干净利落，透着精神。

父亲让我管她叫谢娘，我叫了，谢娘把我揽在怀里，夸我是个懂事的丫儿。谢娘身上有股好闻的胰子味儿，跟我母亲身上的双妹牌花露水绝不相同，相比较，还是这胰子味儿显得更平淡，更家常，更随和一些。

我喜欢这种味道。

我们被谢娘让进屋里，屋里跟谢娘一样，收拾得一尘不染。炕上铺着白毡子，被卧垛垛得整整齐齐，八仙桌上有座钟，墙上有美人画，茶壶茶碗虽是粗瓷，也擦抹得亮晶晶的，东西归置得很是地方，摆设安置得也很到位。

谢娘是个很能干的人。

从谢娘和父亲的谈话中我了解到，她对我们家里的情况相当熟悉，对我几个母亲的情况也是了如指掌的。我还听出来了，谢家搬到这儿的时间并不长，是父亲给找的房。谢娘还跟我父亲商量要把塌了的东厢房盖起来，说六儿大了，该有自己单独的屋子了。看着这家的女主人那份柔情、那份依赖和对父亲的那份神态，我感觉是我几个母亲都没有的。

父亲很舒坦地喝着一种叫作“高末儿”的茶。所谓“高末儿”，就是茶叶铺将卖剩的各类茶的渣子归拢在一起，以极便宜的价格卖出的一种茶。这种茶很香，可只能喝一遍，第二遍就没了颜色。父亲喝着这种茶，和谢娘说着话，所谈均离不开柴米油盐，离不开张家长李家短。父亲对这院房，对谢家的投入精神令我吃惊，在我的眼中，这完全是另一个父亲，一个陌生的、我从不了解的父亲。在我们家，谁都知道父亲是个不管不顾的大爷，他搞不清我们院有几间房，搞不清他到底有多少财产，更搞不清他十四个孩子的排列顺序和生日。人们说四爷真是出世的散仙，洒脱得可以，言外之意则是“四爷真是糊涂得可以”。

“糊涂”的父亲索性以糊涂装糊涂，很充分地利用了“大智若愚”这个词。

见我很注意他们的谈话，谢娘显得有些不自在了。她将院里的半大小子喊进来，推到父亲跟前，让那小子管父亲叫“四爹”。

小子很不情愿地看了他妈一眼，嘴唇动了动，终没张嘴。

谢娘说，叫呀，没你四爹能有这个家吗？

那小子被逼不过，闷声闷气地迸出一个“四爹”来，连我也听得出，这个“四爹”叫得勉强极了，被动极了，很大程度他是冲着他的母亲叫的。我毕竟年纪小，对这个“爹”的含义相当模糊，在我们家里，没有人管父亲叫爹，我们都叫阿玛，现在桥儿胡同有人管父亲叫“四爹”，我只是觉得新奇。

被叫了四爹的父亲很激动，他把那个叫作六儿的小子拉到跟前，很动情地细细打量着。我敢说，我的父亲看我们中的任何一个都没有用过这种眼光，都没有透出过这种温情，单单在这个莫名其妙的小子身上，流露出了这么多的爱，让人不能不嫉妒了。

父亲让我管他叫六哥。

我说，我得摸摸他的那两只角！

父亲就让六儿弯下身来让我摸，六儿低下头的时候狠狠地瞪了我一眼。我才不管他高兴不高兴，一双巴掌毫不犹豫地伸向了那个长得并不周正的脑袋。

在粗硬的头发中间，我摸到了一左一右两个突起，尖而硬，有半拉枣那么大。我很兴奋，用手捏着那两个硬疙瘩使劲地掐，六儿很粗鲁地用胳膊把我搪开了。我恼了，说我明明还没有摸好，他就这样，这次不算，我得重摸！

谢娘嗔怪六儿不懂事，说小格格要摸你就让她摸摸怎的了，也摸不坏；又说六儿挓挲着一双糨子手，也不洗干净了就进来，一股馊臭的味道，留神把格格熏坏了。谢娘说这些话的时候，六儿就愣愣地站着，一副傻相。谢娘对父亲说，不让他打袼褙，他偏要打，拦也拦不住，这都是受了近处街坊的影响，跟着什么就学什么。父亲说，近朱者赤，近墨者黑，还是得念书，学而优则仕，要想将来能出人头地，学问是第一的。说罢，他让谢娘明日打听附近有没有什么像样的学校，送他去念书。

六儿说，我不念书。

谢娘说，你这叫不识抬举！

六儿说，我不让人抬举。

谢娘说，是你四爹让你念的，你四爹能害你？

六儿不说话了。

谢娘让我继续摸六儿头上的两只角，我说不想摸了。

我对六儿脑袋上的两个硬包已经失去了兴趣。

父亲打发我和六儿出去玩儿，谢娘让六儿带我到小摊儿上买些酸枣面儿、铁蚕豆什么的零食，还特意嘱咐他，别让街上那些野孩子们欺负我。

六儿站在原地没听见一般，谢娘塞给他几张小票子，推了他一把。六儿说摆小摊儿的今天没出来，谢娘说出来了，她早晨看见了摆摊儿的老赵跟他媳妇推着车过去了。

我说我要吃酸枣面儿。

谢娘对六儿说，你就带小格格去看看，当哥哥就得有当哥哥的样儿，都这么大了，怎么还这么不懂事！

六儿用眼翻了翻我的父亲，父亲冲他温和地笑着，六儿一梗脖子，推开门出去了。

我紧跟着六儿出了北屋，他并没有带我去买酸枣面儿的意思，依旧蹲在南墙根儿打他的袼褙，连看也不看我一眼。我想着那酸枣面儿和铁蚕豆，心里就对他充满怨恨，一个又臭又穷的烂小子，有什么了不起呢？就是我们家的胖狗阿利也比他懂事，比他会讨人喜欢。

呸！我狠狠地往地上啐了一口。

他没理我，将一块块破布抹平整了，贴在抹了糨糊的板子上，一层又一层。

北屋的窗帘拉上了。

六儿的脸更阴了，他把手里的糨糊摔得啪啪响。

我想看看父亲和那个谢娘在窗帘的遮挡下做什么。孩子的好奇心驱使着我，我悄悄向那窗户迂回过去。

就在我刚刚贴近窗户，把舌头伸出来，要舔那窗户纸的时候，我的辫子被人揪住了，一双黏糊糊的手毫不留情地拽着我的小辫儿，直把我拉到南墙。我疼得龇牙咧嘴，对脸色铁青的六儿喊道，你要干吗？！

六儿压低声音，恶狠狠地一字一顿地说，我、要、×、你、妈！

在金家，没有人对我说过这样的话，也没有人对我表现出过这样憎恶的态度，这些令我惊奇，特别是对“× 你妈”意思的理解，作为一个大宅门里的小丫丫来说还十分欠缺。我说，我有三个妈，你 × 哪个？

六儿说，我都 ×！

从他那猥亵无耻的神态里，我推断出这不是一句好话，就一脚踢翻了他的糨子盆，将那些没有眉眼的破布扬得满院都是。发脾气是大宅门孩子的拿手戏，我们家的孩子不会说“× 你妈”，但我们家的孩子都会发脾气。我们要发起脾气来，能让天塌下来。

我呼呼地喘着气，掀倒了晾在墙根儿的所有袼褙，我在那些袼褙上使劲踩，又把那棵树踹得哗哗响，把糨子盆踢得在院里滴溜溜转。六儿叉着腰，冷冷地看着我在院里折腾。

当我掂起半块砖，准备向着北屋的玻璃砸过去的时候，六儿过来干涉了。他拧住我的胳膊，把我的手使劲往后背。砖是扔不出去了，我伸出空着的手，冲着六儿那张讨厌的脸，自上而下，狠狠地来了一下子，立时，那张脸花狸虎一般，出现了几道血印。六儿不吭声，提着我的脖领子，将我拎出了大街门……

父亲和谢娘走出北屋的时候，我已经安静地坐在树底下剥铁蚕豆了。谢娘看着六儿脸上的伤，问是怎么了。六儿没言语。

我说是我抓的。

父亲看着洒了一地的糨子说，你这个丫儿又犯浑了，这儿可不是你闹腾的地方。谢娘说，小格格倒是憨直得可爱，是我们六儿太古怪了。父亲指着我对谢娘说，你不知道这孩子的脾气，跟王八一样拗，家里任谁都怵她，采取惹不起躲得起的态度，不过我有时候还真爱看这丫头犯浑的样子，熊崽子似的。

谢娘听了就笑。

谢娘笑的时候从腋下抽出一块手绢，用它来捂着嘴，那张脸就只留下两个弯弯的细眼睛，很好看，她的这副模样让我想起了蹦蹦儿戏“小老妈儿在上房打扫尘土”里的小老妈儿。

那天我们在谢家吃的是炸酱面，跟我们家的香菇小鸽子肉炸酱不同，谢家的酱是用虾米皮炸的，面码儿是一碟萝卜丝、一碟煮黄豆。面是杂面，捞在碗里有一股淡淡的豆香，勾得人馋虫往上翻。六儿捞了一大碗面蹲在一边去吃了，他不跟我们一起坐，大约是觉得拘束。我看见六儿从缸盖上头揪了一大头蒜，很细心地剥了丢在碗里。白胖胖的蒜瓣儿晶亮圆润，在面的搅拌中上下翻动，在六儿的嘴里发出嚓嚓的声响……

我说我也要吃蒜。

谢娘就剥了几瓣给我，说这是京东的紫皮蒜，是她留着做腊八蒜用的，让我留神别辣着。我们家也吃蒜，都是厨子老王用小钵将蒜砸了，刮在青瓷小碟里，润上小磨香油，远远地搁在桌角，谁要吃，拿过来用筷子点那么一下就行了，没见有谁捏着蒜瓣儿张着大嘴咬的。

我也学着六儿的样子狠狠地咬了口蒜，不管不顾地大嚼起来。没嚼两下，一股辣气直冲头顶，连眼泪也下来了，一张嘴已经分明不属于我。谢娘和父亲慌得丢下手里的饭来照顾我这张嘴。泪眼蒙眬中，我看见六儿蹲在门边，低着头无动于衷，照旧吃他的面。看他那冷漠神情，我恨不得再在那张脸上抓一把。

又吃了面，又喝了水，总算将那轰轰烈烈的辣压了下去。谢娘要将剩下的蒜拿走，我说，别拿，我还要吃。谢娘说，你不怕辣呀？我看了一眼六儿说，不怕。父亲说，我说这孩子拗，她就是拗，瞧，她的王八劲儿又上来了。

蒜的香是无法抗拒的，特别是那辣，更具备了一种挑战的魅力，吃过了这样的蒜，我才知道，我们家饭桌上那碟子里的物件，简直不能叫作蒜。炸酱面我吃过不少，却从来没有吃得这么酣畅淋漓、荡气回肠过。谢家的炸酱面是勾魂儿的炸酱面。

走的时候父亲将一沓钱塞给谢娘，谢娘死活不要。我和六儿站在一边，看着他们推让。我觉得他们俩的动作很像一出叫《锔大缸》的小戏。六儿大概没有这样的感觉，他咬牙切齿地靠在门框上运气。后来父亲把钱搁在桌上说，眼瞅着就立冬了，你得多备点儿劈柴和硬煤，给六儿添件棉袍，买双棉窝，别把脚冻了。

六儿插言道，我冻不死。

谢娘狠狠瞪了六儿一眼，六儿一摔门出去了。

谢娘最终当然留下了父亲的钱。

带着满嘴的蒜味儿，我跟着父亲坐车回家了。在车上，父亲对我说，回家你娘要问你吃了什么，你千万别说炸酱面。我说，不说炸酱面说什么呢？父亲说，你就说在隆福寺后头吃的灌肠。父亲又说，也别提桥儿胡同这家人，省得你娘犯病。我说，我决不会提，我提他们干什么！父亲说，这就对了，要是这样，以后我就常带你出来玩儿，你想上哪儿咱们就上哪儿。想及六儿的嘴脸，我对父亲说，谢家这个六儿不是东西，他比咱们家的老六差远了。父亲说，你怎说他不是老六？他就是咱们家的老六托生来的，你没看他的眉眼、神态、性情跟咱家的老六整整是一个模子刻出来的，不差分毫？他也有角，比老六强的是他生在了贫贱之家，占了个好生日，咱们家那个死了的老六不傻，他是算计好了日子才托生来的。我问这个六儿的生日怎的好。父亲说，他是二月二呀，是龙抬头的日子，龙春分而升天，秋分而入川，这是顺。可咱家的老六，生在冬月，时候不对，他不弯回去等什么？

这个六儿是我们家老六托生来的，他与老六是一个人！这事让我不能接受。

我问父亲，六儿也是您的孩子吗？

父亲说，你说呢？

我说，不知道。

父亲说，我也不知道。

那天回家，母亲在二门里接了我和父亲。母亲嗔怪父亲带着孩子一走走一天，让她在家里惦记。父亲只是用掸子掸土，不说话。刘妈摸着我的辫子说，我的小姑奶奶，您哪儿弄来这一脑袋糨子呀？我说是六儿抓的。母亲问六儿是谁，没等我张嘴，父亲接过来说，是东单裱画铺的学徒。刘妈说，他一个裱画儿的，裱我们孩子的脑袋干什么？真是的！母亲说，准是丫儿淘气了。父亲说，让你说着了。

父亲说完冲着我笑了笑。

看父亲“演戏”，我觉得挺有意思。

四

以后我常和父亲到桥儿胡同谢家去。谢家院里东房三间已经盖起来了，一抹青灰的小厦房，由六儿住着。树上的枣也结了，微小而丑陋，个个儿像是没长大就红了，急着赶着要去办什么事情似的。

我很快熟悉了我的角色。父亲之所以把他的隐秘毫无保留地袒露给我，是对我的信任，他把我当成了出门的幌子，当成了障眼法，他带着我出去，我母亲能不放心吗？其实我母亲很傻，她就没想到我和父亲是穿一条裤子的，我早已为父亲所收买，成了他的死党。

父亲收买我的条件也很低，几个糖豆儿、大酸枣就封住了我的嘴，这使我从小就相信，吃人家的嘴软，拿人家的手短，这是放之四海而皆准的真理。

到谢家去的次数多了，慢慢地，我对他们的情况也多少有了些了解。谢家当家的叫谢子安，死了有些年头了，听说活着的时候做得一手好针线，是宫里内务府广储司衣作的裁缝匠。广储司衣作是司下属七作之一，七作是染、铜、银、绣、衣、花、皮，应承着皇宫内部和主要宗室的衣物首饰。慈禧时期衣作最繁盛，有匠役三百余人，到了溥仪的小朝廷，承职的也有二三十人。我们家瓜尔佳氏母亲穿的蟒纹四爪命妇朝服，就是出自广储司的衣作。据我母亲说，谢子安本人是个很活络的人，聪明而善解人意，凭着别人不能比的手艺，他时常走动于大宅门之间，受到了宅门里夫人、小姐们的欢迎和喜爱。请谢子安做衣服的人都是有根有底的人家，图的是他做工精致、名气大。当然，人们也不乏想了解一点乾清门里的服装流向，诸如逊了位的皇上每天穿西装还是穿马褂儿，皇后衣服上的绦子兴的是什么花样等等。随同谢子安出入大宅门的还有他的妻子，一个被大家称为谢娘的美丽小媳妇。谢子安之所以带着媳妇，是为了跟女眷打交道方便，避嫌。有做不过来的活计，谢娘也搭着手做，我父亲出门常穿的兜边镶着刚钻的外国缎一字襟坎肩和二蓝宁春绸夹袍就是出自谢娘之手。相比之下，谢娘和家里的母亲们似乎更熟，往来也更密切。

那是皇上被赶出紫禁城的前一年，宫里发生了这么一件事。

有一天早晨，天阴欲雪，北风正紧，溥仪的贴身太监伺候溥仪起床，因为变天，要将贴里的小衣换作绒布小褂儿。太监将衣服在烘炉上烤热了，将小褂儿趁热恭进，为缩在被窝里的溥仪穿上。溥仪将手伸进袖筒，像被什么蜇了一样，呀的一声，猛然坐起，抽出胳膊一看，胳膊上已经划出了长长的一道血印。太监吓得立即翻检衣服，发现衣服的袖口别着一根缝衣针。这本是件微不足道的小事，搁溥仪这儿就成了了不得的大事，生性多疑的溥仪说这是有人刻意要谋害他，责令追查，严加惩办。追查的结果，就追到了裁缝谢子安的身上，算溥仪开恩，没要了谢子安的命，就这也受到枷号一个月的惩罚。时值寒冬腊月、滴水成冰的天气，谢子安在大牢里羞愤交加，没出十天就咽了气。

谢娘年纪轻轻就守了寡，为了生计，照旧走动于大宅门之间，揽些针线活，然而毕竟不如她丈夫手艺精湛，所承接的活计便渐渐有限；又因为丈夫横死，有人视为不吉，对她也就冷淡了许多，她所能走动的人家，到最后就剩了东城的两三家，我们家是其中之一。

我母亲们的衣服都是由谢娘承包的。谢娘给我的母亲们做活时，就住在我们家后园的小屋里，有时一住能住半年，因为我母亲们要做的衣服实在太多。谢娘很懂得大宅门的规矩，在我们家做衣服的时候从来不出后园一步，也不跟我们家的男人搭讪，低眉敛目，只是一人飞针走线，谁瞅着这个小媳妇都觉得怪可怜的。我母亲问过她有没有再往前走的想法，谢娘直摇头，眼圈也红了，说，太太您再别替我往这儿想了，那死鬼才走，坟上的土还没干呢……我母亲就不好再说什么了。

后来，谢娘到我们家来的次数逐渐减少，慢慢地竟变得杳无音信了。母亲们说，多半是嫁了人，一个年轻小媳妇，怎能长期守着，能寻个人家儿终归是好事，没人再来做衣服就没人吧……

我跟父亲到谢家的时候，谢娘已经不是什么小媳妇了，从相貌上看，她比我母亲还显老。我想父亲之所以肯和她亲近，愿意到桥儿胡同来，大概图的就是她的温馨可人，图的就是类似虾米皮炸酱这种小门小户的小日子，这种氛围是大宅门的爷们儿渴望享受，又难以享受到的。已经拥有三个妻子、十四个子女的父亲，还要将精力偷偷摸摸地倾泻在桥儿胡同这座小院里，倾泻在姿色并不出众的谢娘和她那拧种般的儿子身上，究竟为了什么，这是我一直想不通的。

在金家什么心也不操的父亲，在谢家却成了事无巨细都要管的当家人，连桌上的座钟打点不准，他都要认真给予纠正。我看着他在谢家的窗台下，光着膀子挥汗如雨地帮着谢娘和泥、搪炉子，谢娘亲昵地替他摘掉脖颈上的头发，我就想，这人是我阿玛吗？是金家大院里那个威严肃整的阿玛吗？

但是父亲很快活。

谢娘也很快活。

我当然更快活。

父亲在回家的车里常摇头晃脑地对我念着，一箪食，一瓢饮，在陋巷，人不堪其忧，回也不改其乐……我马上会接上一句，贤哉回也！

父女相视一笑。

我们家知道父亲这个秘密的还有厨子老王，他常常秉承父亲的旨意给谢家送东西。老王是父亲的心腹，嘴很严，很讲义气。老王在我跟前从来没提过谢家半个字，我、父亲和老王对谢家的关系，用后来很著名的样板戏里的一句词儿是“单线联系”。能与某个人共同保守一个秘密是很刺激、很幸福的事情，那种心照不宣的感觉让我快乐，让我时时地处于兴奋状态。

谢家吸引我的另一个原因是那些袼褙。打袼褙是件近似游戏的轻松活，首先要将那些烂布用水喷湿，第一层尽量挑选整块的，用水贴在板子上，以便将来干了好往下揭。第二层才开始抹糨子，然后像拼七巧板一样，将那些颜色不一、形状纷杂的小布块儿往一起拼，要拼得平整而恰到好处是件很不容易的事，往往要经过一番周密的思考和设计，一张袼褙要打三层才算成功。这个过程是很有意思的，通过自己的手，将那一堆脏而烂的破布变成一块块硬展展的袼褙，再揭下来，一张张地摞在屋里的炕上，最终变成一斤斤香喷喷的杂面，就着大瓣蒜吃进肚里，想想真不可思议，神奇极了。

我对这个工作很着迷，开始是蹲在六儿跟前看他操作，后来是给他打下手，将布淋湿，将那些缝纫的布边撕去，再后来慢慢从形状上挑选出合适的递给他，供他使用。六儿对我的参与呈不合作态度，常常是我递过去一块，他却将它漫不经心地扔在一边，自己在烂布堆里重新翻找，另找出一块补上去。开始我以为他是成心气我，渐渐地我窥出端倪，他是在挑选色彩。也就是说，六儿不光要形状合适，还要色彩搭配，藏蓝对嫩粉，鹅黄配水绿，一些乱七八糟的破烂儿经六儿这一调整，就变得有了内容，有了变化，达到了一种出神入化的境界。

六儿的袼褙打得精美绝伦。

六儿的书念得一塌糊涂。

六儿都十五了，还背不出“床前明月光”，他将“举头望明月，低头思故乡”永远念成“举头望明月，低头撕裤裆”。父亲纠正了他几次，均未改过来，看来是有意为之。

谢娘从附近收揽些针线活，以维持家用，穷杂之地的针线活毕竟有限，加之谢娘的眼神已然不济，花得厉害，做不了细活了，所从事的也不过是为些拉车的、赶脚的单身汉做些缝缝补补的简单活计，或是给某家的老人做做装裹什么的，收入可想而知。谢家之所以还能经常吃到虾米皮炸酱面，这多与父亲的资助有关。至于这院房与父亲究竟有什么关联，我说不清楚。六儿拼命地打袼褙，其中难免有要摆脱虾米皮炸酱面笼罩的成分在其中，他要自立，他要挣脱出这难堪与尴尬，就必须苦苦地劳作，将希望寄托在那些袼褙上。

毕竟是能力有限，毕竟是太难了。

他很无奈，焦急而忧郁，命运的安排是如此残酷无情，这是他与我注定不能融洽相处、不能平等相待的原因。

我那时不懂，后来就懂了。

我老觉得我很聪明，但后来的事实证明，我比起我的母亲来差远了。

我身上常常出现的糨子嘎巴儿和那不甚好闻的气息引起了母亲的注意。一天，我和母亲在老七舜铨房里，母亲摸着我那被糨糊粘得发亮的袖口说，又跟你阿玛去裱画了吗？我说，是的。母亲问，都裱了些什么画呀？是不是老七画的那些啊？老七舜铨正在纸上画鸭子，他一边画一边说，我是不会把我的画拿出去让我阿玛糟蹋的，您看看丫丫身上的糨子，您闻闻这股馊臭的糨子味儿，料不是什么上档次的裱画铺。母亲问，你上回说的那个叫六儿的，他们家哥儿几个呀？我说，哥儿一个。母亲说，哥儿一个怎么会叫六儿呢？我说，因为他像咱们家的老六，他脑袋上也长了角。舜铨突然停了画，惊奇地看着我，一脸严肃。母亲问，那个六儿在哪儿住哇？我牢记着父亲的嘱咐，脸不变色心不跳地朗声答道，桥儿胡同。我特别注意了“桥”的发音，让它尽量与“雀”远离。母亲说，是雀儿胡同啊，那是在南城了。我慌忙辩道，您搞错了，是桥儿不是雀儿。母亲笑了笑说，上回你阿玛不是说六儿在东单吗？怎么又到了雀儿胡同呢？我急赤白脸地争辩道，是桥儿，不是雀儿！

我们家人都说老七傻，其实我比老七还傻。老七在旁边都听出破绽来了，直冲我瞪眼，我却还没心没肺地嚷嚷什么桥儿、雀儿。母亲不耐烦地挥挥手说，算了，你别跟我争了，我早看出来了，你是一只养不熟的白眼儿狼，我是白疼你了。我说，我怎么是白眼儿狼了？怎么是白眼儿狼了？

母亲叹了口气，神情黯淡，歪过脸再不理我。我还要跟母亲理论白眼儿狼的问题，老七从后头把我拦腰抱起，三步两步出了屋。我在老七身上踢打哭闹，让他把我送回母亲身边去。老七舜铨不听，我就往他的袍子上抹了一把又一把的鼻涕，唾了一口又一口的唾沫，直到他把我夹到后园亭子里，狠狠地撂在石头地上。

老七点着我的鼻子说，你胡说了些什么！我说，我怎么胡说了？我什么也没说。老七说，你个缺心眼子的二百五，你还嫌这个家里不乱吗？！老七说“家里乱”是有原因的。不久前，他的媳妇儿柳四咪刚跟着我们家的老大金舜铻跑了，他心里烦，气儿不顺。我说，你媳妇儿跟着老大跑了，你去找老大呀，挟持我干什么？老七听了我这话，气得脸也白了，嘴唇直哆嗦，反不上一句话来。我看老七没了词，越发来劲了，说，连自个儿媳妇儿都看不住，还有脸说我呢。老七想了一会儿，终于伸出手来，啪地抽了我一个嘴巴子。

真挨了打我反倒不哭了，我学着六儿的样子，显出一副无耻与无赖相，也像六儿那样一字一顿地骂了一句。

老七愣了，他像不认识我一样地看了我半天，结结巴巴地说，你说……说……什么……我母亲她……怎么你了？

我很得意，我觉得六儿真是一个伟大的人物，他创造的这句“箴言”可以降服我们家任何一个老几，我的那些虾米皮炸酱面可真是没有白吃。

我把发呆卖傻的老七扔在园子里，自己晃晃悠悠转到西院厨房来。厨房里，大笼屉冒着热气，那里面传出了肉包子的香味。老王正在熬红小豆粥，豆还没烂，他正坐在小凳上剥核桃仁。我在核桃仁碗前蹲下来，老王赶紧把碗端开了。

我说，刚才老七打我了。

老王没言语，也没有表情。

我说，老七打了我一个嘴巴。

老王将一颗硕大而美丽的核桃仁丢进碗里。

我说，这事儿我跟老七没完。他说我给家里添乱……

老王说，小格格您到前头玩儿去吧，您也甭给我这儿添乱了。

我说，老王你客气什么？咱俩谁跟谁呀！

老王说，不是客气，是怕太太们怪罪。不管怎么着，老王也是下人，是伺候人的人，你们的事儿跟我没关系。

我说，老王你今天怎么变得这么生分？咱们俩平时的关系可是不错！

老王一边把我往外推一边说，谁敢跟您不错呀！您是《捉放曹》里的曹操，我是里头的陈宫，我不跟着您跑啦，我改辙啦！

我傻乎乎地问，我是曹操，那谁是吕伯奢，我把谁杀啦？

老王说，你把你阿玛杀啦！

我说，我阿玛跟老三上琉璃厂看古玩去了，他活得好好儿的。

老王说，今儿晚上他就好好儿不成了，你等着吧，有场好闹呢！

我说老王是替古人操心，说完瞅个空当儿，抓了一把核桃仁，撒腿就跑。

老王追出厨房跳着脚地嚷嚷，我大半天的工夫，让你一把抓没了！

那天，我一个人在院里进进出出，却没一个人理我，使我感到自己不是只好鸟。后来实在没事干，我就跑到老姐夫的院里去陪老姐夫喝酒了。

晚上，并没有老王说的“好闹”，父亲从琉璃厂买回来一个会闹鬼的洋钟，一到点，两个小鬼轮番出来打鼓，挤眉弄眼的，还会扭屁股。父亲说这是从宫里流散出来的物件，因为钟背后有英吉利敬献孝和睿皇太后的字样，推算起来该是道光时候的东西。母亲似乎也很高兴，让那俩鬼打了一遍又一遍鼓，还说其中的一个长得像厨子老王。

我没心思看鬼打鼓，我为肚子里的三个包子、两碗粥、一盘白肉而折腾，愁眉苦脸地弯在炕桌边上，没完没了地哼哼。刘妈说，这孩子今儿是吃撑着了，让老王给她沏碗起子水喝吧。母亲说行，又说以后我吃饭不能跟着大人们在一起混，得给我单拨出来，否则没数，说我像这样的撑着已经不是第一回了。刘妈一边搅着起子水一边说，要光是包子和肉也用不着喝这个，要紧的是她肚子里还有半肚子酒呢，下午在五姑爷那儿喝了个肚儿圆，不是我进去看见，她还喝呢！母亲说，这个占泰，真是的，怎的给个小孩子灌酒？我得说说他了。母亲说着，捏住我的鼻子，刘妈将那碗起子水毫不含糊地全灌进了我的肚子里，她们俩配合得默契而熟练，已经成了一套完整程式，这说明她们对我进行这样的摧残绝不是一次了。灌进我肚里的“起子”，其实就是苏打，发面用的，她们让我肚子里的包子们像面一样地起泡发酵，这招儿真是绝得不能再绝了。

喝了那又苦又涩的起子水，我回去睡了。

五

我照旧跟着父亲去桥儿胡同，照旧吃那炸酱面，照旧吃那廉价的糖豆儿、大酸枣。不同的是，六儿不打袼褙了，他拿起了针线。这么一来，院里树底下再没了他的踪影，他老在东屋的案子前为一堆堆布而忙碌，当然，那些布较他打袼褙的布有了很大进步。谢娘跟他一块儿干，谢娘是他的师傅，也是他的帮手。

他还是不理我，脸上对我的厌恶依然如故。

我对他当然也没有什么好印象。

我常想，要是别人大概会对父亲的援助感激涕零了，但六儿并不因这而增加对父亲的了解，清除他们之间固有的隔膜，这真是一个执拗的、奇怪的人。

这天，下着大雪，我和父亲又来到了桥儿胡同。

谢娘对我说六儿给我缝了一个好看的小布人儿，让我快过去看看。我说，那娃娃穿的什么衣裳呀？谢娘说，穿的是水缎绿旗袍。我说，如此甚好，我就喜欢水缎绿旗袍。谢娘说，那你还不去看，让六儿再给你做个粉红的短袄、琵琶襟儿的……没等谢娘说完，我已飞了出去。

六儿果然在他的房里，但没有缝小布人儿，他在缝一条裤子，又粗又短的土灰裤子。见我进来，他说，你来干什么！我说，我来看看。六儿说，我的屋不让你看。我说，你这儿又不是皇上的金銮殿，还不许人看了？六儿说，可我这儿也不是谁想进就进的大车店。我说我是来要我的小布人儿的，并没有想在他的屋里多待。六儿说没有小布人儿，让我哪儿凉快哪儿歇着去。我说，你这儿就凉快，我就在你这儿歇着，你把那个穿水缎绿旗袍的小布人儿给我！六儿说他不知道什么水缎绿旗袍。我说，你妈说有。六儿说，我妈说有你找我妈去，别在我这儿搅和。我认为六儿是故意跟我找别扭，看来不发脾气是不行了，就在我四处踅摸可以踢砸的东西时，谢娘在北屋大声说，六儿，你给她缝一个！

六儿看了看我，从鼻子里轻轻哼了一声，顺手摸起一块从裤子上铰下来的布头，哧哧哧就又剪又缝起来。缝着缝着，他又从线笸箩里找出两个小红扣钉上，终于，在他手里，那个灰不溜丢的东西有了形状，原来是只长尾巴的红眼耗子。我是属耗子的，六儿这不是骂我吗？我不干了。我说，小布人儿呢？绿旗袍呢？你弄了只耗子搪塞我算怎么档子事儿？

六儿说，给你只耗子就算不错了，你别给脸不要脸！

我说，我要穿水缎绿旗袍的小人儿。

六儿说，耗子就不穿旗袍，连裤子也不穿。

我说，六儿你就缺德吧，你的那两个犄角压根儿就长不出来，你甭做当龙的梦了，你成不了龙，你永远是一条泥鳅，臭水坑里的烂泥鳅！

六儿说他从来也没想过要当龙，他连长虫也不想当。

我说，你以为你是谁？你根本就不是我阿玛的儿子！

六儿说，你以为我是你爸爸的儿子吗？我要是你爸爸的儿子那才怪了！末了又找补一句，给谁当儿子也不会给你们家当儿子。我寒碜！

我揪了那耗子的尾巴到北屋告状去了。

北屋里，谢娘在哭，一抽一抽显得很伤心。我父亲揣着手，皱着眉，在屋里走来走去。看这情景，我明白自己再不宜浑闹，就乖乖地靠了炕沿站了。

外面，雪越下越大，又起了风，天气变得很冷，而屋里似乎比外面还冷。父亲只是低头叹息，谢娘只是低头垂泪，风雪交加中他们是死一样地沉寂。

末了，父亲说，她怎么能背着我这么干……

谢娘说，太太来了也没说什么过头儿的话，就让我替四爷多想想。

父亲说，那个姓张的就那么可靠……

谢娘说，是个实诚人儿，也喜欢六儿……

父亲说，他一个凿磨的石匠有什么出息！

谢娘说，总算是个手艺人。

父亲低着头又在屋里转，一言不发。半天，谢娘说，六儿大了，他懂事了，那孩子心思重。

父亲说，这孩子可惜了……

那天我们没有在谢家吃饭，谢娘把我们送到门口，神色凄凉，那欲说还休的神情使我不敢抬头看她。父亲也不说话，只是吭吭地咳嗽。我听得出来，他不是真的咳，他是用咳来掩饰自己。车来了，谢娘冲着东屋喊六儿，说是四爹要走了。东屋的门关着，父亲站了一会儿，见那房门终没有动静，就转身上车了。谢娘还要过去叫，父亲说，算了吧。说完就靠着车座闭了眼睛，显得很疲倦，很乏。谢娘掀起车帘，将那个灰布耗子塞进来，嘱咐父亲要给我掖严实了，别让风吹着了。父亲闭着眼睛点了点头，我看见，清清的鼻涕从父亲的鼻子里流出来，父亲的嘴角在微微地颤抖。我转脸再看谢娘，穿件单薄的小袄，一身的雪花，一脸的苍白，扶着车帮哆哆嗦嗦地站着，在呼呼的北风里几乎有些不稳。一种诀别的感觉在我心里腾起，我对这个南城的妇人突然产生了一种难舍的依恋。我知道，以后我再也不会到桥儿胡同来看谢娘了，那些温馨的炸酱面将远离我而去，那些五彩的袼褙将远离我而去，那可恶的六儿也将远离我而去。满天风雪，令人哽咽，我凄凄地叫了一声“娘”，自己也不知为何单单省了“谢”字。可惜，我那一声轻轻的呼唤刚一出口，就被狂风撕碎，除了父亲，大概谁也没听着。

谢娘慌忙将帘子掩了，我感觉到抱着我的父亲陡地一颤。

车走了。谢娘一直站在风雪里，默默地看着我们，看着我们……

那天，六儿自始至终也没有露面。

父亲一动不动地缩在他的大衣里，他不动，我也不敢动，我怕惊扰了他，我明白，他现在的心情比我还难过。望着忧郁、清瘦的父亲，我感到他很可怜，很孤单。于是，我把他的一双手攥在我的小手里，将我的温暖传递给他。

车过了崇文门，父亲睁开眼睛对前面的车夫说，上前门。

我说，咱们不回家吗？

父亲说，先上前门。

父亲到了全聚德，跟掌柜的说让正月十三派个上好的厨子到我们家来做烤鸭，然后又到正明斋饽饽铺买了两斤奶酥点心，这才坐上车往家赶。

这两样东西都是我母亲爱吃的。

大雪扑面而来，世界一片迷茫，我真是看不懂我的父亲了。

六

日子一天又一天，平平常常地过去。

不能到桥儿胡同去，虽然给我添了一些寂寞，但并不影响我的快乐生活。至于六儿给我缝的那只红眼大耗子，早已被我丢得不知去向。有一天，我在厨房看见老王在用那只布耗子逗弄一只刚要来的小土猫，他在训练猫捉耗子的本领。小猫是送水的老孟给老王的，因为老王跟老孟说过，厨房的面口袋被耗子咬了窟窿，老孟是个记事的人，就给老王找了这么只猫。新来的小猫本来就认生，又被那只红眼耗子吓着了，一下钻进米面口袋的夹缝中，可怜巴巴地喵喵，不敢与耗子对阵。老王说，这倒怪了，猫怕耗子，还是只假耗子。我说，六儿太恶，缝的耗子也恶。老王说，那是因为你恶。我说，我怎会恶？我是一只还没长全毛的小耗子。老王说，你是一只耗子精。耗子精就耗子精，我认为对老王的话大可不必认真。他一个做饭的，能有什么真知灼见呢？

转过年冬天，又到了正月，又是一个大雪天。早晨，纷纷扬扬的雪花从高天之上飘洒而来，我在院子里伸着脑袋看天，冰凉的雪花落在我的脸上，转瞬又化为水。我突然诗兴大发，高声喊道：

> 燕山雪花大如席，
> 飞到我家大院里。
> 天白地白树也白，
> 晌午咱们吃烧鸡。

我把这首即兴创作的诗喊了一遍又一遍，图的是让父亲听见。我知道，父亲就在北屋里，正和母亲商量今天上吉祥大戏院听戏的事，听说吉祥下午有《望江亭》。《望江亭》是我爱看的戏，里边的小寡妇谭记儿很漂亮，一会儿换一套衣服，一会儿换一套衣服，让人眼花缭乱。如果父亲听了我的诗句，十分欣赏，一准儿会说，瞧，那诗作得多么好，带了那丫儿去吧。那样我不就捡了个便宜？

我的吟唱没有引出父亲，倒招来了老七。老七说，你在这儿干吗呢？我说我在作诗，说着又把那诗吟了一遍。老七说，你得了吧，大下雪的，别在这儿散德行了，你这也叫诗吗？头一句照搬的是李白，三一句剽窃的张打油，就末了一句是你自己的，倒是很有真性情，终归也没离开吃。我就跟老七说了想看《望江亭》的打算。老七听了笑着说，你就是《望江亭》，还用得着再看《望江亭》吗？我问我怎的就是《望江亭》。老七说，您作的那首“咏雪”的诗，跟戏里那位纨绔子弟杨衙内作的“咏月”的诗如出自一个师傅般的相似，可见天下的蠢都是一样的。

我当然记得戏里那位衙内的诗：

月儿弯弯照楼台，
楼高小心摔下来。
今日遇见张二嫂，
给我送条大鱼来。

我说，你不觉得那位衙内的诗也很朴实易懂吗？他比你的那些“子曰”坦诚多了。我爱杨衙内，也爱他的诗。老七说，如此甚好，如此甚好……

我们正说着话，六儿脑袋上顶着一条麻袋跑进来了，见了我和老七，没说话，扑通跪下磕了四个头。我看见六儿的腰里系着白布，脚上穿着孝鞋，我知道，六儿是来报丧了。

老七问他是谁。

六儿说他是雀儿胡同张永厚的儿子。

老七问是谁殁了。

六儿说是他妈。

也就是说，谢娘死了！

我的身上一阵发冷，打了个激灵。

老七将六儿领进北屋，我的父亲和母亲还在谈论下午的戏。六儿按孝子的规矩给屋里的每一个人都磕了头。我特别拿眼睛扫了一下父亲，父亲无动于衷地坐着，表情平静得不能再平静了，他甚至还有心思让刘妈往他的茶碗里续了一回水。

母亲说，谢娘是熟人，咱们得了人家不少济，就是眼下我穿的这件狐皮坎肩儿也是谢娘做的，咱们应该过去看一看才好。母亲问什么时候出殡，六儿说让人算过了，就是今天下午。母亲说，从来都是早晨出殡，哪儿有挪在下午的?

六儿不说话。

刘妈在一边小声说，太太忘了吗? 谢娘是再嫁……我在旁边听得清楚，便明白了，原来寡妇再婚，婚后出殡，那时辰是要与众不同的。错过时间，为的是让她先一个死鬼男人在奈何桥上白等，不让他们在阴间团聚，因为后边还有个活的。

打发走了六儿，母亲说下午让刘妈到桥儿胡同去一趟。刘妈说不认识，母亲就让我跟刘妈一块儿去。我痛快地答应了，在去听戏还是去桥儿胡同这两件事上，我之所以毫不犹豫地选择了后者，我是想，应该去送一送谢娘，就冲她那温和的笑，那喷香的面，就冲她在风雪中为我们的站立……

不能不送。

母亲派刘妈去也是派得很得体的，刘妈是下人，与谢娘的身份对等，我们既没抬了他们，也尽了礼数。刘妈是母亲的心腹，回来后肯定会将桥儿胡同那边的事情一五一十地向母亲描述清楚，至于让我去，明是给刘妈带路，实则是代表着父亲，给父亲一个脸面，母亲的心计是很够用的。我想父亲心里一定很不好过，以他和谢娘的关系，他是应该到场的，如今却要陪母亲去看戏，那种伤情，让人觉得心碎。

出门的时候，我特意在廊下多站了一会儿，想的是父亲能出来对我有什么嘱咐和交代，但是父亲没有出来。

下午，雪停了，我和刘妈冒着严寒来到桥儿胡同。车一拐弯，远远就望见谢家门口挑了烧纸，那纸在风里呼扇呼扇地飞，好像被系住翅膀的鸟儿。

谢家院里搭了个小棚，三两个吹鼓手在灵前吹打，乐声单薄草率，断续的音响在这凄寒萧瑟的小院里颤抖着，连得人的心也发颤。一个腰系白带子的木讷男人把我们迎了，也说不出什么话，两片厚嘴唇翻过来掉过去就是俩字，“来了”“来了”。想必这就是六儿的继父，石匠张永厚了。刘妈问及谢娘后来的情况，张永厚说是昨儿擦黑儿咽的气，吃不下东西已经有一个月了，说着就把我们往灵前领。

我看到了那口沉闷的黑漆棺材，我知道那里面装着谢娘，装着可怕可悲的死！六儿跪在棺前，一脸的疲惫，认真地承担着孝子的角色，这个院里，真正穿孝的也就他一个人。一个女人，头上扎块白布条，见我们一走近，就开始了有泪没泪的号啕，不是哭，是在唱，拉着长声在唱，那词多含混不清。据说，这是谢娘的一个远房亲戚，丧事完后，谢娘遗下的衣物首饰将归其所有，这是她耗在这里不肯离去的原因。几个穿着团花绿衫的杠夫，坐在棚的一角喝茶聊天，他们在等待起灵出殡的时辰。

我来到棺前，看到了里面的谢娘。

已经不是给我做炸酱面的那个媳妇了，完全变作了一具骷髅、一副骨架，骨架裹着一身肥大厚重的装裹，别别扭扭地窝在狭窄的棺里。谢娘的嘴半张着，眼睛半闭着，像是在等待，像是要诉说。刘妈说，怎能让她张着嘴上路呢？得填上点儿什么才好。趁刘妈去准备填嘴物件的空隙，我扒着棺沿，轻轻地叫了一声“谢娘”。我想，我是替父亲来的，谢娘所等的就是我了，如果有灵，她是应该知道的。

棺里的谢娘没有反应，那嘴依旧是半张，那眼依旧是半闭。

我该怎样呢？我想了想，将兜里一块滑石掏出来，这块滑石是我在地上跳房子画线用的，已经磨得没了形状。最早它原本是父亲的一个扇坠，因其软而白，在土地上也能画出白道儿，故被我偷来充作粉笔用。现在，我把这个扇坠搁在谢娘僵硬冰凉的手心里，虽然我很害怕，腿也有些发软，但想到谢娘对我诸多的宠爱，想到那温热的炸酱面，想到这是替父亲给谢娘一个最终的安慰，便毫不犹豫地做了。

刘妈用纸包了一个茶叶包，塞进谢娘半张的嘴里。

谢娘的嘴，被刘妈的茶叶堵上了，她再也说不出话了。

杠夫们走过来，要将棺盖盖了。我听见六儿撕心裂肺地哭喊“妈——”我的眼泪也下来了，我跟他一起大声喊着“谢娘”，也肆无忌惮地张着大嘴哭。刘妈将我拉开了，说是眼泪不能掉到死鬼身上，那样不好。刘妈小声地告诫我要“兜着点儿”，她说，这是谁跟谁呀，咱们意思到了就行了，不要失了身份。

我不管，我照哭我的。

六寸长的铁钉，砰砰地钉了进去，将棺盖与棺体连为一体。六儿在棺前不住地念叨，妈，您躲钉！妈，您躲钉啊……那声音之凄，情意之切，感动得刘妈也落了泪。我知道，随着这砰砰的声响，谢娘从此便与这个世界隔绝开了，我那块滑石也与这个世界隔绝开了……

杠夫们将棺上罩了一块红底蓝花的绣片，这使得棺木有了些富贵堂皇的气息，不再那样狰狞阴沉。几条大杠绳在杠夫们的手里，迅速而准确地交叉穿绕，将棺材牢牢捆定。杠头儿在灵前喊道，本家大爷，请盆儿啦——

这时，跪在灵前的六儿将烧纸的瓦盆捧起，啪地朝地上砸去。随着瓦盆碎裂的脆响，吹鼓手们提足精神猛吹了起来，棺木也随之而起，六儿也跟着棺木的起动悲声大放。

灵前，自始至终，只有一个六儿，未免孤单软弱。他之所以叫作六儿，是父亲按金家子弟的排列顺序而定，暗中承袭着金家的名分。按说，此刻我应该跪在六儿的身后，承担另一个孝子的角色，而现在却只能在一边冷冷地看着，如一个毫无关系的旁观者。

棺木出了小院，向南而去，送殡的队伍除了那些杠夫以外，只有张家父子两人，六儿打着纸幡走在头里，他的继父石匠张永厚，抄着手，低着头走在最后头。

乐人们夹着响器散了，回了各自的家。

远房亲戚说要赶紧收拾，不能耽搁，再不招呼我们。

我在路口极庄严肃穆地站着，目送着送殡队伍远去，在雪后的清冷中，在阴霾的天空下，那团由杠夫衣衫组成的绿，显得夸张而不真实……我想，我要把这一切详细地记下来，回去一点儿不落地说给我的父亲。这是我能做到，也是应该做到的。

不知此时坐在吉祥大戏院看《望江亭》的父亲，是怎样一种情景……

七

“生不能相养以共居，殁不能抚汝以尽哀”，这该是多么凄惨的感情缺憾，多么难与人言的酸楚。遗憾的是后来父亲从没向我问及谢娘的事情，即便在父女俩单独相处的时候，我几次有意把话题往桥儿胡同引，也都被父亲巧妙地推了回来，看来，父亲不愿谈论这个内容了。所以，谢娘最后的情况，父亲始终是一无所知。

为此，我有些看不起父亲。

20 世纪 50 年代中期，父亲去世了。

我到桥儿胡同找过六儿，小院依然，枣树依然，他那个当石匠的爹正在院里打磨，我不知道那时候的北京怎会还有人使用这个东西。石匠已经记不得我了，我也不便跟他说父亲的事。打听六儿的情况，知道他在永定门的服装厂上班，改名叫张顺针。

我在服装厂的传达室里见到了这个叫作张顺针的人，彼时他已是带徒弟的师傅了。张师傅戴了一顶蓝帽子，表情严峻，进来也不坐，挓挲着手在屋当间站着。我说了父亲不在了的事，本来想在他跟前掉几滴眼泪，但看了他的模样，我的眼泪却怎么也掉不下来了。张师傅说，您跟我说这样的事儿有什么意思吗？这倒是把我问住了，我停了一下说，当初您到我们家说令堂不在了的时候，是不是也有什么意思呢？

张师傅看了我一眼，从那厌恶的眼神里，我找到了当年六儿的影子。我说，当初我父亲是很爱您的，他对您的感情胜过了我所有的哥哥。张师傅哼了一声没有说话，任凭着沉默延伸。谈话无法继续下去了，我只好起身告辞，没等我出门，他先拉开门走了。

我回来将六儿的态度悄悄说给老七。老七叹了口气说，怎的把仇竟结到了这份儿上？兄弟虽有小忿，不废懿亲，更何况还有个父子有亲的情分在其中，既是这样，也只好随他去了。

第二天早上，有人送进来一包衣物，说是一姓张的人让带来的。打开一看，原来是一包长袍马褂儿的老式装裹，无疑这是送给去世的父亲的。我知道，这是六儿连夜为父亲赶制出来的。说是无情，真到绝处，却又难舍，这大概就是做人的两难之处了。全家没人追究这包衣服，大家谁都明白它来自何处。母亲坚决不让穿这套装裹，她说父亲是国家干部，不是封建社会的遗老，理应穿着干部服下葬，不能打扮得不成体统，让人笑话。

母亲的话有母亲的道理，在父亲的遗体告别式上，穿戴齐整的父亲俨然是社会名流的“革命”打扮，一身中山装气派而庄重，那是父亲参加各种社会活动的一贯装束，是1949年后父亲的形象。至于那个包袱，在父亲入殓之时被我悄悄地搁在了他的脚下。我知道，这个小小的细节除了我的母亲以外，在场的我的几个哥哥都看到了，但大家都不约而同地睁一只眼闭一只眼。他们都是过来人，他们对这样的事情能够给予充分的理解和宽容。

与六儿相关的线索由于父亲的死而斩断，从今往后，再没有理由来往了。

后来，我从北京到了陕西，一晃又是几十年过去。随着兄弟姐妹们的相继离世，六儿在我心里的分量竟是越来越重，常常在闲暇之时，六儿的影子会从眼前一闪而过。有时在梦中，他也顶着一头繁重的角，喘息着向我投以一个无奈的苦笑，惊慌坐起，却是一个抓不着的梦。老七给我来信，谈及六儿，是满篇的自责与检讨。他说，仁人之于弟也，不藏怒焉，不宿怨焉，亲爱之而已矣。他于兄弟而不顾，实在是有失兄长的责任，从心内不安。老七是个追求生命圆满的人，而现今世界，在大谈残缺美的同时，又有几个人能真正懂得生命的圆满？包括六儿和我在内。

八

来北京出差，在电视台对某服装大师的专访节目中，我突然听到了张顺针的名字。原来这位大师在介绍自己的家学渊源，向大家讲述从他祖父谢子安起，到他的父亲张顺针，他们一直是中国有名的服装设计之家，他之所以能成为大师，绝对有历史根源、家庭根源和社会根源以及本人的努力因素……我听了大师的表白，只感到不是说明，是在检查，这样的套路，每一个出身不好、本人又有点问题的人，在一段时间里都是极为熟悉的，现在换种面目又出现了，变作了“经验”，只让人好笑。

依着电视的线索，我好不容易摸索着找到了张顺针的家，当然已不是昔日的桥儿胡同，而是一座方正的新建四合院。今天，在北京能买得起四合院的人家，家底儿当在千万元以上。也就是说，贫困的谢娘后代，如今已是了不得的富户了。想起当年武老道“若生在贫贱之家，前程不可量”的断语，或许是有些意思。

朱门紧闭，我按了铃，有年轻人开门，穿的是保安的衣服，料是雇来的门房。我说来看望张老先生，看门的小伙子问我是谁，我说是张先生年轻时的朋友。那小伙儿很通融地让我进去了，他说老爷子一人在家快闷出病来了，巴不得有人来聊。

院里有猛犬在吠，小伙子拢住犬，告诉我说，老爷子在后院东屋。

来到后院东屋，推门而进，一股熟腾腾的糨子味儿扑面而来，靠窗的碎布堆里，糨子盆前低头坐着一个花白头发的老人，这就是六儿了。

见有人进来，老人停下手里的活计，抬起头，用手托着花镜腿，费劲儿地看着我，眼睛有些混浊，看得出视力极差，那模样已找不出当年桥儿胡同六儿的一丝一毫。

我张了张嘴，那个“六儿”终没叫出来，因为我已经不是当年使性较真儿的混账小丫头，他也不是那个生冷硬倔的半大小子了，我们都变了，变了很多很多。该怎么称呼他，我一时有些发蒙，叫张先生，有些见外；叫六儿，有些不恭；叫六哥，有些唐突……后来，我决定什么也不叫。

我说，您不认识我了吗？

张顺针想了半天，摇了摇头，笑容仍堆在脸上，他是真想不起来了。

我说我是戏楼胡同的老小儿，以前常跟着父亲上桥儿胡同的丫丫。

听了我的话，对方的笑容僵在脸上。我估摸着，那熟悉的冷漠与厌恶立刻会现出，尽管来时我已做了最坏的心理准备，可心里仍旧有些发慌。但是，对方脸上的僵很快化解，涌出一团和气和喜悦，亲热地让我坐。

我将那些碎布扒开，挑了个地方坐了。

张顺针说，咱们可是有年头没见了，有三十年了吧？

我说，整整四十四年了。

张顺针说，一眨眼儿的事儿，就跟昨儿似的，您这模样变得太厉害，要是在街上遇着了，走对面也不敢认了。说着，顺手从他身边的大搪瓷缸子里给我倒出一碗浓酽的茶来。我喝了一口说，您这是高末儿。

张顺针说，能喝出高末儿的是喝茶的行家。现在高末儿也是越来越难买了，不是我跟“吴裕泰”的经理有交情，我哪儿喝得上高末儿?

我说，您还在打袼褙?

张顺针笑着说，您看看，这哪儿是袼褙?这是布贴画。这张是《踏雪寻梅》，这张是《子归啼夜》，那个是《山林古寺》，靠墙根儿摆的那一溜儿画儿，都是有名字的。

经张顺针一说，我才在那些袼褙里看出眉目来。原来张顺针的这些布贴画与众不同，都是将画面用布填满，用布的花纹、质地贴出图画的效果来，很有些印象派的味道在其中。他指着一幅有冰雪瀑布的画对我说，那张布画还参加过美术馆的展览，得过奖。

我说，老七舜铨也是搞画的，您什么时候跟他在一块儿交流交流，您老哥儿俩准能说到一块儿去。

张顺针说，你们家老七那是中国有名的大画家，人家那是艺术，我这是手艺。

我说，老七可是一直念叨着您呢，他想您。

张顺针说，谢谢他还惦记着我，其实我们连见也没见过。

我说，怎么没见过?见过的。

张顺针问在哪儿见过。

我说，那年在我们家的院子里，您上我们家来……天还下着雪……

我本来想说出“报丧”二字，怕伤他自尊心，只说是下雪，让他自己去想。

张顺针还是想不起来。在他思考的时候，他的头就微微地颤动，我看到了他稀薄的头发下那两个明显而凸起的包。那曾经是父亲寄予无限希望的两只角。

张顺针见我对着他的脑袋出神，索性将脑袋伸过来，让我看个仔细，他说，不是什么稀罕东西，让医院看过，骨质增生罢了，遗传，天生就是这样。

我说，我们家的老六就是这样，他还长了一身鳞。

张顺针说，长鳞是不可能的，人怎么能长鳞呢？

我觉得再没有什么遮掩迂回的必要了，几十年的情感经过长久理智的熏陶，像是地底潜流中滴滴渗出的精华，变得成熟而深刻。亲情是不死的，它不因时间的分离而中断，有了亲情，生命才显出了它的价值。我激动地叫了一声，六哥——

张顺针一愣，他看了我一会儿说，别价，您可千万别这么叫，我姓张，跟您家没一点儿关系。

我说，您跟我死了的六哥是兄弟，您甭瞒着我了，我早知道。

张顺针说，您这是打哪儿说起呢？

我说，就从您脑袋上的包说起，您刚说了，这是遗传。

张顺针说，可有包的不一定就都是你们家的人；反过来说，你们家的人也不一定脑袋上都有包。

我说，您甭跟我绕了，我从感觉上早就知道您是谁了。

张顺针说，您的感觉就那么准吗？您就那么相信自个儿的感觉？

我说，当然。

张顺针笑了笑说，一听见您说“当然”，再看您这神情，我就想起您小时候的倔劲儿来了，好认死理儿，不撞南墙不回头，现在一点儿也没变，还是那么爱犯浑。实话跟您说，您父亲是真喜欢我，就是为了我脑袋上的这俩包。可他心里清楚极了，我不是他儿子。

我的脑子突然变得一片空白，不会思索了。

阿玛，我的老阿玛，是您糊涂还是我糊涂啊！

张顺针说，您父亲老把我当成你们家的老六，把我当成他儿子，可从我们家来说，无论是我娘还是我，从来就没认过这个账。

我无言以对。

张顺针说，现在回过头再看，您父亲是个好人，难得的好人……

我说，谢娘也是好人，像妈一样……

张顺针半天没有说话，停了许久，他说，我娘那辈子……

忒苦。

我和六儿就这么坐着，坐着，彼此再不说一句话。

我机械地喝了一口水，已经品不出茶的味道，我说我要告辞了。

张顺针让我再坐一坐，他大概是不愿意让我以这种心情离开。他问我什么时候回陕西，我说大概还得半个月，剧本还有许多地方要修改。张顺针问我是写电视的还是演电视的，我说是写电视的。他说还是演电视的好，将来我在电视里一露脸，他就可以对人说，这个角儿他认识，打小就认识，属耗子的，是个爱犯浑的主儿！他说，据他考证，耗子是可以穿旗袍的，迪士尼的洋耗子可以穿礼服，中国的土耗子怎么就不能穿旗袍呢？

我说是的，耗子可以穿旗袍。

九

十天后，张顺针就让他的儿子给我送来了这件旗袍。

水绿的缎子旗袍。

扶桑馆

一

狸被我踹了一脚，扁脸抵在地上，屁股撅得老高，嘴里发出呜呜的声响，那块顶着红玫瑰花的蛋糕被压在身底下，成了模糊的一团。

我们哈哈地笑，苏惠抓了一把土扬在狸身上，使狸的面目更加不清爽。苏惠是个安静平和的孩子，不似我，属于“淘得没边儿的”（我妈的评价），苏惠对狸这样做，已经超出了她的行为规范。

狸的妈是日本人，带着他妹妹住在横滨。横滨离北京有多远，我们不关注，我们关注的是狸的奇怪长相和傻乎乎的性情，以及他手里常常变换的美食。狸不亏嘴，他爸宠着他，百依百顺，他手里有时是艾窝窝，有时是冰激凌，有时是镶着豆沙的大糖葫芦，甚至还有装在铁盒子里的鱼皮花生，都是我们很向往又很难得到的东西。狸喜欢把这些东西拿到街门外,坐在台阶上,在太阳底下独自慢慢享用，吃得认真又夸张，这是狸之所以没人缘儿的所在。胡同的孩子家境一般,平日别说奶油蛋糕,就是铺子的早点油炸糕,半年也难得吃上一回。我的条件相对优越，知道不能拿着好吃的到外头去显摆，那样会让别人难堪。妈说过，别人吃东西不许在旁边瞅嘴，看人吃东西很掉价，很丢人现眼。但是我知道，看狸吃东西不在“丢人现眼”之列，只要看见狸在台阶上坐着，鬼使神差，我们便会自觉不自觉地凑过去，先是揶揄、调侃，紧接着把他手里的东西打掉，欣赏狸那欲哭无泪的模样。这是我们的恶作剧，小孩子没有不喜欢搞恶作剧的，要不就不是小孩子了，不打架，不闹事我们就会精神不爽。

狸的眼睛很小，距离很宽，嘴巴大，牙朝外龇，要哭的时候头一仰，嘴一歪，俩眼珠向鼻梁集中，那斗鸡眼的模样不是谁都能做得出来的。我们这群人当中，能做出斗鸡眼的只有小四儿。我曾经对着镜子练习斗鸡眼，妈问我在干什么，我说在学狸。妈告诉我不要欺负狸，说狸是个可怜的孩子，身边没有妈妈护着，自个儿又不健全，我们再整治他是伤天害理，是造孽。可是我管不住自己，见了狸就打，见了狸就打。胡同里的孩子都这样，一个群体，总得有个被欺负的小菜碟儿，所谓“小菜碟儿”是北京人饭桌上不值钱的、不上台面的小菜，通常是炒雪里蕻、小酱萝卜一类，谁的筷子头都能往碟里戳，没人在乎。这似乎是习惯，一帮孩子里得找一个“小菜碟儿”才算完整。

狸傻，但是他能准确叫出我们每一个人的名字，这也是我讨厌他的地方，特别是从他那张拢不严的嘴里喊出“王八丫丫”的时候，我总是遏制不住扇他大嘴巴子的冲动。我的小名叫丫丫，我爸常在丫丫前面冠以“王八”二字，我脾气倔而拧，像王八一样。据说王八一旦咬着东西决不会轻易撒嘴，除非听到驴叫唤，跟我的性情有所接近，由此我就被划入了王八系列。胡同里的伙伴们也“王八丫丫”“王八丫丫”地叫，谁都有小名，比起兔儿爷、小臭臭、二丫头、蝲蝲蛄，我这个“王八”还是挺有气势的。

别人可以叫，唯独狸不能叫，狸在我们当中是入不了群的另类。狸叫一回“王八丫丫”，我揍他一回，叫一回我揍一回，他为这个挨了我不知多少打。我认为，从另类嘴里叫出的“王八”带有贬低的色彩，其实狸一点儿也没贬低的意思，他对我很崇敬。

狸是一种动物，城里见不着的动物，我们谁也不知道真正的狸是什么模样。我的三哥爱抽外国烟，外国烟的烟盒里装有画片，我们叫洋画儿，十张是一套，凑齐了一套可以去换一盒烟。我的爱好是攒洋画儿，不是为了换烟，是喜欢那些美丽的画面，手里头已经攒了好几套，有法兰西美人的，有欧罗巴洋楼的，有大洋洲花卉的，也有美利坚动物的。动物里头有张狸的图像，白肚尖嘴黑眼圈，毛色棕红像狐狸，比狐狸腿短，腰身肥胖，模样挺滑稽。我管三哥叫老三，随着我爸爸叫，老三很反感，向我妈告状，说我把他的烟拆了。妈说，拆就拆了呗，反正你也得抽。

老三说，这只王八把一条烟都拆开啦，烟卷都成干柴火了！

妈说，干了你就别抽，我烦你们哥儿几个抽烟。

老三说妈惯着我，说妈偏心眼儿，说妈不是他亲妈。妈当下脸一吊，说老三的话说多了。老三再不敢吭声。

妈的确不是老三的亲妈，老三的妈死了，我妈是他的继母。

我把画片拿给爸看，让他确认画上的动物是不是狸，爸说是狸，很珍贵的动物，山里才有。我问狸平时吃什么，爸说狸吃蚯蚓，吃小虫子，也吃果子，中国人习惯叫果子狸。我说老唐的傻儿子就是这个东西，叫元宝啊，叫大顺啊，叫什么不好，偏叫个吃虫子的狸，不知老唐怎么挑的。爸说狸的母亲是日本人，狸是日本人崇尚的动物，日本人好多家门口都蹲着一只陶瓷的狸。狸是招财进宝的吉祥物，商家最看重，唐先生岳丈家是有钱人，管外孙叫狸没什么不正常。

我把狸的画片和信息传递给胡同的伙伴，于是大家知道了狸的来龙去脉，7 号的兔儿爷和大芳端详着画片说，跟唐家的狸长得还真有点儿像，特别是那双眼睛。

狸是个记吃不记打的主儿，挨过打没两天又举着块萨其马出现在了门口台阶上，吧唧着嘴，流着哈喇子，一脸点心渣，模样丑陋。我正在胡同里看卖小金鱼的，卖金鱼的汉子挑着两个木盆，正拿着纱网子给赵老太太捞小鱼儿，鲜红的鱼儿在水里灵动无比，在网子下钻来绕去，就是捞不上老太太要的那条脑袋上顶黑斑的。我看得心急，学着我们家的猫黄黄儿朝盆里伸进手去，鱼儿们立刻惊恐四散，乱成了一锅粥。卖鱼的急了，说，丫头，不带这样的呀！你们家大人呢？

挨了呲嗒有些无趣，远远看见狸出来，就溜达过去，轻声问，狸，吃什么哪？

我的态度和蔼又亲切，像是狸的好友。狸没看出我黄鼠狼给鸡拜年的假模假式，咬着萨其马说，……马……马，大马……

我问他，萨其马好吃吗？

狸笑眯眯地说，王八丫丫。

我蹲在狸对面，做出了扇他的准备。

狸见我对他好，高兴得大鼻涕泡儿都冒出来了，把那块萨其马更使劲地咬了一大块，仰着脑袋肆无忌惮地嚼着，吃相像我们家的狗玛丽。我张开巴掌，正要朝那张幸福无比的扁脸拍过去，狸的爸爸老唐从街门里走出来，老唐见了我说，七格格跟狸玩哪！

胡同的街坊里，只有老唐叫我七格格，我们家在旗，女孩里我是老七，最小，属于垫窝儿的。妈四十多了才生我，说我是拉秧的瓜，没长熟，黄毛小眼，嘴碎手贱，是我们家女孩里最不成功的一个。没人叫我格格，也没人把我当格格，我也没认为自己是什么格格，我没那么娇贵。

老唐叫我七格格那是尊称，是看在我爸爸的分儿上才这么叫的。他管我爸爸叫四爷，有时候叫“先辈”，因为他们都在日本东京帝国大学念过书，都是国家派去的留学生。我爸爸是民国初年回来的，老唐是抗战全面爆发第二年回来的，差着二十年呢。

当着老唐的面，张开的手掌不好立即收回，我说，我正教狸数手指头认数呢！

随机应变，自然得体，我编瞎话的能力相当了得，我妈管我叫“瞎话篓子”，说我一天无数的话语中，能有两成是真的就很让人吃惊了。的确，我思维的想象力、延伸力、组织力、变通力是金家的佼佼者，有时候能把我爸爸那个大学教授哄得一愣一愣的。我说下午后院树上落过一只鹦鹉，雪白的，黄嘴，脚上还戴着金属链子。爸就以为真落过鹦鹉，说八成是南边傅家的那只大白飞过来了。其实呢，是只黑老鸹。老鸹和鹦鹉都是鸟类，我也没胡说，顶多认错了而已，至于黑的、白的，可以忽略不计，干吗那么较真儿？我编瞎话顺嘴而来，脱口而出，脸不变色心不跳，刚说过就忘了，一遍跟一遍不一样，但有时候让我多重复几遍就成了真的，赌咒发誓，煞有介事，地老天荒地再不会更改，甚至成了记忆。这也是为什么金家十几个孩子，只有我后来成了作家的原因。至今我坚信，感受力、创造力和表达力是作家的基本功力，尤其是创造力，缺了这个不行。

老唐看着我的巴掌说，狸认数，不用教，他能从一数到一百呢。

狸一听，马上点着脑袋，晃着身子，一二三四五地数起来，拦也拦不住。

狸姓唐，住在 3 号。我们家住 2 号，形成直角，戏楼胡同在这儿窝成了一个长方形的大院，从 2 号到 9 号，都在方形的场子内，10 号以后就甩出去了，这几个院门的街坊相对就走得近，彼此知根知底儿。老唐的媳妇长得白皙漂亮，梳着大包头，说话细声细语，不似小四儿的妈，一嗓子“小四儿回家吃饭了”，半条胡同都能听见；也不似兔儿爷他妈，一天到晚蓬头垢面的，穿着大裤衩子就敢坐在门墩上抡芭蕉扇。老唐媳妇属于老派人，她嫁给老唐就随着老唐姓。像小四儿的奶奶，官面上称呼是“赵门刘氏”，其实人家娘家姓刘，嫁给了姓赵的；高家老太太是“高门隋氏”，都把夫家的姓顶在头里。老唐的媳妇姓吉田，不叫“唐门吉田氏”，而是叫唐和子，她虽然姓吉田，但本人叫和子，户籍簿上记录的是“唐和子”，我们都管她叫“糖盒子”。兔儿爷遗憾地说，可惜老唐姓唐，他要是像日本人一样姓两个字儿，比如“王八”，那么“糖盒子”就是“王八盒子”了，听着更像日本人。

小四儿说他爷爷早先在河北乡下见过王八盒子，半自动手枪，大而扁，汉奸用得比较多。兔儿爷说，要是抗日的人使用就得拴上一条红绸子。枪是同一种枪，有了绸子就不可同日而语了。

小四儿说他比较看好“鸡腿撸子”，撸子个小，能别在腰里，威风有派，不像“王八盒子”，斜挎在屁股后头，一看就是碎催模样。“碎催”是北京话，跟班的意思，小四儿说兔儿爷就是他的碎催。

男孩们都喜欢枪，于是有关“王八盒子”的讨论延续了一个上午，我们研讨的话题随意性很大，谁也无法控制。

老唐是天津人，在留学期间娶了日本媳妇吉田和子，听说“糖盒子”她爹是制糖业的大老板。按吉田家的意愿是让老唐入赘，老唐说，如果唐家有哥儿两个，他入赘可以，可是他们唐家只有他一个，他是独子，这个问题就不能考虑了。婚后的“糖盒子”跟丈夫回到中国，难改日本生活习惯，把3号的房子做了大改造，屋内地面被抬得很高，进屋先上一层台阶，地面铺了草席一样的榻榻米，给人的感觉是进门就脱鞋上炕。窗户又开得很低，坐在屋地上能看见院里跑的猫，屋里的隔断是推拉的，糊着纸，没有床，晚上一家人睡觉就躺在榻榻米上。依我的想象，睡醒了一睁眼，满目是桌子、椅子腿儿，视觉角度变成了耗子的，真够别扭的。因为房子多，他们一家住不过来，就租出去一部分，也都是租给日本人，那时候北平正让日本人占领着。3号门口常停着东洋车，下来些宽袍大袖，留着小黑胡子的日本人，日本人管3号叫“扶桑馆”。中国街坊当面也称“扶桑馆”，背后却叫“鬼子馆”，就跟胡同东边的南馆、北馆似的。南北馆是俄国东正教的地盘，住的都是金发碧眼的“老毛子”，建筑是尖顶子，圆拱门，长条窗户，很是各色。我认为洋人待的地方一般称作“馆”，把这个观点和爸作为学术问题探讨，爸说不一定，中国叫馆的地方也很多，比如朝廷的同文馆、颐和园的听鹂馆、府右街的图书馆、他们大学的资料馆，都和洋人没关系，我的论题不能成立。我说，北京的洋人不少，赵大爷说过，东交民巷一带，洋人多，馆也多，老百姓不待见洋人，把东交民巷改叫“切洋××巷”。

妈在旁边插嘴，这可不是姑娘家说的话啊！

我说，不是我说的，是赵大爷说的。

妈说，赵大爷说的你也不能学。

我问为什么，妈说什么也不为。

3号叫作“扶桑馆”还有一个原因，唐家正屋墙上挂着个镜框，白纸黑字，写着“扶桑馆”三个字。字写得不怎么样，没有格局，比较率性，有些信马由缰。这块匾，我姑且把它叫匾吧，在唐家高高地挂着，没有被触动。爸说唐家那块“扶桑馆”是个大人物写的，原本是写给老唐的老丈人的，“糖盒子”来中国，就把它带来了，作为家乡的一个念想。我问大人物有多大，比地下管道局的局长还大吗？我没见过大官，见过最大的官就是管北京下水道的局长。局长派头很大，戴着白手套，把汽车停在马路的窨井口，让手下把井盖掀开，让那些人拿着长竹片往里探。大热天，那些小碎催们整得满头大汗，烂脏腥臭，局长则让人打着黑阳伞很悠闲地坐在旁边喝茶。

爸最终也没告诉我“扶桑馆”是谁写的，他有点儿讳莫如深。

听妈说，以前“糖盒子”出门，常穿和服，花枝招展，五光十色，发髻绾得很高，脸擦得很白，穿着木屐，嘀嘀嗒嗒，像一只大花蛾子，吸引着胡同集体的眼球，连正在院里打袼褙的赵奶奶也扎着一手糨子跑出来观看。有好事的街坊问“糖盒子”后背上背的小包袱里头装的什么，“糖盒子”听不懂，弯着腰叽里咕噜说了一通日本话，这边自然也听不明白。有“内行”翻译说，小包袱里装的是她们祖上的骨灰，把祖先背在脊梁后头，走哪儿都带着，省得买坟地了。后来经老唐解释才知道，就是一个宽带子，在后腰上绕了两道弯罢了。中国人还是不能理解，穿成这样，累赘不累赘啊！

日本一投降，除了唐家以外，扶桑馆的日本人全撤了，他们走得很匆忙，许多手使的东西堆在街门口，上面写着“自由持取”的白条子。“自由持取”是日本话，用咱们的话说就是“随便拿”。整条胡同的人都来捡洋落儿，小四儿家捡了一摞写着“有田烧”的大盘子。“有田烧”是日本有名的瓷窑，就跟中国的景德镇似的，几十年来，那些华丽的瓷器在小四儿家一直充任着盛炒萝卜条、炒疙瘩丝和凉拌黄瓜的功能，尽职尽责。兔儿爷他妈发现“自由持取”最早，推走了一辆自行车。这辆车兔儿爷他爸爸从东城国子监到西城白石桥，上下班都骑它，每天几十公里，风雨无阻，一直骑到1949年以后，要不是轮胎配不上，还能骑呢。大芳他们家“持取”了两把理发的推子，嚓嚓嚓，推起头发很快，不夹头发，以至大芳的哥哥由踩着平板小车捡烂纸改行做了理发匠。两把推子改变了一个少年的命运，这样的事儿还真不多。给我们家做饭的老王捡了一个大号带沿的铁锅，生铁的，挺沉，挺深，他到底也没弄明白怎么用这个锅做饭，后来卖给了背着柳条筐沿街收破烂儿的孙婆子，换了两包洋取灯。洋取灯就是火柴，一包十二盒，相对铁锅来说还比较实用。高老太太是小脚，来得晚，挑了半天，抱回去一个小和尚石雕，原本是个摆设，老太太拿回去没用，放炕上拴孙子，拿根裤腰带，一头系在孙子腰里，一头套在日本和尚脖子上，裤腰带范围之内是孩子的活动天地。高家几个孩子，都是日本和尚看大的……

二

街坊们这样收获抗战胜利品的时候，我和小四儿等人大部分还在娘的肚子里，所以我们没有机会看到漂亮的穿和服的“糖盒子”和那些白捡白拿的欢乐场面。我记事的时候已经到了中华人民共和国成立了。

20世纪50年代初期的“糖盒子”穿着厚厚的棉袄棉裤，头上包着格子围巾，走路低着脑袋，背上背着狸的小妹妹，一个细眉细眼，动辄便咧嘴哭的小丫头片子。我估计，这小东西长大了也注定是个挨揍的货色，不会有多大出息。我很想看看穿和服的“糖盒子”，但是她一回也没穿过。可不，日本投降好几年了，哪个日本侨民还敢在北京地面上张扬，他们收敛得比小菜碟儿还小菜碟儿。

原先在崇文门外古玩店上班的老唐两年前改为走街串巷，专门收购旧货的“打小鼓儿的”。这个职业在民国和中华人民共和国成立初期很普遍，小鼓儿茶盅盖大小，扁扁的，鲨鱼皮蒙面，攥在左手，右手用一根细竹棍，棍头裹着胶皮，梆梆地敲击，鼓声响亮清脆，在幽深的胡同里能传得很远。人们在家里一听到鼓声就知道收古玩旧货的老唐来了。老唐可以直接进到卖主的家里，在卖主的桌上、炕上审看物品。有时候老唐不等人招呼也进屋，脸上堆着笑，亲切地说，老没见了，怪想您的，这些日子您一准儿找着了不少好东西，让我开开眼。

如果主家正想用钱，就会装作很不经意，顺水推舟地从腕子上捋下镯子，让老唐估成色，论价钱。

还有级别稍次，属于收废品的，敲的是软鼓，嘭嘭嘭，嘭嘭嘭，三下，用特有的沉闷短促嗓音吆喝，“有旧衣裳、旧家具——我买！有旧书本、洋瓶子——我买！”这类人可以进入住家院落，但是绝不能登堂入室，卖家买家都恪守着这个规矩。最次一等是收破烂儿的，多是上了年纪的妇女，她们来自城郊，早出晚归，跟城里、跟乡村有着千丝万缕的联系。白天，以上午居多，背着大筐沿街叫唤，“有破烂儿——我买！”声音拉得很长，像唱歌。婆子们收购的多是破衣裳、烂袜子，她们身后的大筐里有洋火，也有鸡蛋、绿豆什么的乡下土产，若是要现钱，她们给出个两毛、三毛顶天了，通常是以物换物。有一回，我妈用老三穿剩的一件拾掇不起来的线衣以及乱七八糟的东西，跟孙婆子给我换了一双农村男孩的洒鞋。鞋当然是新鞋，方口蓝布面，鞋头包着黑土布，用针线密密地缉着，硬邦邦的不跟脚。我说，妈，鞋大着呢，大半个拳头。

妈说，穿穿就不大了，你的脚还长呢。

我说，鞋帮子太硬，硌脚。

妈说，你看人家这针脚缉得多齐整，多细密，乡下人实诚，这双鞋比老三的皮鞋还结实，穿个三五年没问题！

从妈嘴里我知道了“缉”这个词儿，从这双大洒鞋上我了解了“缉”的作用，就是一针顶着一针缝，硬把布片缝成铁皮。我穿着这双用烂线衣换来的新鞋，只半个时辰，后脚跟就磨破了，跳皮筋儿，一抬腿，鞋就上了房顶。妈让老三把鞋钩下来，给鞋缝了根带子，这双能踢死驴的鞋从此跟定了我，再也无法摆脱。我恨死了收破烂儿的孙婆子，有时候学孙婆子吆喝“有破烂儿——我买”，学得惟妙惟肖，可以乱真。妈拍着我的屁股说，学什么不好，将来你还真要当收破烂儿的！

想想看吧，一个城里的小丫丫穿着一双农村野小子的大洒鞋，在胡同里走来走去，自信心受到了何等挫折。不敢对妈表示不满，但是只要一看见孙婆子，我就让小四儿们用绷弓子崩她，把老婆子整得想骂也找不着人，后来干脆不到这条胡同来了。不来就不来，谁稀罕！

胡同的孩子没有上幼儿园一说，用现在的话说是，放野羊一样地散养着。家家都好几个孩子，大的带小的，不宠不惯，我们成长得都很自觉，也很自由。一帮孩子，拽包、跳间、弹球、拍洋画，没有滑梯，没有跷跷板，当然也没有秋千和沙坑，我们只能在胡同大院里玩，跟门口的大槐树较劲，自己跟自己作，欺负狸就成了我们的主要乐趣。

狸会唱歌，他有音乐天赋，唱得很动听，他唱得最好的是《麻雀教算术》："七八、七八、七八八，小麻雀要当先生啦，一个一个数过来，七八八，七八八……"歌是他妈教的，用日语演唱。我们听不懂，只能明白"七八八"，一听到"七八八"就过去揍他。

打小鼓儿的老唐生意不错。当时提倡"劳动光荣"，但是一些过去的显贵们放不下架儿，宅门的哥儿也不想出门挣钱，便典当家私，维持着场面。碍于脸皮和身份，这些人不便经常出入寄卖商店（1949年后典当行业改成寄卖商店），走街串巷的老唐就成了受他们欢迎的人物。家里有什么古玩玉器、书画法帖、细软皮货伍的，都喜欢卖给老唐。老唐出身古玩铺，懂行，不会走眼，给价也公道，又住在附近，做买卖不会太离谱儿。

打小鼓儿的虽然也属收旧行业，但是视野宽阔，精于鉴定，跟三六九等的人都能搭得上话。打小鼓儿的老唐穿着长衫，腋下夹着包袱皮，细高的身材，儒雅模样，很是招人待见。老唐收旧物的包袱皮来自日本，绿地白萱草的图案，颜色鲜亮，跟老唐的灰大褂儿相搭，很是和谐，这怕也是老唐区别于其他打小鼓儿的之处。老唐衣着齐整，戴着呢子礼帽，脚上是锃亮的皮鞋，不像是收旧货的，倒像是学校教书的先生。老唐收旧货有自己的区域，南至东四头条，北至北小街炮局，三天串一个来回，不胡走，不过界，摸着老唐的规律就能逮着他的行踪。旧官宦府邸、殷实宅门是老唐的重点对象，有时候不为收东西，就为进去串串门，聊聊天，联络一下感情，很多意想不到的好东西就是在他联络之中到手的。

他到我们家来，多是在爸下了班，吃完晚饭以后，那时候的爸闲适而轻松，心情一般也很好，想找件什么事儿解解闷儿，这时候老唐来了。老唐进门先打千儿问候，礼数十分周到，像个世家子弟，谦恭得像是后辈对学长的仰慕和尊敬，让爸的心里十分舒坦。爸说，看唐先生这么高兴，一定是发了财了。老唐说，发多大的财在四爷眼里也是个小手指头，四爷祖上进出紫禁城，什么好东西家里没有，什么宝贝没见过啊。

爸让老唐坐，老唐偏着半个屁股坐在茶几旁边的椅子上，不往八仙桌旁边的太师椅上坐，老唐是个挺懂规矩的人。

胡同的街坊包括我在内，大家都是“老唐”“老唐”地叫，一个沿街打小鼓儿的，值不得另眼相看。但是只有我爸，嘴里一直叫他“唐先生”，当面是唐先生，背后还是唐先生，从来没改过口。爸问老唐最近生意如何，老唐说，干这行不容易，前几年在砖塔胡同有个打鼓儿的被歹人抢了，刚收的吴昌硕四条屏血本无归。现在是没人抢了，但是人们把好东西都抬（藏）起来了，不愿露富。现今这是普遍心态。

爸说，你们这行，三年不开张，开张吃三年，逮着真货就大赚了。

老唐说，四爷说得没错，比起四爷旱涝保收的教员生涯，我这儿还是担着风险。宅门里都是熟人，只能实打实地做买卖，不敢亏人。

妈要去沏茶，老唐从大褂儿里摸出一个小包来，让妈沏他带来的，说是日本静冈煎茶，这茶四爷可能有日子没尝了。

煎茶沏上来，黄绿颜色，满屋飘香，浓厚的茶味儿之外夹杂着海藻的青气。妈尝了一口，说味道太怪，绿得也不正经。

爸说，这就是玉露了，日本第一茶。

妈说，煎茶怎是这股青涩味儿？爸说，是日本茶特有的味道，他们的茶叶和海带、干鱼在一块儿卖。

妈摇摇头，不能理解。我也不能想象吴裕泰茶庄带卖海带、黄花鱼的荒唐。

爸和老唐喝着煎茶，脸上显出相知极深的表情和以心传心的会意，他们说了许多东京帝大的旧事，说到了帝大校园里的那棵巨大桧树和对门卖串烧的小铺，到最后竟然换了频道，说开了日语，玛斯、玛斯的，让人听着怪诞又好笑。我后来才知道，那些"玛斯"是敬语，爸和老唐两人彼此都敬着呢。

妈说，都是煎茶闹的！

老唐来也不是光喝茶，在适当的时候他打开包袱皮，亮出里边的两本磨了边的旧书，对爸说是日本永井荷风的《江户艺术论》，想必其中的"浮世绘之鉴赏"对教美术的爸有用。

爸大概是不便拂逆老唐的美意，人家从收购的旧书里翻出这个特意给你送来，足见心里还想着你，朋友能做到这个份儿上也就够可以了，还能怎么着呢？爸的几个儿子倒是亲生，可谁也没想起给爸淘换一本什么荷风、江户来。

爸给了老唐六块钱，直说书的珍贵和难得，老唐推让了一下把钱收了。老唐走后，妈说，这么两本发黄的书，六块！够半个月的嚼谷了。这样的书，收报纸、洋瓶子的论斤约，二分钱一斤。

爸说，心意是不能用钱称的。

话是这么说，那本《江户艺术论》被爸搁在书柜顶上，到死也没动过。

我认为，这是老唐做生意的精明之处。

有一天，老唐领着“糖盒子”上我们家来了，“糖盒子”破例穿了和服，还擦了薄薄的粉。藏蓝的带小碎花的衣服，散发着樟木箱子的味道。拦腰的铁锈红衣带朴素典雅，配以白布棉袜和木屐，有点儿不食人间烟火的遥远。我追着“糖盒子”看，很没规矩地跟着他们走进堂屋，站在爸的身后，不顾妈的几次暗示，不想离开。我想看看他们要干什么，如此郑重其事。

“糖盒子”将一个紫包袱交给妈，说是中元节到了，做了些点心让妈尝尝。依着北京人的习俗，客人送了礼，主家客套一番后会放在一边，表现出不是那么“迫不及待的小家子气”，免得让人看着好像没见过什么似的。妈接过包袱，顺手就要往茶几上放，爸接过来说，咱们得看看都是些什么好东西，唐家“欧桔桑”（夫人）的手艺应该是不错的。

爸当着老唐和他媳妇的面，把包袱皮打开，是一个精致的木头盒子，打开盒盖，里面蒙着一层柔软的绵纸，掀开绵纸看见盒子里站着五个樱花形状的点心，黄蕊粉瓣，娇嫩无比，爸称赞道，真精致！

爸拿了一个，递到我手里，我高兴极了，张嘴要咬，妈说，先别往嘴里填，看够了再吃！

我只好把那“樱花”在手里托着。

日本人每年中元和岁暮要给至亲好友送节礼，这些年跟唐家街里街坊地住着,也没见“糖盒子”做什么“樱花”送过来，这回不知是怎么了，竟然正式隆重，送礼来了。爸是照着日本人习惯,凡是送礼,必得立即开包,当着人面大赞特赞一番，表现出惊喜和稀罕，让送礼者心情舒畅，得到极大满足。

我托着点心出了房门，小狗玛丽立即扑上来，摇着尾巴示好，黄猫也在屋瓦上探着身子喵喵叫唤。我把手举得高高的，玛丽蹦了好几回没够着，我跑进自己屋里，用脚钩上门，一口把“樱花”塞进嘴里。原来就是糖，除了甜，什么味道也没有，能把人齁死。

“糖盒子”的娘家不愧是做糖的。

我后来知道，那天“糖盒子”是来告别的，她要回到日本去了，那边有她年迈的父母，她是独女，要回去尽孝。女儿她带走，儿子给老唐留下。她来，是拜托我父母多关照老唐，说新中国成立了，将来两国之间来来往往会很方便的。

“糖盒子”是在一个早晨走的，时间很早，太阳还没照到西屋的屋脊，喇叭花还闭着嘴没有张开。“糖盒子”走的时候，我的父母特意早起，到门口去送。大院的街坊们都还没开街门，胡同里静悄悄的，泛着一股凉意。分手的时候，爸没有说“撒约那拉”。“撒约那拉”我懂，是再见的意思，爸对“糖盒子”说的是“依待依拉下依”，这是日本人对出门亲人的叮咛，是“等着您回来”的意思。“糖盒子”不停地鞠躬，泪流满面。

“糖盒子”用布带兜着小丫头片子，拴在胸前，臂弯挎着包袱走出了大院。老唐提着皮箱子跟在后面，狸大概知道妈妈要走了，紧紧抓着“糖盒子”的衣襟，一步不落地跟着妈小跑。

老唐要把媳妇送到天津，在塘沽送上到日本横滨的轮船，再自己带着狸回来。

我说，“糖盒子”到底是走了，这个日本鬼子。我还想说“非我族类，必有异心”这样很有水平的话，这句话是从赵大爷那儿才趸来的，想了想，终是没说，在爸跟前说这样文绉绉的话是班门弄斧，费力不讨好。跟妈说可以，能吓唬她，跟爸不行。

爸拍拍我的脑袋说，唐和子的父亲是日本有名的人物，吉田先生在横滨，为中国捐了不少钱，支持辛亥革命。唐先生抗战一爆发就毅然回了中国，不与侵略者共处，是好人哪。

我说，您不是也回来了吗？

爸说，我怎能跟唐先生比，我回来是孙中山革了皇上的命，朝廷倒了，旗人的俸禄没了，我不回来一家大小吃什么？充其量我是为了一个家，人家唐先生是反对日本侵略中国，民族的气节在，当年坐“皇后”号轮船回了中国，当时那条船上还有郭沫若，一大船的中国留学生都回来了。唐先生带着老婆孩子，把自个儿从日本连根拔了，相当不错的人哪！

我抬头再看，唐家人的身影已经消失在胡同拐弯处。

看不见了。

三

我在家里被认为是个不让人省心的孩子，最大的毛病是“不听话”。让我往东偏往西，让我打狗偏抓鸡，我比较固执，有自个儿的主意，总认为谁的认识也不如我到位，包括我的父母。比如爸让我画素描，我就想，凭什么听你的？齐白石他爸没让他画素描，人家照样是大画家。妈说“只要功夫深，铁杵磨成针”，我说，铁杵永远磨不成针，上铺子里去买针，一分钱十根，省多少工夫！语文课上，老师教古文《愚公移山》，“太行、王屋二山，方七百里，高万仞，本在冀州之南，河阳之北。北山愚公者，年且九十……”老师提问，让我回答该文的中心思想。我说，愚公，傻老头儿，跟教室后头坐着的傻狸一样，傻老头儿九十了，要挖山，不但自己挖，还要把孩子们都搭进去挖，子子孙孙无穷尽也！以致他的后代不能干别的，只能每天挖山不止，冤不冤哪！要是我，我不干，我这一辈子要干的事情还多着哪，至于山挡路，你搬家呀，大山千百万年就坐落在那儿了，凭什么挖人家，得有个先来后到吧，傻老头儿从山北搬到山南不就结了？

老师说，你坐下吧。二分。

狸坐在最后的角落里，听了我的回答使劲鼓掌。他绝听不懂“搬家”的话，只要我站起来回答问题，他就高兴，就支持。老师让狸注意课堂纪律，说课堂上不允许有这样的举动，就是旁听生也不允许。老师让苏惠回答，苏惠小嘴叭叭的，响亮地说，愚公移山是一种比喻，它教给了我们一种锲而不舍、齐心合力的精神，我们要发扬这种精神，团结起来，干大事情。

老师说，请坐。五分。

我回答错了吗？我认为没有，现实和精神是两码事，精神不能当饭吃，我最反感那些看不见、摸不着的话语，这怕也是我成不了理论家的缘故，只能当个写小说的。

心里这个委屈啊，无缘无故又给我妈挣了个不及格，亏不亏呀我。我对学习越发反感!

这样虚幻的话语狸当然也不明白，他不知道什么是“精神”，也不理解“锲而不舍”是个怎样的物件。狸作为旁听生，是他爸爸跟学校反复交涉的结果，学校请示了上级，说只要不影响学生上课，可以来试试看。狸把上学看得很认真，书本文具一样不少，铁铅笔盒上有“木兰从军”的图案，铅笔削得又细又尖，课本折了一个角也要认真展平，旁听了两年，只是一本注音字母的语文和 1 + 1 = 2 的算术，从头到尾只认了 “火车”“飞机”“轮船” 几个字。

我想，那个时候我可能进入叛逆阶段。谁在成长过程中都有过叛逆期，这个时期的孩子最难管教，时刻跟任何人呈对着干的态势。每天玩得花样翻新，跟着一帮高年级的男生到安定门外鬼子坟挖墓。鬼子坟是俄国教会的墓地，坟上都有石雕，我们看哪个雕刻漂亮挖哪个；碰翻了学校门口小贩的凉粉车子，醋蒜芝麻酱洒了一地，香气扑鼻，卖凉粉的抓着我脖领子找到家来要求赔钱，小贩走了，我挨了一顿打，我不服，强调那辆车是独轮的，谁碰上都得翻车；不爱上珠算课，我把珠算老师骗回家去而让全班放假；体育课上我把铅球推进了厕所茅坑，屎尿溅得上了房顶；把庆祝“六一儿童节”黑板报上所有的少年儿童都添上了胡子和眼镜……离经叛道，全盘恶搞，以致我上学我妈在家心里打鼓，不知在外头又搞出什么“精彩内容”，诸如屎尿上房之类。在家里我和七哥互不理睬，老七大我二十三岁，画画儿的，本不是一个档次的人，却天天要在一个饭桌上吃饭，他嫌我说话不靠谱，嗔着我动他的作品（送人了），他说他画一幅工笔“鹩哥”得一个月，还没落款，眨眼就没了！在爸跟前他点着我的鼻子说，真不知她的这些邪恶想法是从哪里来的！

我说，天生的哪！天生的就是天才。

老七狠狠瞪了我一眼，再不说话。

爸只是笑。

五年级以后，我最大的爱好是看电影，看苏联的，这场看完买下场的票，同一部电影一天看两场，为的是记住那拗口的人名和经典的台词。为看电影要时常逃学，这些都瞒着家里，也瞒着学校。跟老师请假，不是说我姥姥眼睛看不见了，就是说我奶奶摔了，其实二位老者几十年前就入土了，埋在哪儿我都不知道。在老师眼里，我们家的老人特别多，事儿也特别多。老师也不去追究，他懒得理我。

看电影能上瘾，就像现在的网络，成为许多孩子的钟爱，成为许多家长的胆战心惊。几十年后，我半夜提拉着我儿子的耳朵把他从网吧里揪出来的情景，大概和我母亲当年在东四蟾宫电影院门口花几个小时堵截我，有异曲同工之妙。

一个人看电影没劲，必须有伴儿，以便观后研讨，这个伴儿通常是小四儿和大芳。小四儿属于胡同里的问题少年，爹妈管教疏松，思想活跃，跟我一样，天马行空，想到哪儿就说到哪儿，比电影编剧还能编。比如他说，苏联电影《白痴》里漂亮的女主角娜斯塔爱上了梅斯金公爵，却又不跟他结婚，把别人娶她的一捆捆钞票都扔进了火炉里，这是败笔，嫁给想嫁又有钱的公爵是多么好的事儿，好好过日子，夫妻恩爱，生一大堆孩子，煮一大锅片儿汤，电灯底下热热乎乎地围在一块吃多幸福，偏偏那么矫情，烧钱玩！我说把钱烧了才有看头，让人的心揪着，这正是电影好看的地方。大芳说要是她，她也不烧钱，把钱烧了，傻呀！

由电影我找到了小说，陀思妥耶夫斯基写的《白痴》，比电影更好看。《第十二夜》《攻克柏林》《上尉的女儿》等等，都是那个时候看的，里面的对话，至今记忆犹新，没有忘却。大芳也爱看电影，但是她喜欢国产的，比如《铁道游击队》《沙漠追匪记》《羊城暗哨》《桃花扇》等等，大芳学习极差，脑筋不往书本里头走，光记些电影里的才子佳人，谁谁谁长得好看，谁谁谁穿的衣裳式样不错等等。大芳最喜欢的演员是冯喆，逢有冯喆的片子看十遍也不过瘾。为了骗她能陪我看电影，有时候谎称苏联电影《白夜》里也有冯喆出镜，看过以后她大呼上当。大芳毫不害臊地说，嫁人就要嫁给冯喆这样的美男，清秀舒朗，几百年也出不来一个。

小四儿说，照镜子看看你那夜叉模样吧，还嫁给冯喆呢，冯喆听了这话得吓得翻俩跟头！

我很自觉地往后缩了缩，我知道，我的长相比大芳还差了一截子。

看电影需要钱，学生场只有周日早场才有，我们等不到周日，而平时没有学生票，电影院的成人票价对我们来说不便宜。更何况我还有小四儿和大芳的负担，他们俩的经济条件很难跟着我这么一场一场地看。小四儿的爸是工人，大芳的爸是万牲园打扫卫生的。万牲园是老早的叫法，我们上学的时候已经改名动物园，但是大芳她爸还是依着老话儿叫万牲园。

苏惠和兔儿爷基本不参与我们的活动，他们是“三好学生”，逃课看电影对他们来说是大逆不道，但是他们很忠实地为我们保着密，苏惠甚至还代我做作业，她仿我的字仿得很像。坏学生、好学生拧麻花一样地拧在一起，这就是我们这些“半大猫”的高小生活。

说小四儿是问题少年应该没错，与其说他问题多，不如说他主意多。他每次让我买两张票，我和大芳先进去，然后让大芳拿着两张票出来，他和大芳进去，他再拿着两张票出来，在电影院门口卖掉一张，这样我们仨只买一张就行了。他们俩看哪儿有空位就往哪儿坐，让人轰起来再换个地方，电影院全满座的时候不多。

时间长了就显得钱紧，妈给的零花钱有限，不够看两场的，从别处弄不来钱，胡同的孩子都在家吃早点，想从嘴里抠更没门。我们常常处于焦虑状态，为了那些好看的电影。东四电影院在上映苏联彩色舞蹈片《冰上芭蕾》，我们都想看，并非对舞蹈有什么兴趣，主要是听小四儿说芭蕾舞是不穿裤子，光腿光胳膊的舞蹈，大腿一撩连小裤衩都能看到，至于男的，索性连裤衩也不穿……

这样难得的电影能不看吗？一定得看！

我和小四儿、大芳坐在门槛上，为《冰上芭蕾》而纠结。

大芳说，冯喆也在里面跳吗？

小四儿说，那是当然。

大芳遗憾地看着我说，可惜咱们没钱了。

小四儿低声问我，你真的没钱了？

我说，真没了，这个月咱们已经看了九场，我跟老七那个大抠门儿要过两回钱了，跟老三也要过，不能再张嘴了，我妈对我频频要钱开始警惕了。

我们三个蹲在槐树底下很无奈，这棵树前几天被政府用栏杆圈起来了，还钉上了牌子，说是北京名贵树木，我们也不知它名贵在哪儿，每天爬上爬下好几回，它就是比别的树粗点大点罢了。一大拨老鸹从头顶飞过去，能听见翅膀沙沙扇动的声音，它们从野外找食儿吃回城了。小四儿抬头看了一会儿老鸹，用脚使劲踹了一下栏杆说，×！

狸在他们家台阶上坐着，一遍一遍地唱着“七八、七八、七八八……”单调而凄凉。

西天的晚霞已经落尽，路灯亮起来了，老唐回到大院，老唐大概是累了，动作有些缓慢，灰大褂儿换了蓝布制服，日本包袱皮还在腋下夹着，鲨鱼皮的小鼓儿依旧在使用。大芳不错眼珠地看着老唐，说才发现老唐长得像冯喆。

小四儿说，冯喆才不会打小鼓儿。冯喆要是打小鼓儿，咱们这条胡同的老娘儿们包括你在内都得疯了，连晚上盖的被卧都得拿出来卖了。

坐在台阶上的狸看见他爹回来，三步两步跑过来，仰着那张扁脸看着老唐，伸手在老唐兜里掏。老唐弯下身摸儿子的脸，发现儿子哭过。其实这时候我们已经不打狸了，我们已经长得人高马大，高小马上毕业了，可狸还是那么小，依旧是坊家胡同小学四年级旁听生。狸不长个儿也不长心眼儿，还是七八岁的样子，谁还好意思欺负一个残疾儿童呢！

看着疲惫的老唐和他儿子，我想起了电影《白夜》涅瓦河边凛冽的风和孤独的女孩纳斯金卡，夜幕下无休止的充满希望的等待……是啊，“糖盒子”一去不复返，连信也没有，她把老唐爷儿俩彻底扔了，自己当资本家小姐去了，我们都替老唐不平，替没妈的狸难过。秋天的时候，妈建议老唐再娶一个，说苏惠的妈就很合适，长期单身一人，身边有个懂事的苏惠。她本人脾气好、心肠好、模样好、人缘好，跟老唐很般配。我们也都盼着苏惠妈嫁给老唐，这样扶桑馆的唐家就有了做饭的，狸也不至于每天坐在台阶上啃萨其马等他爸爸。可是老唐没答应，他说狸的母亲还在，他不能停妻再娶，他娶和子，两人宣过誓，不能轻易反悔。爸嫌妈多事，说唐先生留学东洋，是帝国大学毕业，哪能看得上在街道工厂锁扣眼的苏惠妈？妈说，他再帝国也得过日子不是！

狸抓着他爸爸的手，一蹿一跳很高兴地往家走。老唐边走边问狸晚上想吃什么，狸说，吃馎饦！

我们仨面面相觑，谁也不知道馎饦是什么东西，那大概是日本饭。

看着老唐的背影，小四儿说他有办法了，说我们可以找些东西跟老唐换钱，打小鼓儿的老唐手里应该有钱。大芳说这主意不错，她小时候的一条裙子可以跟老唐换，反正也是小了，还有她们家的笊篱，铜的，应该也值不少钱！小四儿说，大芳，你以为老唐是收破烂儿的孙婆子吗？我看，我奶奶的烟袋锅子成，那个嘴儿是翡翠的。

大芳说，你奶奶要抽烟怎么办哪？

小四儿说，让她满世界找去呗，老太太记性差，见天儿找东西，每天就在找东西中过日子。

我让他们都别张罗了，这件事交给我来办。大芳说，得快呀，要不然《冰上芭蕾》就演过去了。

我说，那是当然。

回家让妈也给我做馎饦，妈不知馎饦是什么饭，爸说，给丫儿做锅炝锅片儿汤！

敢情馎饦就是日本片儿汤，爸说，是日本山梨县的美食。

四

老三娶妻搬出去另过，爸去上班，老七钻在后院自己的屋里画画，妈在忙她自己的事情，偌大的四合院进进出出只有我一个人。白天，在这个家里我想干什么就能干什么。

我堂而皇之地进了爸的书房，还记得老唐卖给爸两本"江户"之类的破书，卷边少页的要了六块钱，我爸爸的书卖给他，也应该给不少。书房里的书浩如烟海，神不知鬼不觉地抽一本，沧海一粟，谁要知道才怪！黄猫蹲在南窗台上盯着我使劲看，我才觉得这只猫是这么诡异讨厌，朝它一跺脚，滚！

黄猫喵了一声，伸了个懒腰，掉了屁股又卧下了，窗台上的太阳正好。

我蹲下来，在书架底层右首最后边掏出一本沾满灰尘的旧书，想必这是爸不常用的。爸的书太多了，书架的内里横着躺一排书，外面再竖着站立一排，里边横着的多是极少翻动的，抽出一本不显山不露水，爸发现不了，妈更发现不了。

手里的旧书已发黄，线装，软塌塌的，几乎要散架的模样。书皮上有"二如亭"几个字，翻了几页，根本看不懂，也没有图画，不敢再翻，怕书碎了，这样的书籍卖出去最好，就像老三那件破线衣似的，值不得留恋。把书揣进怀里，掀开竹帘走出北屋，看见妈正在廊下拿着我使剩下的铅笔头，一笔一画地描扫盲课本上的字。妈是个大文盲，没上过一天学，街道上成立了扫盲班，妈参加了，每天晚上去学俩钟头，比我认真。妈见了我说，你怎么这么早就放学了？我还以为你在学校呢。

我说，老师请假了。

妈问老师为什么请假，我说病了呗。妈说，老师病了可你们没病啊。

我说，可也是呢，学校让我们回家自己看书。

妈哦了一声，再没多想。

都是瞎话。

溜进扶桑馆，老唐还没有出门，他的傻儿子狸今天发烧，正在榻榻米上躺着，见我进来，狸高兴得手脚乱动，像只底儿朝天的大蟑螂。狸的头顶上就挂着那块“扶桑馆”的匾，认真看了半天，真看不出那字有什么好，我在大字课上写的毛笔字回回能得好几个红圈，有时候还被贴到教室后头展览，那些课堂练习，哪张都比这个写得好。

唐家的火炉上坐着砂锅，里面沸腾着满满一锅中药，不知是老唐自己喝的，还是给狸喝的。屋里东西有些凌乱，狸的袜子扔在窗台上，枕边散落着啃得乱七八糟的米花球，锅里残留着一些面目不清的东西，大概就是日本山梨有名的馎饦了。给人的感觉是这个家缺少女人的操持，缺少母亲的细腻。由此更感到了“糖盒子”的可恶，把男人和孩子扔在中国，自己跑了，一个极不负责任的妈妈！

老唐光着脚站在榻榻米上，对我的造访感到突兀。我从怀里掏出那本《二如亭》，问老唐收不收这个，老唐把书轻轻翻了翻说，……这应该是一套。

我后悔没有再仔细翻找，便顺口说，我们家就这一本，是我妈夹绣花线的。书烂了，嫌搁线笸箩里碍事。

我的瞎话来路之快，连我自己也吃惊。

老唐一边翻书一边说，……是吗？

我说，嗯哪。

老唐把书撂在桌上，撂在那锅宝贝儿饽饦旁边，问我，卖书四爷知道？

我坦白说，我爸不知道，这样的破书他有的是，不在乎。

老唐点了点头，哦了一声。停了一会儿问我，你要卖多少？

我说，你看着给，多少是个意思就行，我估摸着卖给收破烂儿的孙婆子，她连一盒洋火也不会换给我，所以我来找你。

老唐笑笑说，你算计着我给的比一盒洋火多？

我说，你有文化，懂书，自然不会亏了我。

老唐说，四爷才懂书，他在日本专门学的是古典文化学科，搞的是版本学。我是外行……

在老唐的思索间隙，我觉得得对狸说点儿什么，来点儿缓冲。我问狸想不想妈妈，狸手脚停止了舞动，指着墙上的“扶桑馆”说，妈妈！

我问，你妈什么时候回来？

狸说，明天。

……

一本破书，老唐给了我五块钱，五块钱，够我们看十几场电影的，赚大发了！当时我们几个都非常激动，小四儿说，老唐跟你爸爸是朋友，他不好意思给少了，否则会显得不够交情。

大芳说，这事儿你爸要知道了怎么办？

我想起了那个积满尘土的书架，说，我爸永远不会知道。

从老唐那儿找到了来钱的办法，于我如同开了一条宽阔的财路，家里小小不言的物件真被我偷偷倒腾出去不少。爸的书柜里摆着七个小陶人，花里胡哨各做姿态，热热闹闹站成一排。挑一个拿出去卖了爸不会知道，他不会天天来数数儿。卖哪个呢？下手的时候还真让我为难，七个小人儿里只有一个女的，身抱琵琶，美艳惊人，这个太显眼，不能动；背着大口袋，弥勒佛一样的胖子在小人儿队里也很突出，也不能动；白胡子、白眉毛的老寿星是里边爷爷辈儿的长者，把爷爷卖了不合适；金盔金甲，手持宝塔的武将长相凶恶，单独去卖可能卖不上价。挑来挑去，于是一个戴黑帽子的做了牺牲，拿到老唐那儿换了一块钱。后来金盔金甲也过去做伴了……七个人变成了五个，从原来的挤挤挨挨变得舒展宽敞，很有距离感，各自的艺术魅力得到了充分展示。

没多久，老七的石头印章、书桌上的小摆件、老三扔在家里驯鹰的皮套子、狗玛丽脖子上的小银铃、死了的大姐票戏用过的头面……通通进了扶桑馆。

我拿东西绝对是有挑选，经过深思熟虑的。妈妈的东西我基本不动，妈是个仔细人，你动她一根针她也知道，把她的东西挪个地方她都会跟你计较。相反，爸和老七却是稀里糊涂，老七的石头印章一大盒子，画完了画该用章了也就那么几块，大部分章子都是闲置，少一块他察觉不出。书桌上的摆件有只竹子编的小鸭子，是他的女朋友柳四咪送他的，俩人分手七八年了，柳四咪早嫁了别人，他留着这个摆那儿徒自伤情，不如送到老唐那儿去，也让他断了念想。我们家后院有个小堆房，里面破烂儿多得浩如烟海：老祖母留下的花盆底绣花鞋、老祖官帽上的顶戴花翎、跟人私奔了的二姐扔下的一套套衣裳、早夭的老六留下的一堆玩意儿、破桌子烂板凳、旧隔扇花屏风……蛛网尘封，无人翻动，成为我取之不尽，用之不竭的宝藏。

我的生活得到了极大改善，苏联电影已经不能满足我的欲望而改为看戏了，看戏比看电影过瘾。戏有日场和夜场，不敢看夜场，只能看白天的。白天名角少，价钱便宜，最常去的是圆恩寺的人民剧院、坛口的群众剧院和广和剧院，东单的实验剧院和灯市口的北京人艺也是经常光顾的地方。我已经是中学生了，在西城读书。学校古色古香，在故宫西华门和中南海西苑之间，据说是太监李莲英的宅邸，李莲英就住在宫门外头，跟皇上、太后都近，随叫随到。李莲英离皇宫近了，我可是离家远了，从东城到西城，过北新桥穿地安门，我得倒两回车，买月票是必须的，这也是我挑选中学的心计。月票是好东西，有月票，想上哪儿就上哪儿，逃出了妈的掌控，如同给幸福生活插上了驰骋的翅膀，把我舒坦得只想大声喊幸福哇，幸福！我到哪儿去已不需要小四儿和大芳陪伴，那两个人早已成了我的累赘，用历史老师的话总结是“尾大不掉”，汉朝政治的重要问题。我不能像汉景帝似的任着藩镇拖累，那两个大尾巴当断则断。

什么事情都是两方面的，自由的我也有担心，我最怕的事情是老唐把我盗卖家私的事儿告诉我爸爸。虽然是小打小闹，可是性质有个“盗”在其中，我爸还好说，妈知道了那一顿打是轻不了的，更何况还有一个脸面的因素在其中。

我很关注老唐的动向，有时候看见他和爸站在街门口说话我都紧张，怕他把我出卖了。就算不是有心，不经意说漏了嘴也很麻烦。

让我欣慰的是，这样的事一直没有发生，老唐对我的行径守口如瓶。这是老唐做人的厚道之处。

为此我对狸格外地好，下学了常买些果丹皮、花生蘸什么的送给他。狸认为我喜欢他，看见我回家，早早地张着胳膊跑过来，像迎接他爸爸老唐一样地迎接我，嘴里不住地念叨着“……王八……丫丫”。看着狸的那张真挚的扁脸，很多时候我的鼻子会发酸，狸是个孤独少爱的孩子，我们每个人都有理想，有前程，狸的前程又是什么？老唐老去，他将何如？

1960 年以后，打小鼓儿的职业在北京消失，老唐成了废品回收公司的一员，为了照顾狸，他在就近的东门仓废品站上班，所打交道者废铜烂铁、破玻璃、烂报纸，收入有限。

五

“糖盒子”这只日本蛾子飞走了，十几年音信皆无。

困难时期，狸再无零食可吃，每天托着腮帮子在门口枯坐，眼珠随着过往的人转。有人过去拍拍他脑袋，叹口气，更多的人则无视扶桑馆门口这道风景，成了司空见惯。我礼拜天在废品站见过老唐，拿着一杆钩秤在称废电线，脏乱繁杂的废品中，面如冯喆的他一副心静如水的模样。还是那身蓝布制服，不同的是臂上多了一副套袖，脑袋上多了一顶布帽。老唐每天做饭，一式两份，自己带一份，给儿子留一份，天冷的时候拜托苏惠的妈帮忙给儿子热一下，其实很多时候狸就在苏惠家吃，在我们家吃，在胡同里的任何一家吃。赵奶奶胡噜着狸的脑袋伤感地说，被妈扔了的小可怜儿……弃猫儿……命苦哇——

狸的扁脑袋就使劲往赵奶奶怀里扎，真像只弃猫一样。

寒假里的某一天，接到学校联络网的口信，第二天要开返校会。联络网是中学在假期传递信息的一个手段，那时候没有电话，更谈不上网络，学校有事召集靠的是一个接一个的传递，记住你的上家和下家，接到信息传下去就是了。

返校日那天冒着大风大雪赶到学校，假期工友放假，大礼堂里没火，把我们冻得跺脚流清鼻涕，巴不得快点把我们放了。返校会紧急传达了一个文件：《在全国城乡开展社会主义教育运动的通知》，学校将我、大芳和几个同学留下，单独给我们讲话，说我们几个是“基层骨干分子”，是运动的先锋，是党组织依靠的对象。一听这话我很激动，长这么大头回有人这么夸我，头回成了急先锋，就凭我这个瞎话篓子，凭我旷课逃学的口碑，我还真闹不明白自己“先锋”在哪儿。老师鼓励我们积极参加运动，争取早日加入共青团。具体说是给我们一个重要任务，成立剧社，仿照中国评剧院演出的评戏《夺印》，复制出自己演的《夺印》来，参加中学生文艺会演。

原来是唱戏啊，这个我喜欢。

只要不让我念书，唱一辈子戏都成。

那个寒假，看了好几场《夺印》，过够了戏瘾。看戏不用买票，坐在第一排，凭的是负责剧社的冯老师和剧院的内部关系。冯老师本人是个评戏迷，我估计要是允许教师演出，他早自个儿上台了，哪里还轮得上我们这些傻棒槌现蒸现卖。《夺印》是红戏，说的是小陈庄的印把子掌握在反派陈景宜手中，新来的村支书何文进与其进行了一番较量，把印把子夺了过来的故事。人物很简单，情节也很直接。我被分配的角色是演坏人老婆烂菜花，给书记送元宵，拉拢干部下水。本来这个角色是分配给大芳的，大芳不干，嫌太丑，自己宁愿去干剧务，轮来轮去才轮到我。我倒是不在乎，演什么都是演。冯老师说，只有角色挑演员，没有演员挑角色的，我长得像坏人，演烂菜花很合适。

回家我练习唱段，给妈阐释烂菜花的角色特点，野、坏、骚、烂，爸笑着说，就是个彩旦么！

妈说，你够五毒俱全了，再加上一个“骚”，想出类拔萃吗？不许演！

老七说，这角色挑得很准。老师有眼光！

尽管杂音很多，阻力很大，我还是尽心尽力演好自己的角色，天生的演戏才能让我没费多大劲儿就把烂菜花搞定了。惟妙惟肖，淋漓尽致，入木三分，“刻画准确，拿捏到位”，这是冯老师给我的评价。

狸到我们家来热饭，吃完了不走，要听我唱戏，我托着狸的饭碗，扭着小腰送着胯，站在金鱼缸前唱道：

从东庄到西庄，我到处把您找哇，
找了这么大半天，我才把您找着。
您看我的两只脚都磨起了泡，
我的衣衫都湿透了，我的周身汗水浇。
哎哟哟我的何书记，哎哟哟我的书记哟，
干这么重的活儿您怎么能够吃得消哇？
吃不消呀，吃不消呀，我给您做了一碗元宵。
擦擦汗您就歇一会儿吧，您看看这是一碗
滴溜溜的圆哪，团团转哪，
江米面的，白糖馅儿的，大个元宵啊——

我估计我唱得很精彩，妈端着半盆水站在廊下竟然半天没泼出去，听入神了。狸高兴得又翻了车，倒在地上四脚朝天乱踢腾，含混地说，江米面，白糖馅儿，大元宵……

妈说，让你念书真是亏了你！

妈是夸我哪！

在学校里我收获了一个艺名——筱烂菜花。这个“筱”不是“大小”的“小”，是“筱白玉霜”的“筱”，他们说我的唱腔里有白派韵味。当然，筱白玉霜很多时候也叫小白玉霜，那又是另外一码事儿了。

在当筱烂菜花的一段时光里，我表现得很积极，努力靠拢组织，热情要求上进，编瞎话等劣迹收敛不少，每天都做好事情，比如扫厕所，给大家打热水，帮大芳熨戏服等。入团申请书写过两份，却如石沉大海，没有动静，也没有任何人关注过我。相反演何支书的、演贫农李有财的相继进入团组织，每次谢幕他们都留在最后，享受观众的热烈掌声，而我在第一拨就被刷了下去。不是我演得不好，是我的角色没选好，演得越像，人们越把我和烂菜花等同起来，我冤大发了！我找团支书谈话（请注意，不是团支书找我谈话），询问为何团组织老不发展我，支书是高三的大同学，回答也很直接，她说，你们的戏演得很好，但是组织不能先吸收落后分子烂菜花，而让党的代表何支书后捎着。再说，人家演李有财的一个月写了三份思想汇报，你呢？

我想起我的语文作业还没有交。

在一次《夺印》演出的间隙，我看“贫农李有财”正趴在化妆桌前写东西，大概又是思想汇报吧，他总有许多可以汇报的思想，我却一点儿也找不出，脑子里空空的，用妈的话说是“干什么都不走脑子”。因为“不走脑子”，我甚至都不知道什么是思想，就像当年学《愚公移山》似的，来实际的可以，让我谈意义绝对砸锅。“贫农李有财”看我走过来，把字纸用手遮了，不想让我看到。我说，甭遮挡了，你那狗爬的字绝拿不到台面上去，跟我们街坊老唐家那块“扶桑馆”的匾很有一拼。

“李有财”说他对扶桑馆很有兴趣。我说是从日本拿回来的，他问为什么挂在中国人屋里，我说因为中国人有日本老婆。我还答应哪天闲了带他去看扶桑馆。

六

天越发地冷了，大槐树上的叶子已经落光，夏日树上垂下的滴里耷拉的“吊死鬼儿”，那些可怕的肉虫子早已不知死哪儿去了。透过繁密干枯的枝丫，可以看见天上微弱的星光。正是大寒时节。

下晚自习回家，刚走到树底下，就听到了狸的“……七八、七八、七八八……”，歌声一遍遍重复，带着哭腔，在寒风中，在空旷的胡同里显得凄凉悠远。赵奶奶在街门口站着，见我过来，指着坐在台阶上的狸说，唱了一晚上了，任怎么劝也不进屋。老唐到这会儿还不回来，妈不管了，爹也不管了……

我过去对狸说，狸，你爸爸呢？

狸说，江米面儿的白糖馅儿的大元宵。

狸是饿了。

我叫出了小四儿，让他跟着我一块儿去废品站找老唐。小四儿说，这会儿废品站早没人了，找鬼去呀！

我说，老唐就是变了鬼也得找来呀，他儿子撂这儿谁管？

小四儿现在是北京机械厂技校的学生，我们是同龄人，他学级却比我低两级，主要是因为蹲班，光是初一就念了三回。赵奶奶也鼓动我们去找，说街里街坊地住着，大冬天不能让孩子凄惶无靠。

我和小四儿拉着狸到东门仓废品站找他爸爸。在胡同口想给狸买个火烧，谁也没带粮票，十分遗憾，最失望的是狸，眼神就离不开火烧了。卖火烧的娘儿们脸定得平平儿地看着狸一步三回头地离开烧饼炉子，决不通融。走过墙拐角，小四儿从兜里变出一个刚出炉、冒着热气的火烧给了狸，我知道肯定是来路不正，也不去计较了。

天空上有个弯弯的月牙儿，羞怯怯的，柔弱而凄冷。路面结了冰，走一步滑一步，接近城墙豁口，风变得猛烈起来。右边明清时代留下的仓廒高大威严，在深蓝的天幕下衬出凝重的剪影。东门仓是有皇上那会儿藏粮食的地方，京杭大运河通过漕运运来南边的粮食，就近放在东城的几个粮仓，东门仓附近还有海运仓、北门仓、北新仓等等。海运仓被中医学院和解放军招待所占据，北门仓成了街道小工厂，东门仓十几座仓廪分成几块，以百货公司仓库为主，废品站在仓库南边，是低矮土墙圈起的一片空地。

狸冰凉的小手紧紧拽着我，喉咙里还在一阵阵抽泣。我说，狸，咱们不怕。

细想，狸年龄比我还大。

废品站在仓墙的阴影里，虽是破破烂烂一大堆，竟然还有门，门是几块破木头临时钉的，上着锁。狸来过这里，见到废品站，撒开我，使劲拍门，大声喊爸爸。空旷的院里黑洞洞的，除了呜呜的风，没有活动的物件。我要回去，狸又开始哭了，蹲在破门前不肯走开。小四儿隔着门缝朝里头望，跟我说，有门儿！

小四儿说门锁是从里头锁上的，说明院里有人，我们不是白来。说完他三下两下蹬着门板就翻了过去，动作十分轻便利落，即刻里面传出了废铜烂铁的踢里哐啷，他在制造响动。果然，角落的一间小屋灯亮了，半天出来个披着棉大衣的老头儿，大概是晚上的看守了。我们问老唐哪儿去了，老头儿说他不管什么老唐，他下午六点来接班，白天的事儿不知道。小四儿问老头儿接班时见没见到老唐，老头儿说他不知道谁是老唐，废品站的耗子他倒是能数出一二三四。老头儿嗔怪小四儿翻墙，说废品站也是国家公司的一级机构，哪能胡乱践踏。小四儿说老头儿拿着鸡毛当令箭，屎壳郎趴铁轨——愣充大铆钉。哪天叫几个弟兄来，砸了这鬼地方。老头儿说，废品站还怕砸？想过砸瘾来这儿是找对了地方。

双方说话都有点儿戗，末了小四儿让老头儿开门，老头儿不给开，让小四儿从哪儿进来从哪儿出去。小四儿二话不说，抄起个大铁圈噌地蹿上墙，跳出来，把铁圈拽在门上。老头儿不得已打开门，骂骂咧咧把废铁捡了回去。

三个人照原路往回走，狸这时候也不哭了，低着脑袋走路。小四儿说，狸，你爸爸玩失踪呢，他真要里通外国，上了日本，你就像崇祯皇上一样吊死，以谢国恩。

我说，哪儿跟哪儿啊！

小四儿说，中国街坊照顾了他这么些年，难道他不该谢谢？

我说，小四儿你住嘴！

狸在旁边一言不发。

第二天得到消息，老唐是被单位提走交代问题了，听说是“扶桑馆”的事连带着政治问题。老唐得老老实实向组织坦白。

说老唐的背后有一只又大又粗的黑手。

听着都很可怕！

在剧社排演时听大芳跟大伙儿谈论老唐的事，“贫农李有财”说，“社教”针对的就是老唐这样的人，帝国主义亡我之心不死，我们得随时提高警惕。

“李有财”说着朝我瞄了一眼，这一眼瞄得我浑身一哆嗦。

“何支书”说，老唐虽然算不上领导干部，但他的上属是废品回收公司，他是公司的职工，就凭他走街串巷打小鼓儿，就凭他屋墙上的“扶桑馆”，就凭他那不见踪影的外国媳妇，问题就很复杂，是该到清清的时候了。

大芳附和着说，电影《羊城暗哨》里的冯喆就是卧底，卧得那么自然，那么好，老唐这个冯喆也来历不凡，凭他的长相，就是一个卧底的长相。

风起于青蘋之末，我隐隐约约地感到我就是那起风的源头。没有我对“扶桑馆”的推介，恐怕也没有老唐“夜不归家”的麻烦。进了水的脑子，没遮拦的嘴，我是没事找事啊！

妈常说我没心没肺，细想想，我确实是没心没肺，在这方面我甚至不如在台阶上啃萨其马的狸！我在戏台的边幕一个人偷偷掉了半天眼泪。

老唐带出话儿来，让苏惠妈照料几天狸，说他没事儿，两三天就会回来。老唐果然没一个礼拜就回来了，虽然眼睛乌青，手上有血痕，也没见他说什么，每天照旧上班，照旧带饭，狸照旧在苏惠家热饭……老唐没说为什么被叫去交代，也没说被叫去以后的情况。赵大爷拦住他问，老唐，真没事啦？

老唐说，没事，赵大爷。

赵大爷说，我总是不放心。

老唐笑笑，给赵大爷鞠了一躬。

我心里愧对老唐，有时候对面碰上了，也不敢拿正眼看人家，总想找个机会跟他细细说说这件事情。老唐倒不在乎，照旧跟我说话，照旧叫我七格格，我心里明白，我已经不是他眼里简单的七格格了，我是在暗地里坑他的人。

老唐原本应该是风口浪尖上的人物，此时反倒无人理会了。老唐很忙，社会上到处在清旧东西，清出的旧东西大多送了废品收购站，父亲的不少珍贵版本和名人字画全到了东门仓，真正的二分钱一斤，上大秤称！四平板车“旧纸”，卖了一百多块钱，20 世纪 60 年代的一百多块啊！现在想想，只是心痛。

在胡同口见到老唐，可以察觉到他微微地朝你点了一下头，那个细小的动作只有当事者才能心领神会，轻微得别人几乎看不出。

1968 年我上山下乡，去了陕北，一走几十年。小四儿技校毕业顺理成章进了工厂，在铸造车间当翻砂工。兔儿爷参了军，到东北边境，听说还当了小排长，是个少尉。苏惠到内蒙古军垦种向日葵，大芳去云南种橡胶……一拨小伙伴散了。

我记得离开北京那天是个上午，艳阳高照，天空很蓝，欢送知青上山下乡的锣鼓声响彻整条胡同。我穿着笨拙的新棉袄，胸前戴着大红花，被簇拥着走出家门。户口被注销了，行李已经装上了车，我知道自己再不属于北京，像抡铁饼一样，我被甩出去了，没有回头一说。脸上在笑，心里却往下沉，内里与外表的分裂竟然让人如此不堪，如此纠结。

走出大院最后一次回头，看到狸站在扶桑馆门口依恋的眼神。

听说他的爸爸又进了学习班。

七

白驹过隙，时光倏忽而去，四十年后我们再聚扶桑馆。

此“扶桑馆”非彼“扶桑馆”，它是一家日本料理店，开张有几年了，在餐饮业风生水起，很是红火。

聚会的召集人是扶桑馆经理王庆和，即当年的不良少年小四儿。小四儿电话里叮嘱我一定要到，大芳他们几个先后都办回了北京，只有我一个人还在外地，说见我一次不容易，他们都想我呢。兔儿爷在网上给我发了详细路线图，坐地铁几号线，在哪儿倒几号线，最终在哪个口出来，都交代得清清楚楚，把我当成外地来的、找不着北的大妈。

我提前半个钟头到了“扶桑馆”，内里的装修很日本化，都是单间，进门脱鞋上“炕”，和纸的推拉隔扇和脚下的榻榻米让我依稀想起了老唐的家。

小四儿迎过来，西装革履，一副经理装扮，胖了，发福了。彼此一个大大的拥抱，展示了我们友谊的地久天长。

小四儿把我领进一间大房，说这是全店最考究的房子，四十八叠面积，可以举办重要聚会，可以和日本横滨大宾馆的“兰间”媲美。大芳和兔儿爷都到了，先是从矮桌后面直起身子，愣愣地看着我，紧接着连滚带爬地扑过来，拉住我的胳膊使劲摇晃。嘴里喊着，几十年了，你到哪儿去了！

眼里都有泪花在闪烁。

百感交集，我们都已面目皆非，走在街上面对面也是路人。大芳肥腫胖硕，银发满头，成了三个孙子的奶奶，一口京腔依然未变，喷出的还是胡同串子语言。她说她早晨先去南馆晨练，跳一通大妈舞，再送孙子上学，而后早市上买菜，午饭后闷一小觉，然后参加评剧班的活动，最后去学校门口等孙子，跟北京所有的老太太一样，日子安详快乐，简单充实。兔儿爷八年前从机关退休，喜欢上了古玩收藏，是潘家园的常客。每日关注的除了玉石字画以外，还有谍战电视剧，有卧底、策反内容的必看，抗日的也看，比如手撕鬼子一类的，不到电视上板不罢休。小四儿说他倒腾过钢材，卖过医疗器械，干过传销，开过猫狗美容店，折腾过房地产，全赔！

大家都说，只有我还显得年轻。我告诉他们，其实也老了，头发是染的，牙齿是假的，眼睛原本近视，老了正常了，为了装斯文，戴个平光的眼镜……刨去假象，是个白发无齿老妪。

大家哈哈大笑，好像一下回到了过去。

小四儿说苏惠没有联系上，她家里人说是在南方某地庙里修行，当居士了。

每个人都惊叹对方的变化，四十年，老了一代人。

我注意到包间的重要位置悬挂着“扶桑馆”的真迹，我们都变化了，只有它还是旧时模样。黑红的镜框，很率性的字，竟然安然无恙。

我问小四儿“扶桑馆”的匾怎么在这里，小四儿说，你猜。

我说，一定和唐家有关。

小四儿说，今天邀你们来，是“糖盒子”和狸的邀请。“糖盒子”是“扶桑馆”的股东，日本的说法是代表取缔役，我不过是个打工的。

我们几个面面相觑，有世界真奇妙的感觉。

我说，狸还活着？

小四儿说，我们不也活着？

兔儿爷说，“糖盒子”，那个日本娘儿们……还有脸回来？

小四儿说，日本欧巴桑，很随和的一个人。

大芳说，把冯喆一样的老唐闪了一辈子。真冯喆在四川大邑自杀了，老唐最后结局大概也不妙。

小四儿说，你错了，老唐结局很妙，他被调进出版社当了日语的译审，人家真正是按干部退休的。

大芳说，怪了，连演员冯喆都自杀了，老唐能安然无恙，这也算奇迹了。

大芳说这话的时候有意无意地看了我一眼，我的脸立刻窘得通红，连自己也纳闷儿，几十年的走南闯北，不说是身经百战，也是历练无数，脸皮厚得近乎无耻，偏偏在此刻还会脸红……赶紧喝了口茶作为掩饰。

大芳朝我微微一笑。

我扭过脸去装傻。

兔儿爷认为老唐是有背景的人，帝国大学毕业的留学生，企业家的乘龙快婿，回国心甘情愿打小鼓儿、收废品，若没有精神支撑，没有组织支持，怕是难以做到。扶桑馆，在沦陷时期应该是搜集敌伪情报的中心。

大芳说兔儿爷是《潜伏》一类电视剧看多了，以后谍战编剧可以请他去做策划，保准异想天开得让人瞠目结舌。

小四儿也说，编电视剧还就得兔儿爷这样的人。

我半天没说话，想着那个儒雅安静的老唐，搜集情报也罢，打小鼓儿也罢，关键他是狸的父亲，自谦、内敛、低调、平和是他人生的基本。他或许有背景，或许没背景，无论有与无，他的学识和修养，他不显山露水的做派，都是值得我推崇和尊敬的。

让人惊奇的是老唐还健在，九十六岁高龄了头脑还清晰。小四儿说，中日友协年年来给他送花，文物部门常请他鉴定东西，出版社日语词典编辑定期来请教问题……虽然坐了轮椅，行动不便了，还是很忙。

正说着，门开了，狸和他的妈妈出现在了门口。狸还是过去的小孩子模样，八岁，抑或九岁，他的病为他留住了童年，我们当中“永葆青春”的应该是他和墙上那块匾。

小四儿朝狸招招手，亲切地叫着“他奴 ki”，小四儿地道的日语，发音柔和亲昵，他不再叫那个小孩子“狸”。

在我眼里，狸还是过去的狸，记吃不记打的狸。

狸清楚地喊出了我们每个人的名字，他的容貌在我们眼里定格，我们的名字在他的心里定格，彼此都还记得。狸拉住了我的手，软软的小手让我想起了东门仓深沉的夜色和那个让人失望的废品站。狸抬起了扁脸，目不转睛地看着我，看得我泪水夺眶而出。狸踮起脚将我的泪水抹去，嘴里说，江米面，白糖馅儿……

眼泪更加汹涌。

“糖盒子”穿着当年藏蓝底小碎花的和服走过来，樟木箱子的味道依然，看来是有意为之。我们对她都有些冷，让我不解的是岁月为什么丝毫没有改变她的容颜，这个“糖盒子”几十年保养之好，让人匪夷所思。小四儿看出我们的疑惑，解释说，这位是“他奴 ki”的妹妹鹤子，唐鹤子。

我们听来还是“糖盒子”。

对面站立的女人就是当年“糖盒子”胸前用布带兜着的

小丫头片子，她与她的母亲酷似得如同一个人，让人不得不承认基因遗传的绝对稳定性。问及“糖盒子”，唐鹤子说她的母亲在 1955 年去世，死前一直惦念她的父亲和哥哥，嘱咐她长大一定要回到中国，回到父亲身边，她是唐家的长女，也是唯一健康的孩子，父亲和哥哥狸需要她。

就是说“糖盒子”回到日本没几年就故去了，中日之间直到 1972 年才恢复邦交，至于民间的正式往来当然更晚。

一段故事，听得人有些心酸。

唐鹤子对我说，我猜您是七格格，我父亲常常提起您，今天他让狸给您带了些东西。

狸把一个绿地白萱草的包袱交给我，里面鼓鼓囊囊不知包了些什么。这个包袱皮似曾相识的熟稔，猛然想起是老唐打小鼓儿时日日夹在腋下的物件，它来自日本，是吉田家的老物。还记着爸教给我，接受日本人送的礼要当面打开给以称赞的教诲，我把绿皮包袱打开来，小四儿、大芳们也围过来看。

灯光下，包袱皮里的物件让我一阵眩晕，许久失神。那些物件之上是一本监布面小折子，展开折子，里面墨笔直书——

金家七格格舜铭所存之物：

壹、《二如亭》一册，明版汲古阁校刻，嘉靖年间白棉纸本，白口欧字，此书应一套，此第三册。

壹、竹编黑鸭，高四公分，长六公分，江南民间物件。

壹、日本名窑“九谷烧”七福神中大黑天及毗沙门天二神，均为六公分高。

壹、小银铃，二公分，上有“吉市口张权”字样，系朝外大街吉市口张权银铺打造，四爷屋内小狗脖上物件。

壹、鸡血石“景福阁”随形闲章一枚，高十公分，阔三公分。

壹、面人张果老骑驴，白云观庙会某氏所制，人高五公分，驴长十二公分（已虫蚀，用油纸包裹）。

壹、古明器陶猪，高三公分，长七公分，猪底有四爷墨笔小注：唐 陕西蒲城乔陵出土。

壹、花露水玻璃空瓶，上海“双妹牌”，底圆细颈，高十五公分，一九四三年前后产品。

壹、“枇杷飞鼠”扇面，工笔，金家七少爷金舜铨作品。

壹、京剧旦角点翠头面，翠羽粘贴“顶花大凤”，长宽各十公分。

壹、驯鹰黄牛皮护臂，长二十五公分，宽二十公分，配以牛鼻紫铜扣环。

壹、一九三六年画报，国民党主席胡汉民出殡专辑。

壹、线书《粤寇起事纪实》同治十三年刊，撰者不详。

壹、康熙年官窑，青花山水鸟食罐，高四公分，直径三点五公分。

…………

兔儿爷惊呼，前些日子一套明版书在香港拍卖，卖到了一百万，天哪，丫丫你这是发啦！

大芳说，连狗脖子上的铃铛都卖了，你真够可以的！

小四儿说，跟我一样，不是个省油的灯。

我什么也没说，我说不出来了！唐先生，我父亲一直叫您先生，您真是先生，大先生！

视线再次落在“扶桑馆”上，我问唐鹤子，那几个字到底是谁写的？唐鹤子说，孙文孙中山。

兔儿爷说，其实我早就猜出来了，可惜没有落款。

夹金山穿越

考察“盐茶之路”从西藏往回返，一路走到了夹金村，村口大石头上鲜红的村名十分耀眼，这是一个在革命历史上有名的村落，不可不停留。司机李东对着老百姓迎接红军的雕像使劲照相，在他的镜头里，高山上的蓝天白云配上那红沙石的群雕十分抢眼，拿到网群里去发，是不错的显摆内容。明明是司机，却偏爱摄影，花几万块钱买了家伙，跟我出来见哪照哪，动辄便停车，或架上“长炮”朝着山顶的一棵树瞄准，或用“短枪”对着路沿的一朵黄花聚焦，一路上俩眼左右胡踅摸，就是不往路中间看，让我时刻提心吊胆。另一个同行是办公室的小思，小思是学哲学的，毕业后分到单位当公务员，跟李东一样，也是个找不准自己位置的角色，嘴永远一刻不停地说话，人老处于亢奋状态，所谈论不是UFO就是时空坐标，话语跟工作没关系，全是不着调的话。漫漫长路，有这么两个货相伴，倒也不寂寞。此刻小思正站在树底下向警察傻问，跟您打听，红军过夹金山是从那边往这边翻，还是从这边往那边翻?

警察年龄不大，一张娃娃脸，左眉上方有颗小痣，鼻尖上冒着细碎的汗，不时地用手在额头上抹，给人的感觉是中国警察配备了全套装备，就是没有配备手绢。小警察好像不愿意回答这个问题，翻翻眼睛看看小思，一脸不屑。

李东大概是觉着警察太嫩，像个大孩子，摆出了大叔辈的势头，用陕西话对警察说，我的贤侄，你要是不知道就说不知道，要是知道就告诉他！虽然这超出了你的职责范畴，但也属于革命教育的一部分。

其实李东也不知道红军是从哪边过来的。

警察说，小学课本上都有!

小思说，我语文不及格，求警察同志指点一下。诲人不倦，你闲着也是闲着，诲我们一下，也表现出人民警察的博大精深。

两个人都有点拿小警察开涮的劲头，欺负警察年轻，一个人在路边值勤，乐得和小警察耍贫嘴。李东撇出老司机的油滑腔调说，想必贤侄警校还没毕业，是来实习的吧？三个月后还得接着回教室上课……

小警察没理他们。

小思说，算了算了，问他白搭，恐怕他也不知道红军是打哪儿过来的。

小警察把脑袋一歪说，从硗碛过来的。

小思说，硗碛哪儿?

小警察说，语文不及格，难道地理也不及格?

警察恼了，说，你知道什么?你什么也不知道!

小思说，我们是不知道，但是我们不耻下问，向你这个小孩一样的人下问，你还这么横。

小警察跨了两步，拦在了车前头。

我不想在这里耽误时间，催促李东赶紧上路，天黑到不了成都，就撂在山顶上了。李东发动了汽车，小思和我各自在座位上就绪，却迟迟不见拦在路口的木头杆子抬起来，李东探出头去吆喝，贤侄，抬杆!让我们过去。

小警察说，你们过不去。

李东说，得是要过路费?

小警察说，你见过交通警察收过路费的吗?

李东说，那你是什么意思?

小警察说，不得过就是不得过。

我指着过来过往的大车、小车问，他们怎么都能过?

警察说，他们是他们，你们是你们。

我真火了。

这时从房间里踱出一个老警察，一张标准的警察脸，四十多岁，没有表情，天气太热，警帽没戴，在手里拿着。

糟了，来麻烦了。老警察头顶微秃，眼睛一条细缝，嘴角下压，使劲抿着嘴，一看便不是个好说话的角色。老警察说，打回转，哪儿来的回哪儿去。

李东说，我们回成都，东边卧龙的路让水毁了，西边汶川的路也让水毁了，眼前只剩了这一条道，你不能不让我们过去。

老警察很干脆，向后转！

李东说，再转回丹巴去，没道理！

小思说，别人怎能过？

小警察说，县交通大队有规定，九座以上客车不许通行，你们是十一座的，除了你们以外，大货车、小汽车都可以走。

小思说，可是我们只坐了三个人。

小警察说，我们看车不看人。

事情僵住了，我对老警察说，你老兄就不能通融一下？我们大老远从陕西来了，再退回去，考察的任务只完成了一半……

警察说，你不要叫我老兄，我不是你老兄。

小思说，当我们领导的老兄也不错，领导是作家，她们家在清朝是贵族。

小思真是哪壶不开提哪壶，我只盼警察通融放行，让我们今天回到成都，到了成都我们就给交警队写感谢信。李东赶紧上烟套近乎，警察拒绝了烟，指着我们的车说，十一座要通行，必须有县交警大队领导的命令才能放行。

天哪！这荒山野外，我上哪儿找县交警大队领导去，明摆着是拒绝。我说，四川领导的命令行吗？

老警察说不行，他只认他的顶头上司。

我说我有你们省的介绍信，足可以证明我不是逃犯，不是非法营运，我不过就是一个搞社会调查的文化人。他说他不管非法营运和逃犯，更不管文化人，那是路政和刑警的工作，是文化局的工作，他是交警，交警不认介绍信。

得了，遇上个顶牛儿带较真儿的。

我调动了手机里所有四川朋友的电话号码，坐在路边开始打电话，死马当活马医，不知哪路神仙能和这个偏僻山区小县的交警大队挂搭上。老少警察在一边无视我的存在，他们坚信我不可能跟他们的领导联系上，隔着省，八竿子打不着，绕一百八十个圈也绕不到这儿！

大小警察开始聊天，说的都是当地土话，很轻松，有成心不让我们听懂的意思。山风呼呼地吹，太阳火辣辣地照，车辆一辆一辆地从我跟前驶过，掀起一阵又一阵灰土。我的电话一刻不停，电波在湛蓝的高原天空飞翔，要是那些电波看得见的话，我相信我绝对是个发射中心。大中午的，对方都在午休，十有八九无人接听，我的讨厌是可想而知的。

一个小时过去，又一个小时过去。打光了两块电池……

我几乎绝望。精神要崩溃了。

打虎亲兄弟，上阵父子兵。作家的事，还是作协最上心，终于四川作协从成都来了电话，说他们联系上了县委办公室主任，县委办主任已经给交警大队打了电话，让他们对陕西作家放行。我举着手机，不动声色地坐在马路沿上，静观事态发展。很快，老警察的手机响了，听他嗯了两声。我站起来，拍了拍屁股上的土，用秦腔的起板唱道，走咧——一副小人得志的模样。

小警察抬起了栏杆，大警察说，路上留神，慢开，注意塌方路段，山顶不要停留。

我回头望了一眼大小警察，还有点人情味。我说，欢迎来陕西。

小警察坦诚地说他还没看过兵马俑。小思说老警察长得就像兵马俑，李东从后头给了小思一脚。

面包车开上半山腰，开始呈“之”字形往上攀爬，马达声嗡嗡，使用二挡尚有艰难之势。向下望，一叠叠道路，一层层山峦，阳光从西边斜射过来，景致凄美辉煌，李东又要停车照相，被我阻止了。风很硬很凉，夹带着草的青气和水的潮润，来自山的巅峰，让人想到了遥远，想到了天边，想到了雪山和红军，想到了革命，心里充满了激动。

李东说已经过了海拔三千米。

小思唱起了歌：

雪山低头迎远客，草滩泥毡扎营盘。

风雪侵衣骨更硬，野菜充饥志愈坚。

小思嗓音之难听，调子跑得之遥远，堪称绝版，李东说小思的演唱只怕招来狼。小思说他是卡拉OK歌场上的王子，现在唱老歌都是翻版演唱，充满个性的张扬，李东是少见多怪。李东对那俩警察还耿耿于怀，说他们是死牛筋。我看着路上一处处塌方说，他们也是对我们负责，这一路上，塌方不断，前头没有客车来，后头没有客车跟，我们这辆面包车是空前绝后的。

一片雾气荡过来，又一片雾气荡过来，李东抬头看了看上面，说山顶隐在云雾之中，山上怕是有雪。小思说有雪才好，要不怎么叫过雪山呢？

我说我现在还没感觉到冷，料想山顶也冷不到哪儿去。资料上记载，当年红军过雪山的温度是零下10摄氏度，现在温度在零上10摄氏度也不止。李东说，零下10摄氏度也不怕，咱们在车里，开开暖气，轰一脚油就是了。

雾越来越浓，视线越来越差，汽车开了大灯，开了雾灯，开了所有的灯，只能看到前面两三米，有时对面呼地冒出一辆货车，巨无霸一样地逼压过来，小思坐在前头，一声声尖叫。李东说，你别喊行不行？你一喊我就心慌，我按着自己的线走呢。在这种时候谁都不敢造次。

我朝车窗外张望，外头茫茫一片，连路沿也看不到了，偶尔有几块大石头影影绰绰伸向路外，那下头是一片虚无。一股股雾，黑色的，借着风势从底下涌上来，啪地粘在脸上、身上，湿黏湿黏的，让人不快。气温在明显下降，伸出手去，手冻得生疼，嘴唇发紫，有点气喘。小思说这儿像《西游记》里妖精出没的地方，李东说小思就是妖精，白骨精手下的小妖。我说21世纪咱们要能看见想吃唐僧肉的妖精也是缘分。车里充满汽油味儿，小思问是不是哪里漏油了，李东说海拔太高，是面包车汽油缺氧，燃烧不充分导致的，下回出门一定弄辆越野，省了多少麻烦。小思说，就是，那样警察也不会拦我们。我说我就喜欢坐面包车，面包车座位高，走长途舒坦。李东说，您舒坦了，我们不舒坦呢。

夹金山顶，雾气弥漫，寒风阵阵，五步之外看不到任何内容。李东将车停下，说要检查一下燃油器。我下了车，只能看见脚下的几尺地面，地面用石头砌成，坑坑洼洼不甚平整。摸索半天才闹明白，这是一个场子，看不清边缘，不知大小，场子上好像就停了我们一辆车，未见任何一名过客。远远听见公路上有车辆行走，都是来去匆匆，没有谁肯在浓雾笼罩的山顶停留。

好像沉没在混沌的水里，挥舞手臂，搅出一团团漩涡，那是云的流动，是雾的躲闪，憋得人有溺水的感觉。这就是大名鼎鼎的夹金山顶？是中国人没有谁不知道的地方？我还记得一幅红军翻越雪山的著名油画，昏暗的天幕下，红军排着长长的队伍，手牵着手，艰难地往上攀爬，画面上有狂风，有大雪，有红旗，还有马……眼前的夹金山顶却是一片静谧，马呢？红旗呢？都隐藏在雾的分子中。

一阵香味飘来，循味过去，雾里闪出两个老藏民卖烤肉的身影。他们穿着藏服，说着一口流利汉语，在兜售羊肉串。我搭讪地问山顶怎么这么大的雾，藏民熟练地翻动着炭火上的烤肉说，一个小时前还风和日丽，艳阳高照，只这一会儿工夫，雾就来了，就啥也看不见了。

我想，要是不在山底下被那俩警察阻拦俩钟头，我理所当然能看见那“风和日丽”，那“艳阳高照”，能看见夹金山的壮丽与辉煌，而不是现在的迷蒙和诡异。旁边一年轻藏民见我满脸遗憾，解释说，能看见完完整整夹金山的人不多，夹金山风来雨去都是倏忽间的事，这里不受天气预报控制，山想什么时候阴就什么时候阴，想什么时候把自己藏起来就什么时候把自己藏起来。

我问夹金山顶怎么没有碑文标识，藏民说没有，还没来得及立。我说，雪呢？红军过这儿的那些雪呢？藏民说，夹金山一过六月雪就化了，现在全球气候都变暖，夹金山自然也不例外。

说话的时候，隐约看见身边有人影走过，想必是李东们。我看不见我的面包车，但是可以听见雾中的说话声，小思让李东把他的冲锋衣拿出来，说天气太冷，说他的饼干袋子胀得成了圆球。

聊了半天话，没有不买人家烤肉串的道理，尽管反感烤肉，我还是买了两串，准备给李东和小思吃。藏民很实惠地多撒了辣椒和盐，炭火腾地冒出一片火苗，借着火光闪烁的刹那，我看见烤肉炉子旁边站着一老一少两个人，看模样他们是刚刚停住脚步，再往前半步就撞到肉摊子上了。年少的一把抓住年老的，一脸惊愕地说，火，怎么会有火呢？

年老的也满是茫然，原地转了一个圈说，云彩涌过来就成了雾，这会儿我们是在云彩里呢，什么也看不清楚。

年少的说，我明明看到了火。

年老的说，你是眼花了，让雪晃得看不清了，闭会儿眼睛就好了。

年少的听话地闭上了眼睛，深深地吸了口气说，我闻到了肉味儿。

年老的说，我也闻到了，但我知道这是幻觉，在下头不是说过了，高山顶上什么情况都会发生。

年少的说，我们有两个多月没吃肉了……

我走过去说，想吃肉到超市去买呀，那儿什么样的肉都有，问题是城里的肉都添加了瘦肉精，看着好看，吃起来没味儿，夹金山的肉应该还没有受到污染，老藏民们还不知道玩这个花样。

两个人立刻将目光转向了我，我的 T 恤衫和裙子引起了他们的注意，他们不解地看着我两条光溜溜的腿，看着我脚上那双厚底登山鞋，这双鞋是我在“绿蚂蚁”花了两千块买的。仔细看对方，他们的装扮在我眼里同样不伦不类，老的穿的是一件看不出本来面目的单衫，一条补了又补的灰裤子，补丁粗针大线，绝不是出自女性之手。到今天还有人穿补丁衣裳，除非是演电视剧，没有其他解释。小的穿得相对厚实，一件光板羊皮背心反套着，下头打着绑腿，一只脚上裹着布条，一只脚光着，头上一顶不灰不蓝的帽子，上头有颗五角星。老的光着头，有些谢顶，脸上的纹路刀刻一样，没有表情，细眼睛，薄嘴唇，两个嘴角使劲向下压着；小的比较稚嫩，一张娃娃脸，眉左侧有颗小痣。小的不住地咳嗽，脸色暗淡无光，一看就是长期营养不良……

我佩服影视剧组的化装，凭借现代化的手段，他们什么样的装都能搞出来，他们能把二十岁的少女化成八十岁的老妪，把六十岁的老妇搞成十六岁的女孩。夹金山上大雾之中巧遇“红军剧组”，这也是很不错的相逢。我问他们在拍什么戏，是哪个影视公司在操持。

老的不说话，小的摘下背上的枪，一下对着我，厉声问，你是什么人？

我佯装熟络地说，什么人？过路人，大路朝天，各走半边，收起你这假枪吧，别拿道具吓唬人！

我告诉他们，我也待过不少剧组，都是才子佳人的，没有经历过炮火连天的战争片，像他们这些战争片的群众演员，一般来自部队援助，我问他们是哪个部队的。

老的立刻一脸警觉，狠狠剜了我一眼。小的则把枪栓弄得哗啦哗啦响，听声音是钢铁之声，不属于道具系列。我半开玩笑地说，私藏枪支是犯法，你最好把它交公安局……

一边说，我一边向旁边看，企图寻找卖烤肉藏民的支援。旁边是厚重的大雾，是越来越生硬的风，哪里还看得见藏民的影子。有团团雪花飘洒过来，只一转脸工夫，山顶洁白一片，环境的变化竟然如此迅速，我感到了夹金山的神秘莫测，感到了冻彻骨髓的冷。谁说过了六月夹金山顶就没雪了？谁说全球气候变暖了？眼前的大雪铺天盖地而来，这可是真真正正、不折不扣的雪。雪借着风势，向我毫不含糊地拍打过来，我打了个趔趄，好像这里从来就是永不开化的冰封，是无可改变的地冻天寒。想想刚才在山下被警察阻拦的情景，想想那难以忍耐的热汗淋漓，想想阳光下那座红军翻山的红色雕塑，想想那片珍贵的树荫和我的焦躁心情，如同翻检远逝的岁月，梦境一般朦胧，需要认真地回忆才能恍惚记得细节，思维如同冻僵了的嘴唇，变得肤浅缓慢，变得淡泊无痕。但是我一身轻薄的夏装却提示着我来自阳光炙热的夹金村，手里的羊肉串证明我刚刚离开烤肉的炉火，肉的香味依然浓烈，这是我唯一可以依凭的真实，毋庸置疑的真实。装扮小红军的演员靠在一块石头上大口地喘着，那双端着枪的手依旧没有放下。他对我的怀疑、敌对情绪丝毫未减。

老的再次追问我从哪里来。我说夹金村，为了证实准确，我做了细节描述，村口有红军纪念碑，有俩警察，拦着不让十一座面包车过，我是通过县委办公室特别批准才上山的，警察们没告诉我，上头在拍电视剧，要不，我也不愿意上来掺和。老的说，什么电视剧？

我说，电视剧……什么是电视剧你不知道？！就是你们现在正在拍摄的。

我说他是完全进入角色了，也是啊，长征路上的红军知道什么是电视剧呢？不怪！不怪！

小的对老的说，你听见了吧，这女的说山下有红军！

老的说，她还说山下有警察呢……你见到红军了？

我说，一个也没见到。我见到的是红军雕塑。

老的说，没见过你怎知道那是红军？

我说，报纸上、电视里、家家户户谁不知道红军啊？跟你们说话怎这么别扭？

小的说，跟你说话我们还别扭呢。你说，你到底打哪儿来？你是不是白军探子？

他在跟我演戏，我也是成心想逗逗他，就像逗山底下那个小警察。我说，红军小鬼，我是有四十年党龄的中共老党员，我入党的时候你还没出生呢！我掺和的那些事，比如上山下乡，改革开放，待业下岗……老资格了，我要是参与你们的剧组，能当个顾问、导演什么的。

小的对老的说，她是党员！

老的说，你没听她说四十年党龄，这人说话没谱儿，瞧这怪打扮，不像中国人，更不像好人。

我说，好人是什么打扮，你要是见到我的秘书小思更得说他不像好人，他穿着一件大红防水冲锋衣，风雪不透，甭说过雪山，就是上南极看企鹅也不带打哆嗦的。

小的说，国民党，她绝对是国民党反动派。

我觉得这两个演员很可爱，不知是从哪里挑来的群众演员，很本色，很执着，一旦进入角色，没有导演命令轻易不肯退出来。我把两串烤肉递过去，风雪之中，烤肉竟然还冒着热气，让人不可思议。小的看了看烤肉，看了看我，又看了看老的，没有伸手。我说，吃吧，吃完了我再买，藏民大叔炉子上有的是。

看得出，他们太需要这两串肉了，小的眼里放着光，老的喉结不住滚动……我说，我知道，三大纪律八项注意，不拿群众一针一线，我不是群众，当然，也是群众，革命同志都是群众。

老的说，什么“三大纪律八项注意”？我再问你一遍，你到底从哪儿来？

我说，往近了说是从小金县城来，往远了说是打西安来。

老的问小金是哪里，我说就是懋功，小金是后来改的。老的自言自语，懋功，懋功改了小金……

小的没一点精神了，端着枪的手垂下来，说他很困，想睡……

老的说，不能睡，睡下去就醒不了了。

老的将小的拽起来，架着往前走。两个人逼真的表演把我感动得热泪盈眶，我追过去，想把烤肉塞给他们，我看见老的、小的站在山崖上，他们的脚下是一道长长的滑痕，他们要借助这前头人留下的“道”滑下去。我还记得在老红军的回忆录中有这样的描写，他们坐滑梯一样沿着极陡的、满是积雪的山坡往下溜，很多人掉进山谷，永远地长眠在了谷底……大约有四百人没能走过雪山。

我不能阻拦他们，也不可能阻拦他们，对这一老一小来说，这或许是条不归之路，或许他们能安全到达夹金村，看到那座红军的雕像，见到那两个坚守在路口的警察。望着他们的背影，我说，坚持吧，坚持就是胜利，红一军、红四军已经在达维会师了，红军翻了雪山，过了草地，到了延安，到了北京，建立了中华人民共和国！老百姓当家做主，翻身过好日子了！

为什么要说这些话，连我自己也不明白，鬼使神差，好像有谁在驱使，让我必须说出来。

小的、老的几乎同时回过身来，凝望着我。

我说，我的话都是真的，现在是公元 2011 年。

小的说，是幻觉吗？

老的说，是，也不是。

我让他们等一等。

我折身跑回小广场，将藏民炉子上的烤肉全部买下来，两只手举着三十六串烤肉，奔到崖边……崖边没有雪，也没有一老一小，只有翻卷的雾。空洞的风夹裹着冷气簇拥上来，我觉得自己像片轻盈的羽毛，要借势腾飞起来……

带着三十六串烤肉的羽毛。

李东和小思将车开到我的身后，让我赶紧上车。他们看了我满手的肉串觉得不能理解，问我是不是对卖烤肉的康巴汉子产生了好感。看我有些恍惚，小思说领导可能是“高反”了，让李东快点开车下山。李东问什么是“高反”，小思说，就是高原反应，连这个都不懂！

临行，我将手里的肉串全部撒下山崖，向着山下的浓雾大喊，红军走好！

李东们说，领导疯了，可惜了那些肉。

见我的旅游鞋上沾满了白雪，两个人很奇怪，搞不清这雪是打哪儿来的。

汽车下行，走不远就出了浓雾，迎接我们的是凄美的晚霞，是盘旋如带的公路，霞光里夹金山顶被雾气包裹着，若隐若现，一群牦牛在坡上静静地吃草，一群骑自行车的年轻人戴着头盔，努力地向山上进军。他们的背心红的、绿的、蓝的，鲜艳如旗，将山路点缀得五彩缤纷。我说，活在今天真好。

小思说，当个红军，建功立业也不错。

我说，夹金山顶上有雪、有风、有红军，我刚刚见识了他们。

李东说我是缺氧的幻觉，我们在山顶上待的时间太久了。那上头海拔四千多米。

小思说我不是幻觉，我经历的应该是一个真实的世界，当然在某种意义来说也是一个虚拟的世界。欧洲的科学家们声明“抓住”了反物质，在科学的领域虚拟在与真实对接。有人提出了时空的缠联和存在转移的观点，过去、现在、未来，此地和彼地，时空宇宙的每个部分都交互折叠在一起，形成了一个无尽缠联的全像。原本在时空中折叠进无尽缠联的既往事件，经过了巧妙而特殊的拆开程序，可能又会重新显现于某人眼前，它不是个人经验的重现，这有点像时空隧道，这种观念来自物理学、哲学，它是非常玄的。

小思的话我听不懂，但愿他有道理。依此类推，当年红军翻越夹金山顶时，队伍中有老少两名战士，在风雪交加的山顶上，在白晃晃的雪光中，产生过与 2011 年的人邂逅的经历，他们见到了七十多年后人物的精神面貌和穿戴，见到了热烘烘、香喷喷的烤肉串，听到了前所未闻的事情……是幻觉吗？如老红军所说，是，也不是。

鞋上的雪在慢慢融化，我的脚下一摊雪水，七十多年前的雪化成的水……

到了成都向有关方面打听，此期间没有任何影视剧组在夹金山地区拍摄。

乌鸦卡拉斯

惟玄乌之令乌兮，性自然之有识。

应炎阳之纯精兮，体乾刚之至色。

——晋成公绥《乌赋》

一

顾明起晚了，一边匆匆忙忙系领带，一边埋怨我没有按时叫醒他，说今天给学生们上课，闹不好要迟到了。我往面包片上抹着花生酱，想的是他昨晚上网上到半夜，一点儿没有困倦的意思，今天早晨能起来就是奇迹。我说我不是宾馆服务生，没有定时叫早的任务，让他不要什么事情都指望着我。他说伺候好丈夫是日本主妇的职责，既然我在这里的名分是“家族滞在”，就应该认真地当好“滞在”，不要有什么非分之想。人家成千上万的日本妇女都能在家中尽职尽责，我也应该行。

我觉得窝囊，来日本当家属三年了，搁下国内的工作天天在这儿洗衣，做饭，擦玻璃，拖地板，心内总是不甘。顾明说我在日本也可以同样写作，中国很多优秀的文学作品都是在国外写成的，正因为拉开了距离，才会把许多事情看明白，才能写出更有深度的好文章。我说我不行，距离是拉开了，可是地气接不上了，人老是在半空飘着，甭说写作，连说话也慢慢变得枯涩苍白。语言是要有环境，经常运用的，早晚有一天，我那行云流水般的汉语会在这净是“玛斯、玛斯”的地界被折磨得什么也不是！我说，快吃吧你，几点啦！

他看看表，吓一跳，拿起三片抹过酱的面包摞在一起，厚厚的一沓，张开大嘴咬了一口，推门而去。我在后头喊，吃太多了，你得减肥！

他说，从明天开始！

随着房门砰的一声关闭，我的悠闲主妇生活就开始了，像松了弦的钟，心情一下缓解下来，我给自己泡了杯茶，削了苹果，歪在沙发上，将电视调到三频道，八点三十，准时的是那部没头没脑的电视连续剧《渡过人间都是鬼》。一天一集，从1990年演到现在，已经十几年了，还没有结束的意思。戏演得拖泥带水，温温暾暾，情节有一搭没一搭，半个月不看，照样也能接上。我回国办事，剧情中的男主角也到京都去寻找某某人，我从中国回来了，男主角还在京都转悠，就想起旧社会中国的评书，说到“秦琼卖马”，有某人要出差，跟说评书的说，真可惜，您的“卖马”我听不着了。

说评书的说，放心走您的，这马我给您留着。十天后，听主回来了，秦琼的黄膘马还没卖呢，说评书的东拉西扯，说得照样很热闹，听众一点儿不觉得烦，可是剧情却一点儿没发展。这叫功夫！这“渡过人间”也真是渡过人间，跟大众的生活同步，开了电视剧的先河……

十点钟，对门的吉冈夫人要过来学中文，每周两次，雷打不动。吉冈的丈夫是株式会社的代表取缔役，用中国的话说就是企业的总经理，有钱但是忙，一个月也难见一两次，很多时候是吉冈夫人和她的小狗拉卜在家。吉冈学中文跟我看电视剧《渡过人间都是鬼》一样，拖拖拉拉，不甚用力，学三个月了，至今还不会拼音，连“你好”也说不利落。我不能强求这个四十三岁的主妇能学出怎样的精彩，她来我这里学习很大程度上是为了解闷，打发时光罢了。每回来学习，先要喝北京的茉莉花茶，吃点心，然后是家长里短地神聊，最后才是学习。学习一开始，她的拉卜就在外头用爪子抓门，很没教养。我奇怪拉卜怎会把时间掌握得这样准确，吉冈说拉卜的听力很出色，是世界级的好狗。目前拉卜正在导盲犬学校接受训练，跟她一样，也是每周两次。我问训练好了怎样，吉冈说做过初训，如果适合，就送到导盲犬协会去继续深造，成为合格导盲犬供残疾人使用。我说那样拉卜就不归你了。吉冈说是的，她随时得做好忍痛割爱的准备，她是导盲犬协会会员，有提供狗的义务。吉冈让我也参加导盲犬协会，我说我也没有狗可提供，我自己也不会导盲，给人家添乱……

每周除了教授汉语，我还负责社区东侧花池的清扫整理，这个花池由我和吉冈两家负责，我一三五，吉冈二四六。小区庭院清洁卫生有专职清洁工，但是各家各户（主要是闲得没事的主妇）“为了培养住户之间的团结友爱精神和社区意识”，成立了叫“VOLUNTEER”的组织，“VOLUNTEER”翻译成中文是“志愿者协会”。中国也有这样的协会，多是照顾孤寡，扶贫救灾，干些让人很感动的事情。日本社区的“VOLUNTEER”各家分工，做力所能及的事，比如给各家发放垃圾口袋，过节装饰社区的圣诞树，养护小区的花草树木等等。我和吉冈分管的花池不在主要位置，比较偏僻，主要是离我们两家近，由我们管护理所当然。花池里没什么名贵内容，只有一排小冬青，四五株月季，一个永远没人坐的小石条凳。月季花除了粉的还是粉的，有时开，有时不开，开与不开全凭它的兴致，加之那满身的尖刺，连猫儿狗儿也不愿靠近。不管花怎么样，我对这些花草却是从来不马虎的，浇水、剪枝、清扫，不敢稍有懈怠，这有一个国际影响在里头，不能让别人看着我们对公益事业没有热情，缺乏爱心，中国人从小就学雷锋，这点儿觉悟还是有的……

门铃一阵急响，着了火一般，原来是刚出门的顾明又转回来了。

顾明一副急赤白脸的模样，手上流着血，皮包带子也折了。我说怎的了，他说遇上了抢劫。我说赶快报警，打110。顾明说报个屁，早逃了！我问抢了什么，他说面包，他手里那沓子夹花生酱的面包被抢了。我说准是饿极了，在资本主义社会，饥寒交迫者是大有人在的。

顾明说他一边在汽车站等学校的公车，一边吃早点，就被抢了，所有等车的人都是目击者，要是报警，他们都可以做证，其中有他认识的古田先生、大岛先生和中村女士。

他说，就那么快，那么准，一阵黑风，让人猝不及防！面包就没了！我就追，就抡着包抽打，哪里追得上？

我说，到底是哪个袭击了你啊？

顾明说是乌鸦，并且郑重地补充说，乌鸦是害鸟。

日本的乌鸦实在是太多，它们的身影如同麻雀，随处可见。个儿大、壮硕，不畏人、不集群，跟中国“黄云城边乌欲栖，归飞哑哑枝上啼”的习性不同，它们不必朝飞暮归，不必成群结队地去田野觅食，在城里，在方圆数十米内，它们完全可以解决自己的生计问题。大城市的垃圾为它们提供了足够的食源，它们的饮食条件，不比人差。常见闹市区垃圾桶被蹬翻，塑料袋被开肠破肚地扯破，它们在其中上下翻飞，你争我抢，获取可食之物，渴了自会找到饮水机，老练的会蹬开水龙头，扬着脖子喝个酣畅淋漓，很是目中无人。乌鸦们爱扎堆，但并没有严格组织，它们各自为政，谁也不服谁。一帮乌鸦，没有领导，也没有臣民，它们自己就是自己的主人，“乌合之众”是它们的真实写照。乌鸦是有头脑的，它们将袭击对象寻找得非常准确，举着热狗、啃着冰激凌的小女生，动作缓慢的老年人，往往受到它们的光顾，它们多是从人的背后俯冲而下，以迅雷不及掩耳之势，夺下食物，高飞上树，慢慢品尝。吓人一跳罢了，没有谁为了一口吃食去跟鸟们计较，但实在是太讨厌了，市政部门采取了各种措施，用炮仗轰，用笼子关，用声音吓，全没用，乌鸦们照样我行我素，过着优哉游哉的幸福生活，成为大都会的成员之一。

顾明抹着手上的血说他恨透了乌鸦！

我说，不就叼了你一块面包嘛，别小题大做行不行。

顾明将手举到我眼前说，你瞧瞧这血，现在还没止住呢，这些营养的流失，十块面包也补不过来！

我说，这属于误伤。

顾明说他跟乌鸦的事儿没完，有朝一日他会逮住它，做一顿乌鸦炸酱面！我说要那样我就得当嫦娥，奔月去。

反正是迟到，他倒不急了，先清理伤口，又吃消炎药，说还要到医院去注射狂犬疫苗，说不定医生还会将他留在医院住院观察……

二

吉冈来上课，我跟她说了乌鸦的事。

她说，卡拉斯是神啊，顾先生怎能说它是害鸟?

我才知道,日本人管乌鸦叫卡拉斯,“卡拉”是它的叫声，“斯”是鸟，“卡拉卡拉”叫唤的鸟就是乌鸦。我跟吉冈说，卡拉斯在中国的名声不是太好，中国人将听到乌鸦叫视为凶兆，要有倒霉的事情发生，说谁的话不中听，也是“闭上你的乌鸦嘴”。我告诉吉冈，中国有后羿射日的典故，说的是古代帝俊的十个儿子在天上肆虐人间，十个太阳同时照耀，大地一片焦土。嫦娥的丈夫后羿将九个太阳一一射杀，射杀时天空有金玉碎裂之声，流火飞扬，金羽四散，九阳落下地面，竟是九只三足金乌。乌鸦是太阳精魂的化身，戏词里头也唱“金乌坠，玉兔升，黄昏时候”，马王堆出土的汉代帛画，里面的太阳也是一只三条腿的乌鸦。鲁迅小说《奔月》里说，大地一片焦渴，寸草不生，后羿射乌鸦，做乌鸦炸酱面，一而再再而三的炸酱面让美女嫦娥吃腻烦了，对乌鸦炸酱面深恶痛绝，吃了仙药升到月亮里去，永远地下不来了。

吉冈对嫦娥奔月的故事大感兴趣，说这是个太优美的传说，她让我把它用汉语写下来，注上拼音，将来她在社区的文艺会演上朗读。我说你朗读还不如我朗读呢，她说那意义可不一样啊！反正是有一搭没一搭的学习，一切不必认真，一篇几百字的小文加汉语拼音罢了，我毫不犹豫地答应下来。这节课我们谈得最多的是后羿的乌鸦炸酱面，我费了近半个小时解释炸酱面的具体内涵和外延，至于乌鸦炸酱、猪肉炸酱还是鸡蛋炸酱，不过是所用材料的不同而已，工艺流程是一样的。吉冈说乌鸦炸酱面一定是很难吃的东西，要不嫦娥那个美丽的女人不会抛下丈夫一个人跑到月亮上去。我说乌鸦炸酱肯定比猪肉炸酱好吃，乌鸦和鸽子都属于飞禽，炸乳鸽是中国饭桌上一道名菜，鸽肉炸酱拌米饭，用大白菜叶子包了是中国满族皇上的吃食，满语叫作“包”。皇上吃的，能错吗？吉冈说甭管什么肉，炸酱面准是让人不能长期接受的。我说炸酱面是中国的国粹，在中国绵延数千年而不衰，自有它的道理，没有哪个中国人不爱吃炸酱面，嫦娥奔月，那是吃错了药，本质不在炸酱面……

下课时候，为了证实炸酱面的优秀，我决定下次授课做炸酱面，以让吉冈对中国文化有切实的感受。临出门，吉冈让我转告顾明再不要说“害鸟”一类的话，她说乌鸦在日本很有人缘儿，当年神武天皇东征，遭到敌人攻击，是乌鸦领路，将天皇带出了险境。乌鸦在哪里筑巢栖息，就预示着哪里要兴旺发达，是求之不得的事哪！我说乌鸦早晨照顾了顾明，是不是顾明也会兴旺发达？吉冈说肯定是的。

傍晚顾明回来，进门一言不发直接进了浴室，原来是回来路过树下，乌鸦拉了他一身粪便。我将他要兴旺发达的话说了，顾明说，别听吉冈那娘儿们神说，她是没摊上，乌鸦要是拉到她身上，她会将天下乌鸦的毛拔光了。

清洗干净的顾明顾不上吃饭，就在网上查找消灭乌鸦的办法，开的是国际网，要在世界范围搜寻，他要跟卡拉斯们干到底，把它们赶尽杀绝！他脱下的那件白衬衫成了我的灾难，花了大半个晚上也没有将它洗出来，连强力漂白剂都用上了，仍旧是脏污一片，没有半点效果。乌鸦是黑的，没想到它的粪便也是黑的，黑中掺杂了黏稠的油脂，不知有什么特殊的成分，任何清洁剂对它都无效。

我拎着那件衣服说，乌鸦怎么老是跟你过不去呢？

顾明说，因为我不喜欢它们。

半夜了，顾明的打印机还在哗哗地响，他在下载消灭乌鸦的办法。为了一块面包、一件衬衫，花如此大的精力“报仇雪恨”，可悲的现代人，遇到一点点事都会跟电脑要主意，实际生活经验越来越低下，除了搬弄电脑，纸上谈兵，他真的什么也干不了。现在他在这里彻夜不眠，运筹帷幄，煞有介事地设计，明天成群的乌鸦照旧欢快飞舞，那些黑屎照旧会拉在张三李四身上，这是永远不会相交的两条线。

我让顾明明天下午帮我给月季剪枝，说再不剪今年怕连一朵也开不出来了，这于我们的面子实在不好看。顾明说他已经帮我干过好几回了，那是主妇们干的活儿，他大学教授干这个很掉价。我说，明天要给吉冈写出“嫦娥奔月”的短文，还要注音，更要准备炸酱面……顾明说，说你缺心眼儿就是缺心眼儿，谁给谁上课哪？她给你留的作业真不少！

我扑哧乐了，可不嘛，谁是谁学生啊？怎么调过来了呢？

三

阳台上，顾明的衬衣在春天的暖风中飞扬，衣服上那一团团的黑迹洇散开来，如同大团大团的水墨云彩，现代派的艺术风格，那是乌鸦的杰作。书桌上杂乱地堆放着他下载的“消灭乌鸦”的资料，彩色印刷，带有图片。图片中有只乌鸦的头部特写，黑目、黑羽、黑喙，骄傲地呈器宇轩昂状。资料上说，我所居住的这座城里生存了两万五千只乌鸦，它们的主要食物来源是市民每日生产出的大量垃圾。随着城市生活垃圾的增加、内容的丰富，乌鸦们根本不用到野外觅食，市民的剩余物养活这两万五千只乌鸦绰绰有余。根据调查，不少乌鸦已经出现了肥胖、高血压、高血脂等症状，研究人员说，如此下去，乌鸦群体中会产生糖尿病、中风……过肥的乌鸦会变得像企鹅一样，再飞不起来。城市内，每天都有多起乌鸦袭击人的事件发生，乌鸦的粪便和鸽子的粪便使一些古代建筑受害，内中还有传染源，可以引起人的无名发热……打击乌鸦成了迫在眉睫的一件事。紧接着，资料上列举了消灭乌鸦的一二三，有人建议政府捕获法，有人建议垃圾加网切断食源法，有人建议自卫队轰赶法，有人建议声呐驱除法，有人建议垃圾掺杂避孕药法……五花八门，不一而足。为此，市政部门成立了“乌鸦对策本部”，电话号码是12345678，专门收集市民对乌鸦问题的处理意见和建议。在市民提出的每一条建议下面，都有“对策本部”所长山田次郎的红字回复，在“捕获法”后面他说，虽可以直接减少乌鸦数量，但是要动用大量专业人员和专门捕获工具，这要增加财政开支，从市民税金中支出，恐怕众多纳税人会反对，更何况有过“捕获作战”失败的历史，捕获之事不可轻举妄动。至于“切断食源法”，所长是这样回答的，眼看着乌鸦们饥饿而死，是惨不忍睹的，这种轻视生命的做法，于儿童教育不利……看来，“乌鸦对策本部”的立场是绝对和乌鸦站在一起的，所长所回复的一二三完全是出于对乌鸦的保护，所以，对“本部”不能抱有幻想……

我往阳台上看，恰巧有只乌鸦在楸树上正探头探脑地朝这边张望，不知是不是抢劫顾明的那只。放下消灭乌鸦的资料，我来到阳台，它没有飞走，还在树上站着，一双阴鸷的小眼目光闪烁，满是警惕。我盯着它看，它立刻装得漫不经心，做出不在乎我的神态。树枝的高度与阳台相当，我们的距离很近，可以说是旗鼓相当地平起平坐，没有居高临下的俯视，也没有举目蓝天的高仰，四目相对，彼此都觉得陌生。

我从来没有这样近地观看过乌鸦，它很大，流线型的身材让人叹为观止，天光下一身闪亮的毛羽，刷了油一般，纹丝不乱。原以为乌鸦都是黑色，阴沉浓重的死黑，极近地平视才看出，它的黑羽中闪映着蓝绿，反射出青紫，流光溢彩，色调丰富极了。我想到了孔雀，想到了孔雀脖颈上江南春水般的颜色变幻，那是难以言尽的复杂，无法复制的调配，只让人感念苍天的造化，自然的神奇。眼前的它，较之孔雀的脖颈，多了沉稳和高贵，是至真至美的天然。帝俊之子，太阳精魂，焕采生姿，天潢贵胄，我为它的美丽感动，禁不住向它打招呼：嗨——

它不理，是桀骜的冷漠，没有要走的意思。

我轻轻地叫它卡拉斯。

它仍旧是无动于衷。

彼此静静地对着，算计着，渐渐地它的眼神有些游离。

我折回房间，从冰箱里翻出火腿肠，奔回阳台，它还在那里，仍旧是依然故我，仍旧是讳莫如深。我将火腿肠朝它伸过去，它明明是看到了，却很矜持地将目光转向远处的海面，远方水穷之处，风云正起。卡拉斯不能理解我的举止，看来，它有它的生存原则，可以抢劫，却不能接受赠予。抢掠要花费一番心劲儿和风险，付出与收获获取了心灵的平衡，食之无愧；嗟来之食轻而易举，没有惯例，受之无端，是件不可思议的事，更何况难保居心叵测在其中，防人之心不可无。

我把火腿肠搁在阳台栏杆上，用汉语跟它说，卡拉斯，这是给你的！

它望着坡下面的海。

海风渐渐地有了力度，带来了腥咸的气息，带起了海平面涌动的浓云。站在阳台上可以看到海水的颜色在变暗，浪花从远处滚来，在礁石上撞碎，碎琼乱玉般地飞扬。

要下雨了，是来势凶猛的雷阵雨。

没有半小时，大雨便瓢泼般地倾泻下来，雷鸣闪电灌满天地之间，巨大的楸树在风雨中大幅度摆动。卡拉斯还在树上，一动不动任凭雨水浇淋，随着风势，凭借那根并不粗壮的树枝，时而低低地压下去，时而高高地弹起来，大幅度地摆动，惊险异常。天哪，如此晃动它不晕吗？不会掉下去吗？我真真地为它担心了。没有了太阳的照耀，卡拉斯变得暗淡无光，毛羽紧紧贴住身体，连头也抬不起来了。我想乌鸦应该有避雨的功能，可是这个卡拉斯怎么就不走呢？

拉卜在外面抓门，是吉冈过来了，给我带来了几本有关乌鸦的书，其中有一本夏目漱石的《伦敦塔》，内中提到了英国伦敦塔上的乌鸦。吉冈说乌鸦是英国和伦敦塔的守护神，今天伦敦塔上还饲养着五只乌鸦，每天由皇家卫队专门派人到塔上喂食，乌鸦的数量永远保持着五只，死去一只，捕获一只来补充……可见，世界上喜欢乌鸦的大有人在。

吉冈是英国牛津大学毕业生，获文学硕士学位。

小小社区藏龙卧虎，主妇们看起来每日柴米油盐，实则都不是等闲之辈。对面走来一个老欧巴桑，不知深浅你千万不能随便张嘴，焉知来者为谁？细想，我在这儿其实是很普通、很提不起来的一个。

雨过天晴，天空一片灿烂。

再往窗外望，楸树上已经没有了卡拉斯的身影，它什么时候离开的，不知道。那根火腿肠还静静地撂在栏杆上，它到底没吃……

阳台上，顾明的衬衫落在泥水中，大概是被风刮落了，拿回来准备重新洗，又发现绳子上的晾衣架不见了。找了半天也没找见，或许让风刮楼底下去了。

四

日子一天天过去，复印机印出的一般，今天和昨天没什么两样，昨天和前天如出一辙地相似，小康的日子竟是这般单调无聊。我开始怀念国内那间不足十平方米的小工作室，怀念那个一坐就塌进一个坑的旧沙发，怀念那台敲着敲着就出病毒的破电脑，怀念单位那些吃着大白菜、关心政治的同事……

终于，这天上午有了变化。

十点钟的时候，小区管理员和保安找到家来，说到了花池的事，我问是不是我的工作干得不好，有什么遗漏。管理员说不是，他问我在清扫过程中可曾注意到隔壁幼儿园有没有什么可疑迹象。我问什么叫“可疑迹象”，保安说比如什么不审的人物、异乎寻常的东西等等。保安说的“不审”就是“可疑”，是日本警察常用词汇。

我说，听您这问法，怎的像调查杀人事件一样？跟您说，要是花池里发现了血衣和作案工具，我一点儿不会大惊小怪，编故事，我是内行，在中国是专门干这行的。

对我的耍贫嘴，保安没有接茬。他说之所以来了解情况，是因为幼儿园院子里最近连续发生了偷窃事件，社区和幼儿园在联合调查这件事。

我不高兴地说，你们现在找我是什么意思？

管理员说，您负责的区域和幼儿园只隔了一排低矮冬青，一步可以跨过去，一步也可以跨过来，幼儿园门禁森严，如果罪犯不走正门，唯一的通路只有这排冬青。

我马上正颜厉色地宣布，我什么也没看见，什么也不知道！

保安说他们在冬青附近也没有发现什么，一切都是分析，虽然丢失的东西不甚贵重，但是接二连三发生，关系到了社区的声誉，是件让人很不愉快的事情。我问幼儿园到底丢了什么，保安说洗手池的肥皂。

我说，什么大不了的……

保安说肥皂是供孩子们洗手用的，一共六块，柠檬香味儿，是幼儿园统一从市场批发来的，这种肥皂颜色淡黄，做成各种小动物状，专为小孩子们使用，一般家庭中很少见。可是肥皂丢了五次了，他们做过了调查，每次都是在我们家清理完花池以后……

我的声音一下高了，说，你们以为我们家缺这几块肥皂吗？

气氛有些僵。

管理员说，不是那意思……是让您协助我们，把问题弄清楚，我们也跟隔壁的吉冈家谈了，维护社区的安全，保证舒畅和谐的生活环境要靠大家共同努力，有什么情况，希望您及时向社区管理部门反映，我们 24 小时值班。

…………

那两人走后，我心里像吃了苍蝇那么别扭，倒不是为了几块肥皂的丢失，别扭的是丢失的时间全在我的清扫之后，说不清哪！

第二天去打扫花池，我特意留心幼儿园那边的情况，墙边洗手池的肥皂已经采取了防范措施，每块肥皂都被装在红色的塑料网袋中，分挂在各水龙头下面，如同火鸡的嗉子，显得有些荒诞。院子里没有人，各类娱乐设施安置在庭院四处，压板、转椅、滑梯、沙坑，微风中秋千在轻轻荡漾，开着的玻璃窗里传出叮咚的琴声和孩子们的歌声。

这恬静的环境会出小偷？见鬼！

的确是见鬼了，我看到卡拉斯在玩滑梯！

卡拉斯一蹬儿一蹬儿由梯子蹦上去，在顶端停留片刻，再刺溜一下滑下来，再蹦上去，再滑下来，周而复始，乐此不疲。它完全可以不费力气地从下边飞到滑梯顶上，但是它不，它偏要沿着梯子很吃力地往上蹦，它是在模仿玩滑梯的小朋友。小朋友是不飞的，它也不飞。

乌鸦玩滑梯不知是一种什么感觉，我无法从卡拉斯的角度设身处地地想象，那从高处倏地跌落，于它来说大概是新奇、快乐的，否则它不会这么有兴趣。从高而低，乌鸦的着陆从来是滑翔式的软着陆，如此被动的滑落是鸟类没有的，这于它不啻一种全新的体验。

卡拉斯玩得太投入了，全没发现站在冬青这边的我。

现在我跟卡拉斯已经完全不陌生，它喜欢在楸树上停留，那个地方高瞻远瞩，风景极佳，它对坡下湛蓝的大海感兴趣，也对我们家的阳台感兴趣。不知什么时候，卡拉斯不再拒绝我给的食物，包子、烙饼、酱肘子、煮鸡蛋……它是个杂食类，什么都吃，有时候还会吞下成包的纸巾，喝下半碗面汤。卡拉斯对肉食有偏爱，口味浓重，过于刁馋，很能浪费东西，往往是掏空了包子的馅儿，将包子皮到处乱扔。小时候学过《乌鸦喝水》的课文，对它的聪明总是半信半疑，现在是领教了。不管它在不在树上，我将食物放在阳台上说，卡拉斯，这是你的呀！过了一会儿，食物没了，我就知道是卡拉斯叼走了。我说的是汉语，它竟然也能懂，比吉冈家的笨狗拉卜强。

顾明坚决反对我养乌鸦，说乌鸦是小肚鸡肠，是见利忘义，是记吃不记打的小人，跟乌鸦交往我永远只有吃亏。我说什么叫吃亏，什么叫占便宜啊？这话听着太功利，朋友之间，彼此能心悦就值得！顾明恨透了卡拉斯，看见它在树上就轰，看见它在树上就轰，不厌其烦，他听不得卡拉斯那略带沙哑的粗犷叫声，不让卡拉斯靠近我们家。顾明这个人不唯对乌鸦没有好感，他对所有的小动物都不喜欢，吉冈家那个没心倒肺的拉卜，每逢见到他都会大摇特摇尾巴，抬起爪子搭到他身上来，只要主人不在跟前，他都会青着脸喝一声“滚”，把狗拨拉到一边去。问题是那个傻拉卜没记性，下回见了他还摇尾巴，还往身上扑。可是卡拉斯跟拉卜不一样，卡拉斯的记性非常好，每回顾明在阳台上出现，它都警惕地盯着他看，一双小眼滴溜溜随着顾明转，随时准备进攻的模样。卡拉斯对顾明的穿戴记忆非常准确，在我们阳台所晾的衣服中，哪件是我的，哪件是顾明的，它都能辨认出来。没人的时候，它会偷偷将顾明的衣服蹬到地上，有时会拉上一摊。常常阳台上顾明的衣服是脏污不堪，洗了白洗，卡拉斯这样做明摆着是给我找麻烦，但是它不这么认为。

为了惩治卡拉斯，顾明特意请教了大学同事古田敬二。古田是顾明在日本难得的朋友，爱吃中国猪肉白菜饺子，过节总要过来吃一顿，所以他记中国的节日比我们还准确，不唯春节、冬至得准备饺子，连惊蛰、芒夏，一些跟饺子不搭界的日子也得吃饺子，用他自己的话说是，没有水饺他不进顾家的门。他说日本的饺子都是煎的，严格说不应该叫饺子，应该叫锅贴，真正的饺子必须是经过水煮的，这样才滋润，才有特色。古田是鸟类生态学教授，是“乌鸦研究室”主任，在对付乌鸦方面他是权威，顾明找他算是找对了人。古田说，这事太简单啦，让我来对付乌鸦你不觉得是大材小用了吗？古田让顾明从花木店买一只专门吓唬乌鸦的黑猫模型，挂在阳台上，说这招很管用，所有的乌鸦都怕这个。

“黑猫”买回来，我仔细研究过，原以为内中会安设什么机关，却没有，一厘米厚的塑料片，没什么特别，关键是那两只猫眼，蓝玻璃珠子的，太阳一照，贼光四射！顾明很得意地将猫挂在晾衣服绳子上，怕不结实，系了三四个死扣。挂上以后一天往阳台跑了有二十几回，是想看看在黑猫震慑下“乌鸦失魂落魄的惨状”。这一天，卡拉斯没有在树上出现，顾明对古田给他出的这个招数很满意，说大学教授就是大学教授，那学问不是妄说的。我说卡拉斯之所以没来，是它的思路发生了混乱，又拿好吃的喂它，又拿黑猫吓它，它已经搞不清这个阳台发生了什么……

第二天早晨，黑猫的眼睛被抠了，两个窟窿空空的，在绳子上一晃一晃，成了真正的瞎猫。不用说，这当然是卡拉斯干的，乌鸦研究室主任的方案在乌鸦面前以惨败而告终，挺没面子。虽然当天是清明，是中国一个大节气，古田也没好意思说吃饺子的话。紧接着，又发生了几起卡拉斯对顾明粪便轰炸事件，人和鸟的仇是结大了。

现在看到卡拉斯玩滑梯玩得这样专心，我没有想到乌鸦竟然也有玩耍的童心。顾明上班路过，见我呆呆地往幼儿园里看，以为我还在为那些丢失的肥皂不能释怀，及至看到红袋子里的肥皂说，日本人真小气，有时候抠门儿抠得莫名其妙！

我说不是肥皂，我让他看玩得正兴高采烈的卡拉斯，他瞪大了眼睛说，了得，这鬼东西要成精啦！说着，抄起扫地笤帚，冲着滑梯甩了过去。卡拉斯受了惊吓，哇地飞起来，低低地在庭院里转了一圈，擦着我们的头顶飞走了。

我说，干什么呀你？

他说，我见不得这祸害！

五

装在网子里的肥皂全部被人囊括而去。

在我扫除过后。

这话是从吉冈那儿传来的，什么事吉冈要是知道了，全小区差不多就都知道了。幼儿园方面没说什么，我们坐不住了。顾明下班后去找幼儿园，说我们对肥皂丢失不能负责任，园方说也没认定就是谁谁干的，现在一切都在调查中。顾明说如果需要他帮忙，他会全力以赴。负责人说现如今人心不古，民风浇薄，什么样的人都有，什么意想不到的事情都可能发生。还说连续不断的盗窃，是一种挑衅，这种卑劣的恶作剧，不但是小偷，还加入了流氓性质。此人心理阴暗，谲诈莫测，行为变态，是有性格缺陷的。丢失肥皂看起来是小事，但是有这样的人在幼儿园附近活动，于孩子们的安全是大大的隐患，万万不能掉以轻心。顾明问人家采取了什么安全措施，园方说这个要保密，不能透露。

顾明不高兴了，嗔着人家拿他当了外人，回来气囔囔地说，就这态度，他们要拿到肇事者才怪！

我说他不该找人家交涉，本来没他什么事，主动找上门解释，这叫不打自招，又叫欲盖弥彰，无形中把自己锁定在犯罪嫌疑人的位置上了。顾明是个爱犯牛劲的人，他说，让他们怀疑好了，我不怕，明天我还去清理花园，后天还去，大后天也去，我天天去，这块地界我包了，让他们的肥皂天天丢！

我说，先别说气话，当务之急，您先到超市买几个晾衣服架子，咱们家的架子已经用完了。

顾明说，我上月才买了一打，又不是消耗品，你把它们都藏哪儿去了？

我说，我还想问你哪！

我对卡拉斯的关照日甚一日，我们已经建立了牢不可破的友谊，只要顾明不在家，卡拉斯就会飞到阳台上，主人般地巡视。它对什么都好奇，晾衣服的塑料夹子，发亮的衣服扣子，铁丝上叮咚的风铃，拉门的金属手柄，所有闪光的都是它的所爱。它可以一个“人”在那里将阳台上的各样设施玩弄半天，会用尖利的喙灵巧地解扣，最先被它解下的是那只塑料瞎猫，只两三下，疙瘩就开了，黑猫很狼狈地掉到楼下，在草丛里“趴”着去了。接下来它把我捆绑旧报纸的绳子解开了，将报纸踢腾得满阳台都是，然后歪着小脑袋煞有介事地欣赏报上那些特写的头像，甭管是国家政要还是大腕儿明星，只要是彩色的，它都喜欢……

我跟它说中国话，所以这只懂汉语的卡拉斯，就成了日本的唯一。

有几天了，卡拉斯没有出现，早晨我放在阳台的吃食，晚上还原封不动搁在那儿，卡拉斯到哪儿去了呢？朋友的走失让我牵肠挂肚地惦念，会不会出了什么意外？会不会是“乌鸦对策本部”开展了打击乌鸦运动？乌鸦应该不是候鸟，没有迁徙习惯，再说，这温暖的暮春，它有必要离开吗？

幼儿园那些个空网袋像瘪了的猪尿脬，在水龙头上晃来晃去，垂头丧气。

顾明很高兴，每每兴奋地告诉我，又丢了哎！

他已经彻底站到了盗窃犯的立场上。

社区里，关于肥皂的话题早已沸沸扬扬了，幼儿园雇了保安，二十四小时值班，就这也未能奏效。上周，又花一百万，安装了电子防范监控装置，也没抓着犯人。

有人看见一个彪形大汉，满脸凶相，胳膊上文着青龙，眉间有刀疤，在幼儿园附近转悠……

有人认为，附近车站流浪汉增多，白天四处野逛，晚上铺张报纸歪在墙根酣睡，他们应该是主要嫌疑对象……

有人分析是幽灵作怪，幕府时代，丰臣秀吉和德川家康在这里有过一场恶战，双方死伤甚众，这些鬼魂在另一个世界当然也要使用肥皂，要满足冥军的要求，幼儿园的肥皂还丢得少……

不少母亲准备将孩子转园，怕被坏人绑架，遭到意外伤害。也有的张罗着给孩子佩戴 GPS 卫星定位器，就像跟踪野外大熊猫一样，走到哪儿能追到哪儿。一个 GPS 要有三台卫星定位，方圆 859 千米，都在控制范围之内，这东西目前在日本卖得挺火。有人来推销“儿童防刀衣”，据说是美国霍尼韦尔公司研制的一种轻型材料，用玻璃纤维和超高分子聚乙烯制成，用刀子剪子都不能把这种衣服割开，美国的特工人员都穿这种衣服，美国学校的学生也在推广，绝对领先世界新潮流……为了孩子，日本人可谓心思费尽，什么都想得出来，什么都舍得。

最热闹的是新闻媒体的掺和，动辄有记者扛着机器，很随意地拽住小区的某个居民，要“谈谈想法”。

日本人爱小题大做，一时人心惶惶。

幼儿园负责人找到顾明，希望大学的科研部门能协助幼儿园破译此事。负责人说，之所以托顾明，是在跟学校正式接触之前沟通一下想法，让科研部门有所准备，有关幽灵和绑架之谈，幼儿园是绝不会相信的，现在只想找出肥皂去向，弄个水落石出，安定家长之心。顾明不吭声。负责人说，社区住的大部分是大学的教职员工，幼儿园的孩子也多是大学子弟，学校的科研小组为幼儿园破解难题也是分内的事，当然，所需花费，幼儿园不会让学校全部承担……

以顾明平日犯罪嫌疑人的立场，我以为他不会答应此事。在学校里他是国际文化学部负责人，跟幼儿园丢肥皂的专业差得太远，调查盗窃，追踪罪犯，跟法经学部、医学部或许还能搭上点边儿，跟国际文化真真地是风马牛。可是，在幼儿园负责人几个九十度大躬的进攻下，顾明在椅子上坐不住了，他竟然答应人家明天上班，和有关部门说说看。

顾明的“有关部门”其实就是古田敬二，古田说这样的事用不着通过学校，他一个人就能破译出来！

紧锣密鼓一通准备之后，第二天早晨两位与犯罪行为毫不相干的教授来到了幼儿园，抓犯罪嫌疑人了。新闻媒体的鼻子像警犬一样，教授们还没到，他们已经早早地候着了。幼儿园负责人接待侦察英雄一样地接待了顾明和古田，从来没有的客气，说了一大堆感激的话。教授们也很沉稳，胸有成竹的模样，跟园方说这回动用了先进技术，万无一失。负责人说那是当然。

一切安排就绪，大家坐在园长办公室静等罪犯上钩。

吉冈拉着拉卜到我们家来，让我打电话到幼儿园问情况，电话打过去，对方回答“在等待中”。吉冈说有结果一定要在第一时间告诉她，我说肯定第一个告诉她。中途我又给“侦察英雄”们打过电话，问要不要送“战饭”慰劳。顾明让我在关键时刻不要干扰破案，让我在家包好饺子等着，找到罪犯他们中午要过来喝一盅。古田强调了一句，要猪肉白菜馅儿。

下午三点，还没见英雄们凯旋，我感到事情不像古田想的那样简单。那只黑猫还在草丛里呢，就凭他那点儿纸上谈兵的智商，连卡拉斯也斗不过，还要抓什么罪犯！傍晚，顾明一个人灰溜溜地回来了，说古田不来吃饺子了，他媳妇让他回去帮着打扫剩饭。问采取的是什么战术，顾明说古田给每块肥皂里都安装了 PHS 发信器，只要犯罪嫌疑人将肥皂拿走，走到哪儿都能查出来。我说肥皂里的电池会不会消耗光，顾明说每块电池的寿命是一个月。我说那为什么查不着呢，会不会罪犯把装置拆了？顾明说那些肥皂压根儿就没人动过。我劝他不要着急，也说不定明天就会有变化，以前幼儿园的肥皂也不是天天丢的。

第二天，幼儿园的肥皂完好无缺。

第三天，仍旧没有变化。

第四天、第五天还没有动静，好像那个犯罪嫌疑人窥出端倪，洗手不干了。

十几天过去，肥皂里的发信器无用地发射着信号。

吉冈带着拉卜，一天到花池方向去几次，窥探那边肥皂的存在情况，不时地传递过消息：“平安无事”。

终于有一天，顾明大梦初醒般地抡着笤帚冲出门去，在花池一通夸张的清扫，将那些月季弄得东倒西歪。他说，看着吧，明天肥皂不丢才怪！

第二天刚蒙蒙亮，保安就敲门，说肥皂没了，让教授们赶快行动。

六

几个人，包括电视台取材班的记者，眼睛都盯着无线接收仪器，肥皂发出的信号在图像上是个闪烁的小红点，闪烁的同时发出“嘀嘀”的声响。以往肥皂没被人动过时，红点在屏幕上一字排开，各有各的固定位置，现在红点们发生了凌乱，集中在了一起。古田说信号没有减弱，说明罪犯就在附近，范围不出一千平方米。他这一说，大家你看看我，我看看你，突然都觉得彼此有些陌生。保安说他早怀疑偷窃者就是这个小区的人，果然不出所料。负责人问古田能不能调得更精确一些，古田把图像缩小，立刻显示出了发信器的具体位置——幼儿园西北 139 米处。

依着仪器的指向，一行人向目的地进发。古田捧着仪器走在最前头，后面是扛着摄像机的记者，还有举着话筒不停说话的女主持，接下来是幼儿园负责人、顾明、保安……轰轰烈烈打狼一般。

越走信号越强，越走越清晰。

小区管理员激动地说，真是不敢想象，在高新技术面前，什么也藏不住的……

越走，顾明的感觉越不对头，古田也开始疑惑起来。

几个人走进我们家门的时候，所有的人都很尴尬。顾明强作镇静地说，查吧，搞清事实嘛，没什么不可以对外公开的！

私下里，他却将我拉到厨房，低声问我是不是拿了那些肥皂。我说，你敢怀疑我？我还怀疑是你哪！

顾明说，你要是真拿了，现在跟古田说说，或许……

我说，你要是抻不住劲儿了你去说，反正没我什么事，告诉你，我从来没觉得你现在这么可恶！

古田在外头嚷嚷，有啦，有啦！

我和顾明顾不得许多，冲出去，见古田捧着仪器上了阳台。顾明小声对我说，我就知道你准会把赃物藏在阳台的纸箱子里，上回你背着我偷偷买的裙子就是藏在那儿了。

我说，怎么会是我？

阳台上，“嘀嘀”的响声到了极致，古田说，就在这儿，就在这儿！

仪器一会儿指向墙根，一会儿指向栏杆，几个人在阳台上辗转腾挪，跑开了龙套。

我对古田说，别瞎转了，你要仔细地辨别一下。

古田说，就在这儿！

我说，就在哪儿？你指出来呀！指出来呀！

见我的态度有点儿那个，古田也冷静下来，四下认真寻找，后来又小声跟顾明嘀咕什么，顾明大义凛然，很果断地说，查！

一众人都不说话了，看看顾明，又看看古田，古田将接收器认真地沿着阳台边缘寻找，最后探出阳台，高高地往上举说，在上面，上面十米！

紧挨阳台上面十米是浓密的楸树叶，什么也看不见。

小区管理动用了 119 消防的梯子，着人攀上去，终于看清了，上面是乌鸦卡拉斯的窝，几十块肥皂搭筑在一堆铁衣服架子上，里面蓄了厚厚的树叶，三只小卡拉斯毛羽还没有长全，在窝里闭着眼睛叽叽喳喳。大卡拉斯不在，小卡拉斯们个个身上香喷喷，一股柠檬香味儿。

卡拉斯几日不在，是它一直蹲在窝里孵小乌鸦！

当天电视播放了这些镜头，当然把在我们家那段剪掉了，电视播出的目的是引起市民对乌鸦问题的重视，这就又回到了“对策本部”无休止、无结果的讨论中去了。

其实肥皂事件的内幕只有我最清楚，究其本质，根子还在顾明。卡拉斯抢了他的面包也就算了，他还要抡着背包追着打，卡拉斯不是胸襟宽阔的鸟，顾明也不是大度的人。顾明反复地整治卡拉斯，卡拉斯就往他身上拉屎，糟蹋他晾在铁丝上的衣服，将晾过他衣服的架子偷走。顾明帮着我清理花坛，卡拉斯便认为水池边的肥皂和他是一体，肥皂的鲜艳和形状是他所喜爱的，顾明清理一次它偷一次，是为报复。

但卡拉斯是我的朋友，人无完人，何况是鸟，谁的朋友没点儿小缺点呢？我们总要学会宽容，学会理解，以找回以前被我们忽略的感觉。这些我没有跟别人说，没必要扯出顾明继续在电视上曝光。

但是顾明说，他早晚有一天要吃上乌鸦炸酱面。

图书在版编目（CIP）数据

梦也何曾到谢桥 / 叶广芩著. -- 石家庄：河北教育出版社，2022.10

（年轮典存丛书 / 邱华栋，杨晓升主编）

ISBN 978-7-5545-7170-5

I. ①梦… II. ①叶… III. ①中篇小说 - 小说集 - 中国 - 当代 ②短篇小说 - 小说集 - 中国 - 当代 IV. ① I247.7

中国版本图书馆 CIP 数据核字（2022）第 157414 号

年轮典存丛书

书　　名　梦也何曾到谢桥

MENG YE HECENG DAO XIE QIAO

作　　者　叶广芩

出 版 人　董素山

总 策 划　金丽红　黎　波

责任编辑　郝建东　张亚楠

特约编辑　张　维

出　　版　河北出版传媒集团

河北教育出版社　http://www.hbep.com

（石家庄市联盟路 705 号，050061）

印　　制　天津盛辉印刷有限公司

开　　本　787 mm × 1092 mm　1/32

印　　张　9.5

字　　数　182 千字

版　　次　2022 年 10 月第 1 版

印　　次　2022 年 10 月第 1 次印刷

书　　号　ISBN 978-7-5545-7170-5

定　　价　48.00 元
